『周元』

进阶档案

身份：苍玄宗圣源峰紫带弟子

境界：太初境四重天（源气）、实境中期（神魂）

气运：圣龙气运

功法：龙吸术 · 引气术、混沌神磨观想法 · 锻魂术、祖龙经第一重 · 通天玄蟒气

源术：龙碑手、龙步、玄芒术、皇极印、元爆劲、大风雷、化虚术 · 大成、九龙典 · 九龙、天阳神录 · 天阳火（小成）、玄蟒大金钟（通天玄蟒气衍化）、太乙青木痕 · 太乙纹（修炼中）

源兵：天元笔（觉醒第五纹“破源”，晋为天源兵）

目前经历：在苍玄宗内山紫带选拔中一举夺魁，进入圣源峰古经楼获大机缘，通过指引参与苍玄宗天级任务，外出至黑炎州抢占炎髓脉，争取天功。

周元圣州大陆

战绩榜

		比试	对手	战绩	招术
圣州大陆·苍玄宗	外山	一等弟子身份挑战	韩山	轻松获胜	通天玄蟒气·玄蟒鳞（紫金鳞）
		化虚比试	祝岳	小胜	化虚术·第二重
		选山大典	陆风	险胜	化虚术·第二重、通天玄蟒气·玄蟒鳞（紫金鳞）、大风雷、天元笔·万鲸、九龙典·四龙
	内山（圣源峰）	洞试资格	曹狮	一拳胜	九龙典·八龙
		洞试	冯羽	一拳胜	通天玄蟒气、化虚术·第二重
			程鹰	轻松获胜	通天玄蟒气、化虚术·第二重
			卫幽玄	险胜	通天玄蟒气·玄蛟鳞、大风雷、九龙典·九龙
	内山（灵纹峰）	结界比拼	夏雨	险胜	混沌神磨观想法
	内山	紫带前十	罗道	轻松获胜	通天玄蟒气·玄蛟鳞、四品源纹玄金手
			乐天、陆玄音等	团灭剑来峰众金带弟子	化虚术·大成、天雷玄火结界
		紫带魁首	徐炎	两败俱伤	九龙典·九龙、化虚术·大成、龙吸术、天阳神录·天阳火、天元笔·万鲸、怨龙毒
		天级任务名额争夺	王磊	一招力压	通天玄蟒气·玄蟒大金钟
圣州大陆·黑炎州		炎髓脉占地之争	苏锻等人	轻松获胜	天元笔·破源

元尊

6 逆流而上

天蚕土豆 著

长江出版社 知音动漫

目录
Contents

第三百五十章
两位镇守

当夭夭与周元的身影消失在迷雾结界中时，灵纹殿前的天地间变得热闹起来。诸多弟子窃窃私语，都在议论着今日的结果……

在他们说话时，灵纹殿上空忽有源气汇聚而来，在诸多弟子的注视下，化为两道巨大的源气光镜。

光镜内雾气散去，渐渐有两道身影浮现出来，正是进入结界中的周元与夭夭。

他们的一举一动都被投影出来。

喧哗声渐渐落下，众人将目光投向光镜，望着其中那两道身影……

“这个周元还真是不安分，洞试才结束没多久，竟然又搞出这么大的动静……”灵纹殿前，陆玄音双臂抱胸，望着源气光镜，俏脸上一抹冷笑浮现。

在她身旁，徐炎面带微笑，眼中残留的一分先前见到夭夭时的惊艳之色，此时已渐渐散去。他笑道：“你高看周元了，凭他的实力，还没资格让灵纹峰这么郑重地对待他。那个周小夭才是今日的主角。”

听到这个名字，陆玄音的红唇紧抿起来，有些不甘，但又不得不承认这残酷的现实。现在夭夭在苍玄宗的名气，是她不能比的。

“他们能破解这座源纹结界吗？”陆玄音问道。

她自然不希望周元与夭夭成功，不然的话，夭夭本就如日中天的名气将会再度暴涨。

徐炎闻言沉吟了一下，缓缓道：“恐怕不容易。那个周小夭似乎在源纹一道的天赋极为恐怖，不然白眉峰主也不会这么看重她。不过这座结界极为玄妙，想要破解，需要两人默契配合。

“如果她找叶歌联手的话，破除结界应该极为容易，但她找的是周元……

“按照规矩，破解源纹结界不能靠源气，只能依靠自身的源纹造诣。这个周元，没见他在源纹上面有什么出彩的地方。

“所以，周小夭找他一起闯阵实在是败笔。这个周元，会成为她的累赘。”话到最后，徐炎连连摇头，有一种“卿本佳人，奈何眼光不行”的感觉。

他顿了顿，接着道：“据我所知，这座源纹结界内分上下两部分，各有一道中枢，中枢处各有一名弟子坐镇。

“眼下这两位坐镇者，在灵纹峰内可不是泛泛之辈……想要破解结界，少不得和他们斗一斗。

“周小夭那里或许能通过，可周元……恐怕斗不过那一位。”说到此处，徐炎的嘴角掀起一抹戏谑的弧度。

陆玄音听完，眸子微亮起来，笑道：“今日这里不少人都是冲着周小夭来的，如果最后因为周元拖累，导致她无法破阵，想必不少人会迁怒周元，那可就有好戏看咯。”

徐炎笑着点点头：“这就是喜欢出风头的代价……”

“红衣，这就是你经常说起的那个周元吗？似乎也没什么出彩的。”

灵纹殿前另外一处，数名俏丽女孩聚在一起，其中最引人注目的是一名身姿颀长的红衣女孩，那修长笔直的长腿让人目光流连忘返，小蛮腰上缠绕着红鞭，令她看上去多了一分野性的美感。

看那熟悉的娇俏容颜，正是进入苍玄峰的顾红衣。

顾红衣身旁站着一位长发女子，身材玲珑有致，颇有些火辣，此时正是这位女子在笑道。

其他女孩闻言，也都笑着点点头，道：“这小子也是能折腾，才进入内山多久，就搞出了这么多事情。”

顾红衣撇撇嘴，道：“至少人家每次都折腾赢了，而且下个月的紫带选拔他也会参加。比起同辈弟子，他已经不知道超越多少了。”

那美丽的长发女子闻言，抿嘴笑道：“那还得看他能不能进入前十呢，光参加混混经验算什么？”

“而且……”她美眸一转，低声道，“我可是听说，那剑来峰的陆玄音请了不少师兄帮忙，要在紫带选拔中对付周元呢。”

顾红衣闻言，柳眉顿时一蹙，旋即冲着眼前的长发女孩笑道：“苏婉师姐，你可是咱们苍玄峰金带第一人，此次紫带选拔必能夺得魁首。到时候若是遇见周元有麻烦，你可要帮帮忙。”

那美丽的长发女孩正是这次紫带选拔魁首的热门人选，也是苍玄峰金带弟子第一人——苏婉。

苏婉戏谑一笑，道：“你也太偏心了吧！咱们苍玄峰有不少弟子参加，怎不见你开口求我帮忙一下？”

顾红衣红唇微撇道：“他们关我什么事。”

瞧得她态度如此鲜明，苏婉又好气又好笑，用玉指捅了捅她的纤细腰肢，道：“没良心的妮子，你来到咱们苍玄峰这段时间，那些弟子不知道已经为你暗中斗过多少场了。”

顾红衣长得漂亮，背景也强，一进入苍玄峰，自然极其受欢迎，暗中为她争斗的弟子越来越多，最近已引得峰内的长老们都有些头疼了。

“无聊。”顾红衣柳眉微蹙道。

苏婉无奈地摇摇头，望向那源纹结界，道：“先别说紫带选拔了，这个小子今天能不能闯过还是个问题……

“这种级别的源纹结界，哪里是他一个金带弟子能够插手的，到时候不仅自身会陷进去，还会连累那个周小夭……”

她言语之间觉得周元有些不知天高地厚，哪里的风头都想出一下，却不考量自身的实力。

顾红衣的眸子中掠过一抹忧虑，她同样知晓，眼前这座结界极其不简单。

出于对周元的信任，她说道：“周元不是那种鲁莽的人，他选择进入结界，应该也是有些底气的。”

苏婉摇摇头，低声道：“据我所知，这座结界有两人镇守中枢，其中一人是如今灵纹峰的首席弟子金章师兄……”

“竟然是金章师兄坐镇……”顾红衣俏脸微现凝重。金章在灵纹峰的名气，恐怕仅次于位列十大圣子的叶歌。

“金章应该是用来防备周小夭的……那周元还轮不到他来对付。”苏婉顿了顿，又道，“但周元要对付的人，同样不简单。”

“是谁？”顾红衣连忙问道。

苏婉望着半空中的源气光镜，眼中掠过一抹忌惮，缓缓道：“当然是那位灵纹峰的小天才夏雨小师妹了……

“她可是灵纹峰金带第一人，同样是此次紫带选拔魁首的有力争夺者。周元想要从她手中闯过去，恐怕没那么容易。”

顾红衣俏脸微变，红唇小嘴紧抿起来，眸子中的忧虑变得更浓郁了。

这一次，周元想要与夭夭联手破除结界，岂非就要跟那位夏雨小师姐对上了？

面对着这位，顾红衣就算对周元有信心，心中都不免忐忑起来。

这可真是极为棘手的对手啊！

第三百五十一章

金章夏雨

周元缓步行走于迷雾间，他的眼神中充满着戒备，因为他能够隐隐地感觉到，迷雾之中不断有光纹浮现出来，布满着源纹。

这座结界宛如迷宫一般，若是胡乱四闯，很有可能掉进源纹陷阱中，最后被海量的源纹所淹没。

在这里每走一步，都需要极为谨慎。

“已经和夭夭姐分开了……”周元自语道。夭夭应该是去了这座结界别的方向。

他低头望着手指上的戒指，轻轻摩挲了一下。看来他得加快速度，不然等夭夭抵达结界中枢，他这边却没准备好，反而会拖累夭夭。

他的目光微微闪烁，半晌后，前行的步伐忽地一顿。他盯着前方的迷雾，那里传来了细微的异样波动。

周元的脚步并没有停下，反而果断地踏了出去。

“嗡！”

就在脚掌落地的瞬间，他感觉到四周的景象瞬间变幻，炽热扑面而来，赤红充斥眼球，周围的迷雾瞬间化为了一片岩浆般的世界。那种超热高温令周元的皮肤都有些刺痛。

“咕噜！”

前方流淌的岩浆河流忽然有着巨大的气泡升起，下一瞬气泡炸裂，竟化为一只百丈左右的岩浆大手，狠狠地对着周元拍下。

周元手掌一握，天元笔出现在其手中，笔尖在身前的虚空闪电般勾勒出一道道玄妙的痕迹。

“冰峰纹！”

“轰！”

当最后一笔落下时，悬浮的源纹顿时爆发出璀璨的光芒，天地间的源气呼啸而来，寒气弥漫间，一道巨大的百丈尖锐冰峰直接从源纹中暴射而出，与那扑来的岩浆巨手撞击在一起。

“砰！”

两者碰撞，岩浆和冰雪漫天飞溅。

“噗！噗！”

与此同时，岩浆河流中升腾起无数道岩浆光流，铺天盖地地对着周元轰去。

“大金钟纹！”

周元笔尖掠过，源纹从其头顶绽放出光芒，最后宛如一座若隐若现的金钟，将他整个身躯笼罩进去。

“当！当！当！”

无数道岩浆光流撞击在金钟上发出清脆声响，在那上面激起道道光波涟漪。

周元面色平静，顶着无数攻势，脚步迈出，直接踏上了岩浆河流，向着对岸而去。

岩浆河流中不断地爆发出攻势，但都被周元以源纹化解。

半刻钟后，他便踏上了对岸。

当周元脚掌踏地的瞬间，周身的岩浆世界瞬间消散，又化为迷雾涌来。

周元知晓，他通过了一重关卡。

“威力虽然不弱，但也没到无法承受的程度。”周元自语一声，心头没有欣喜，眉头反而微微皱起。

他知道，以这座结界的强横来看，其关卡的威力不应该只有这种程度，最大的原因是，这座结界将近八成的力量都转去了另外的方向。

那里，就是夭夭所在。

他之所以能够如此轻松，是因为夭夭帮他分担了大部分的结界力量。

周元抿了抿嘴，眼下的他只要做好他该做的事，就是对夭夭最大的帮助。

他深吸一口气，再度迈入迷雾之中。

灵纹殿前，无数弟子目光紧紧地望着半空中的两道巨大源气光镜。

“那周元倒是有点能耐啊……”有弟子发现周元闯过了岩浆关卡，不由说道。

先前周元勾画源纹时，还算是行云流水。

一些灵纹峰的弟子听到此话，立即反驳道："他那里能看出什么，还是看周小夭那里吧。整座结界八成的力量恐怕都汇聚在她那边。"

此言一出，引得诸多弟子附和，因为他们的目光都汇聚于夭夭所在的那道光镜。只见光镜内，一道道复杂的源纹不断在夭夭源纹笔下成形，继而引来雄浑的天地源气，将那关卡中狂暴的攻势尽数抵御下来，可谓惊天动地。

那般动静与场面，比起周元这边，显然强太多，看得无数弟子暗暗咋舌。

夭夭分担了这座结界绝大部分的力量，所以，从场面上来看，跟夭夭这边比起来，周元那里显得暗淡许多。

"这周小夭的源纹天赋真是让人惊叹。"徐炎望着光镜中的夭夭面对着无数狂暴的源纹攻势丝毫不惧，反而随手勾画出一道道源纹，将那些攻势尽数化解，忍不住出声叹道。

陆玄音闻言，咬了咬嘴唇，虽然心中极为不甘，却也无法反驳。

石梯上，叶歌负手而立。他望着漫步向前轻易将诸多源纹攻势化解的夭夭，眼中的欣赏之色越来越浓郁。

唯有这般出众的女孩，才能够让他心动。

虽说夭夭无可阻挡地不断破开关卡，叶歌的神色却是颇为平静，他的目光掠过周元所在的光镜，忽地淡笑起来。

因为他知晓，想要破阵，关键点并非夭夭那边，以她的源纹天赋，就算有金章坐镇，也难以阻拦她。所以，阻拦他们破阵的关键所在，其实在周元那边。

只要周元被阻拦下来，就算夭夭的优势再大，依旧无法顺利地破开结界……所以，叶歌一点都不担心。

"夭夭师妹，我说过，唯有我出手帮你，你才能够通过这座源纹结界。"叶歌自语道。他的眼中有着强烈的自信散发出来。

"虽然这种逼迫的手段有些不光彩，但窈窕淑女，君子好逑，唯有无能者，才会什么都不做……"

时间在灵纹殿前缓缓流逝。

源气光镜中，周元与夭夭不断地跨过一座座关卡，随着他们的深入，来自结界中的力量也越来越强。

他们在迅速接近结界的中枢所在。

“差不多了……”叶歌忽然自语道。

夭夭的玉手轻握着碧玉源纹笔，莲步轻移，眼前的景象开始变幻，最后形成了一望无际的汪洋。

她立于海面上，眸子平静地望着前方。

只见那里的海面有着漩涡涌荡而起，巨大的水柱缓缓升起，水柱之上有着一名金袍弟子静静盘坐。

“灵纹峰首席金章，见过夭夭师妹。”那金袍青年微微一笑。

……

当周元踏出的步伐缓缓地落下时，他发现自己脚踏在一座山峰上。他抬起头，只见前方的天地间一座擎天巨峰矗立。

在那巨峰之巅，有着一道娇小的倩影。

那是一名双眸清亮的少女，容颜极为清纯，长发挽成马尾辫垂落至翘臀处，那一对眼眸则带着一丝怯生生的味道望着周元。

“灵纹峰夏雨，见过周元师兄……”少女轻声道。

……

灵纹殿前，望着源气光镜中这一幕的诸多弟子，陡然间沸腾起来，一双双眼目都很炽热，他们知晓——

今日这场破阵，终于到了最为关键的时刻了。

第三百五十二章 源纹战斗

“终于碰上了……”

当那两道源气光镜将结界中的画面投影出来时，灵纹殿前诸多弟子都发出了感叹之声。到这一步，今日的破阵便到了最为激烈的时候。

于是，那一道道目光变得炽热以及迫不及待起来。

“这个周小夭，真的是厉害……”苏婉望着夭夭所在的光镜，俏脸划过惊叹之色，说道。

先前阻拦在夭夭面前的一重重关卡，苏婉感觉随便一道她都无法闯过，而在夭夭面前，却并没有造成太大的阻碍，可见其源纹造诣究竟是何等之高。

一旁的顾红衣也螓首微点，夭夭的确给人一种深不可测的感觉。

“她虽然厉害，但今日这场破阵，真正的关键点反而是在周元那边。”苏婉眸光一转，看向了另外一道光镜，缓缓道。

她望着光镜中那名扎着马尾辫的清纯少女，有些忌惮。因为这名为夏雨的少女，如今是灵纹峰金带第一人，其源纹造诣之深可想而知。

“从先前周小夭的表现来看，金章师兄就算能够运转结界八成的力量，都不一定能够稳占上风……不过这座结界的玄妙之处乃是有两座中枢，他们想要破阵，需在同时间占据两道中枢，结界方才会碎裂。

“如果光是周小夭那边成功，周元这边失败的话，结界会不断地从天地间汲取源气以维持，这样会渐渐令周小夭那边也陷入僵持。”

苏婉看向身旁的顾红衣，缓缓道：“看眼下的情况，周元想要突破夏雨这边，恐怕会很困难。

“夏雨如今的神魂已踏入了实境中期，再加上能够运转结界的力量，光凭源纹造诣，周元根本没有任何胜算。”

顾红衣俏脸微变，最终还是倔强地咬了咬红唇，道：“结果还没出来，一切都有可能。”

苏婉不置可否地一笑，只将其当作顾红衣最后的倔强。

眼下这种局面，恐怕不是咬牙硬撑就能够改变的。

一片汪洋之上。

夭夭绝美的俏脸不带丝毫波澜地望着盘坐于水柱之上的青年，金章也正望着她露出微笑，刚欲说话，却见夭夭的玉手忽地垂落下来，似有一道道古老源纹自其指尖流淌下来，融入了海面。

“轰！”

赤红之色忽然自夭夭脚下蔓延开来，下一瞬间，海面被撕裂，一头数百丈的巨大炎龙猛然咆哮而出，高温蒸发了海水，带起惊天的波动，直接朝着那名为金章的青年冲杀而去。

她竟是半句废话都没有，直接动手。

金章见状，眼神微凝，双手猛地一合。

“轰！”

海水呼啸而起，形成万丈涛浪，只见其中有一头巨大的水兽嘶啸而出，与那炎龙碰撞在一起。

“嘭！”

巨声响彻，狂暴的冲击波肆虐开来，在汪洋上掀起滔天巨浪。

“夭夭师妹下手可真是不留情。”海浪肆虐，金章感叹一声，眼眸中却满是凝重之色。先前瞬间的交手，就让他感受到了对方的恐怖。那种程度的源纹竟随手就成，今日他如果不是能够借助结界的力量，恐怕还真不是其对手。

“不过我是中枢所在，能够借助结界的力量，夭夭师妹想要从我这里通过，恐怕也没想象中那么容易！”金章缓缓道。

然而夭夭根本就不与其说话，纤纤素手握着碧玉源纹笔，笔尖带着光芒掠过虚空，源纹痕迹飞速成形，最终化为一道道古老源纹。

天地间的源气呼啸而来。

“轰隆隆！”

磅礴的黑云在夭夭头顶上空成形，狂暴的雷霆在其中穿梭，雷鸣声震荡着天地，释放出惊人的威压。

金章望着这一幕，眼神更为凝重，不敢怠慢，手掌一抬。

“轰！”

汪洋呼啸，万丈巨浪在其身后缓缓涌起，遮天蔽日，声势浩荡。

夭夭望着金章身后惊人的声势，眼帘微垂，旋即看向另外一个方向，自语道：“周元，我会尽可能将结界的力量吸引过来……那边，就只能靠你自己了。”

声音落下的瞬间，她笔尖一落，只见巨大如蟒的雷霆轰然落下，铺天盖地地朝着金章呼啸而去。

在金章身后，万丈巨浪化为巨手，与诸多雷霆碰撞。

顿时，天地间巨声不断。

山峰之巅，周元抬头望着立于高山上的少女，虽然她眼神有些怯生生的，但他并没有任何轻敌的意味，眼中反而充斥着凝重之色。他能够感觉到这个名为夏雨的少女体内散发出来的丝丝危险气息。

虽然她称呼他一声师兄，但只是出于礼貌。周元知晓，如果真要论资排辈，恐怕应该是他叫对方一声“小师姐”才是。

“灵纹峰金带弟子第一人么……”周元自语，手中缓缓地握紧了天元笔。

对方的神魂让他有点压迫感，显然这个夏雨应该已踏入了实境中期，比他还要强上一个层次。

只是这场破阵最主要是依靠源纹造诣，不然，周元凭借自身的源气修为，倒不见得会忌惮对方。

“夏雨小师姐，得罪了。”

周元深吸一口气，手中天元笔猛然一抖，一道源纹迅速成形，源气汇聚而来。

“光鹰纹！”

源纹膨胀开来，源气鼓动间竟化为一头百丈光鹰。光鹰嘶啸而出，双翼收拢，宛如一抹光影闪电般朝着夏雨穿刺而去。

“疾风纹！”

而在光鹰呼啸时，周元又是一道源纹落下，只不过这些源纹覆盖在了光鹰的翅膀上，令其本就惊人的速度再度暴涨。

“刃光穿山纹！”

再度有源纹落下，光鹰尖刻的鹰嘴处流光浮现，无比锋锐，足以洞穿山岳。

立于山巅的夏雨见状，眸子微微一亮，轻声道：“周元师兄的源纹造诣倒是不错，竟能将源纹叠加……”想要做到这一步，需要极为精妙的神魂控制，不然源纹互相碰撞，极容易产生自爆。

“唳！”

一抹光线暴射而至，那等攻势，恐怕一般的六重天弟子都不敢有丝毫轻视。

夏雨玉足轻轻一跺，脚下的巨山忽然震动起来，只见山石凸起，直接形成了一层层厚实无比的山墙。

“砰！砰！砰！”

光鹰呼啸而过，一层层山墙不断被洞穿，山石迸射，凶猛异常。

每穿透一层山墙，光鹰周身的源气便黯淡一圈，待得最后一层山墙碎裂时，光鹰陡然间化为漫天光点，轻轻扑打在夏雨白皙娇嫩的脸蛋上。

周元双目微眯。先前那一手可不是随意而为，而是他最为凌厉的源纹攻击手段之一了，但即便如此，还是被对方轻易地抵挡下来。

夏雨轻轻摸了摸脸颊，明亮的眸子望着周元，道：“周元师兄好手段，若不是占据地利，这般攻势，就算是我，也要头疼一下了。

“如果是寻常，倒不想占这便宜，但今日关系到我们灵纹峰诸多弟子的颜面，就请师兄不要怪罪了。”

夏雨玉手微垂，一支紫色的源纹笔落入了她的手中，然后被缓缓握拢。

就在源纹笔落入其手中的那一瞬间，少女眸中的怯生生之色瞬间消失得干干净净，一股凌厉与自信涌现出来。马尾辫轻轻舞动，其脚下的巨峰仿佛都在此时轰然震动起来。

“周元师兄，接下来，就轮到我了……”

灵纹殿前，叶歌望着这一幕，唇角微微掀起——

夏雨小师妹，终于认真起来了。

周元，接下来你就会见识到咱们灵纹峰这位小师妹究竟有多棘手了……

希望你不要输得太难看。

第三百五十三章 大泥沼纹

“轰隆！”

当夏雨握住紫色源纹笔时，她脚下巨大的山峰忽然间剧烈震动起来，下一瞬间山石崩裂，一头石蛟猛地自山腹中咆哮而出，直接朝着周元冲杀而去，气势凶悍，呼啸之下，天地源气都随之而动。

石蛟的阴影笼罩而来，周元面色一片凝重。夏雨掌握着这座结界的中枢，能够调动其中的力量，威力显然相当惊人。

周元手中天元笔掠过，一道源纹成形后瞬间消散而开，却化为一股狂风，直接卷起周元的身影冲天而起。

石蛟扑了一个空。

旋即它咆哮而上，继续对着周元冲杀而去。

周元借助着源纹升空，手中源纹笔连连落下，诸多源痕在虚空中成形。

“冰峰纹！”

巨大的冰峰自源纹中冒出来，带着凛冽的寒气狠狠地与石蛟撞击在一起。

“缚龙纹！”

冰峰碎裂，石蛟被震退，紧接着其周身有源气呼啸而来，化为巨大锁链，将其四肢捆缚住。

周元接连两道都是四品源纹，而且配合默契，就算是一般的六重天弟子都会被困住。

山巅上的少女眼眸平静地望着这一幕。这头石蛟能够借助结界的力量，哪有这么容易对付，只要深藏其中的源纹不被破坏，它的追杀就不会停。

“吼！”

正如夏雨所料，石蛟忽地发出咆哮声，一股狂暴的源气爆发开来，竟生生将那源气锁链震裂开来，再度对着周元暴射而去。

周元立即脚踏狂风避开，眉头微微一皱。这石蛟，简直不比一位六重天的弟子弱……

“石蛟是由源纹凝结而成，唯有破坏其体内的源纹，才能够将其真正击破。”周元眼光闪烁。只是那源纹藏得极深，根本就找寻不到，想要破坏自然非常困难。

不过……这对他而言，不算太大的问题。

周元深吸一口气，眼眸深处，古老的圣纹缓缓浮现——

破障圣纹。

能够窥探一切的破绽。

圣纹旋转，咆哮而来的石蛟在周元的眼中渐渐变得透明起来，紧接着，周元便在石蛟腹部看见了一道缓缓流转的源纹——正是石蛟的源泉所在。

“在这里么……”周元喃喃道。

“吼！”

与此同时，石蛟咆哮而来，周元疾退的身影忽然停了下来。

石蛟巨爪狠狠拍下，连空间都在颤抖。

“大泥沼纹！”

周元手中的源纹笔画出一道源纹，源纹吸取着天地间的源气，瞬间膨胀开来，在其周身化为一片巨大的沼泽。

“轰！”

巨爪拍下，落入沼泽中，顿时被不断化解。不过石蛟之力非同凡响，待其洞穿沼泽时仍有余力，直接拍在了周元身体上。

“咚！”

周元身形犹如炮弹般暴射而下，重重地撞击在一座山峰上，整个山头都在此时崩塌下来。

半空中，石蛟发出咆哮，继续俯冲而下，毫不留情。

不过，就在它冲下的一瞬间，其庞大的身躯忽然剧烈地颤抖起来，巨石滚落下来。

夏雨的小脸上有一抹惊讶之色浮现出来，目光看向石蛟腹部，只见那里一柄源纹光剑不知何时出现，直直地插入其腹中，正好插在石蛟体内的那一道源纹上。

于是，源纹开始碎裂，庞大的石蛟也迅速龟裂，最终轰然散开。

夏雨红润小嘴微微张开，眸子中掠过一抹惊疑之色。她转头看向从崩塌的山头中缓缓升起的周元，喃喃道："他怎么知道源纹的所在？"

那道源纹藏得那么深，但周元明显感知到了，不然不会故意停留，让石蛟露出破绽。

周元缓缓地升空而起，抖了抖衣服上的尘土，与夏雨对视。

"周元师兄能够凭借实境初期的神魂，将我这石蛟纹击破，真是让我意外。"夏雨的明眸望着周元，轻声道。

周元笑了笑，道："夏雨小师姐的源纹造诣我也是佩服，这道石蛟纹可真不简单。"光是这道源纹，就足以将一名六重天的弟子缠住。

夏雨抿着小嘴轻笑一声，旋即缓缓道："如果没有这座结界，或许这道石蛟纹被破，我就得落入下风了，但在这里……我的力量远比你想的更强。所以……"

夏雨的小手缓缓抬起，修长白皙的手指猛然握拢。

"轰！"

四周的一座座山峰陡然间崩裂，山石崩落间，四头石蛟缓缓升起，盘旋在周元四方。

夏雨小脸上露出笑颜，眸子望着周元，道："周元师兄，请认输吧。我这里，你通不过的。"

……

灵纹殿前，诸多目光望着源气光镜中周元与夏雨的激斗，皆忍不住感叹出声：

"这周元的源纹造诣也不低嘛，竟然能和夏雨小师姐斗成这样……"

"倒是有点小瞧他了，不过可惜，夏雨小师姐拥有地利，周元不可能赢的。"

……

那些灵纹峰的弟子的确是内行，能够知晓周元先前的诸多反击手段是何等凌厉，仅凭借源纹就能够做到这一步，已经极为不简单了。

叶歌神色淡淡地看了一眼周元所在的源气光镜，即使看见周元毁了那头石蛟，眼中也没什么波动。

"源纹造诣的确是有，不过终归只是实境初期，夏雨认真起来的话，他最终只能落败。"他的眼光远比常人更强，自然看得出来先前周元的那些手段基本算是底牌之一，但夏雨才刚刚热身完毕，所以这边的战斗不足为虑。

叶歌将目光收回，转向另外一面源气光镜，那里是夭夭与金章之间的激战。里面不论是声势还是动静，都远非周元这边可比。

叶歌望着两人的交锋，忽然间眉头微皱，眼中掠过一抹惊疑之色。

“怎么感觉……有些不对劲呢……”

第三百五十四章
夭夭手段

“九星纹！”

金章立于水柱之上，手中青铜源纹笔落下，复杂的源纹陡然成形，天地间的源气受到引动滚滚而来，涌入其中。

“咻咻！”

星光瞬间大放，只见那源纹犹如化为一片星空，其中九颗巨大的星辰呼啸而出，彼此相连，携带着惊人的声势，直接对着前方海面上的夭夭怒啸而下。整个海面都被那种狂暴的力量撕裂。

金章出手毫不留情，因为立于中枢，他能够借助这座结界八成的力量，几乎能让他拥有源源不绝的力量。

九颗星辰呼啸而至，在夭夭清澈的眼眸中急速放大。她素手轻抖，碧玉源纹笔便画出诸多源痕。

“玄冰盾纹！”

一道源纹迅速成形，直接融入脚下的海水中，顿时一面千丈左右的海水巨盾呼啸而起，阻拦在前方，进而寒冰凝结成为一面巨大的冰盾，冰盾上可见玄妙的光纹，坚不可摧。

“轰！轰！”

九颗星辰狠狠地轰击在冰盾上，裂纹浮现。之后，随着一颗颗星辰落下，裂纹越来越多，冰盾最终无法承受，轰然炸裂开来，化为漫天冰屑。

金章看见自己这道源纹攻势被化解，眉头微挑，却并不感到意外，反而淡笑一声，然后源纹笔一落，有源纹融入海水中。

“嗤！嗤！”

下一瞬间，夭夭玉足下的海水忽然发出细微的声音，只见无数道锋锐无匹的冰锥铺天盖地地暴射出来，对着夭夭浑身要害猛刺而去。

夭夭玉足轻点，踏着轻风升起，再度勾画出一道源纹。

“铁水纹！”

海面波荡起来，这一片海水竟直接化为漆黑的黑铁之色。

“当当当！”

无数锋利的冰锥刺在黑铁般的海面上，海面坚如金铁，碰触间，冰锥尽数爆碎开来。

双方的交手可谓你来我往，激烈异常，每道源纹的威力都极为惊人，远比周元、夏雨那边的交锋更为凶悍。

不过，夭夭与金章的交锋，显然金章更为主动。他借助结界源源不断的力量，不断地发动攻势，而夭夭则选择不断化解对方的攻势。如此一来，自然是夭夭显得被动一些。

金章立于水柱上，望着夭夭的倩影，目光微微闪烁。经过先前的交锋，他感觉夭夭似乎对他有些忌惮，想来应该是察觉到他借助结界拥有源源不断的力量。

“既然夭夭师妹想要防守，那就再试试我这一招！”

金章面带微笑，源纹笔猛然凌空点下。

“轰！”

只见夭夭脚下的海水中忽有无数光芒升起，仔细看去，竟有两轮巨大的弯月正缓缓形成。

弯月如刀，缓缓旋转，月芒掠过时，海水都被割裂。

一股无法形容的锋锐之气散发出来，渗透而出的月光竟令海面撕裂出无数孔洞。

“此为双月灵纹，平常施展出此纹会耗尽我所有的力量，只有在这里，才能够如此肆无忌惮。”金章望着夭夭，道，“还请夭夭师妹指点一下。”

他手指一点，海水中的两轮巨大弯月陡然呼啸而上，以一种惊人的速度朝着夭夭暴斩而去，月光散发出来，直接在海水中撕裂出了两道千丈的庞大痕迹……

金章这般惊人攻势落在灵纹殿前诸多视线中，不出意外地引发了震动。

显然，在场的人都知晓，这道源纹正是金章最为自傲的杀招。面对这双月灵纹，太初境九重天以下无人可挡。

“唉，这周小夭怎么会让金章将此纹给施展出来……此纹一出，可就彻底没了胜算。”

“她一直都在被动防御，看来也忌惮金章，毕竟后者能够借助结界的力量。”

“可惜啊……”

诸多弟子摇头感叹，而那些灵纹峰的弟子则面露轻松之色。只要金章师兄施展出了双月灵纹，那么接下来的节奏就会完全在他的掌控中。

这么看来，这位被白眉峰主极为称赞的周小夭，似乎也不算特别厉害嘛！

叶歌凝望着源气光镜里的交锋，眉头皱了皱。虽说金章看上去处于主动位置，但不知道为什么，他总有一种诡异的不安感。

夭夭，真的这么容易对付么？就算金章能够借助结界的力量，但真的能够将夭夭逼到只能不断防守么？

“你……究竟在想什么？”叶歌喃喃道。

“嗡！”

在灵纹殿前无数道目光的注视下，两轮弯月撕裂了海面，以一种惊人的速度自左右呼啸而来，轨迹玄妙，直接封锁了夭夭的所有退路。

夭夭立于海面上，玉颜平静得不起丝毫波澜，手中的源纹笔也未有任何动静，仿佛打算任由那两轮弯月带着惊天之势斩来。

灵纹殿前无数弟子忍不住失声。

叶歌眼神微凝，没有出声，他知晓峰主同样关注着这里，不可能真让夭夭出事。只是，为何夭夭半点都不防御？

“嗤！”

两轮弯月撕破了海面，最终在一道道骇然的惊呼声中，直接掠过了夭夭的娇躯……

“被击中了？！”诸多弟子面色苍白。如此程度的攻势，就算是九重天的实力，恐怕都不能以肉身硬接吧？更何况夭夭强在源纹造诣，其肉身却没有半点源气保护。

金章立于水柱上，望着掠过夭夭娇躯的两轮弯月，忍不住面色微变，道：“夭夭师妹？”

他声音刚落，猛地察觉到不对劲，因为夭夭依旧静静地站在那里，一对清澈空灵的眸子淡淡地望着他。

她的身躯上似乎没有丝毫血迹浮现。

"这是怎么回事？！"

对于这一幕，不仅金章瞳孔一缩，灵纹殿前诸多弟子都面色微变，感到分外诡异。

唯有叶歌眼中光芒急速闪烁，片刻后似是想到了什么，眼中有着不可思议之色浮现出来，失声道："难道是？！"

"咔嚓！"

就在他声音刚落的瞬间，金章忽然感觉到所处的天地竟然浮现出裂纹，犹如破碎的玻璃，他眉心的神魂似有些恍惚。

"咔嚓！咔嚓！"

天地间的裂纹越来越多，整个天地似要崩塌。

金章望着崩裂的天地，先是呆滞了一瞬，旋即似是明白了什么，猛地一咬舌尖，一口精血狂喷而出，眉心处的神魂一口将精血吸入。

他的眼睛闭上，数息后又猛地睁开。

崩裂的天地已悄然恢复，整个天地都变得安静下来，唯有汪洋卷动着海浪。

先前那般惊天动地的激斗，仿佛没有留下任何痕迹，犹如一场幻境。

金章猛地转头看向原本夭夭所在的方向，发现那里已空空如也。然后，他带着一丝颤抖抬起头，只见海面的一道水柱上，一道倩影静静而立。

那道水柱，正是中枢所在！

他所保护的中枢位置，竟然莫名其妙地被夭夭占据……

"怎么会这样？！"灵纹殿前，诸多弟子目瞪口呆。

叶歌深吸一口气，望着夭夭的眼神变得非常凝重，缓缓道："竟然是极为罕见的幻术源纹……真是好可怕的源纹造诣。金章从一开始就陷入了她的幻术源纹中，先前那场战斗不过是发生在幻象中而已。"

金章看似在战斗中掌握着主动权，却不知他不过是在平白消耗力量对着空气打；而夭夭恐怕是看着他在那里胡乱进攻，然后见他让出了中枢所在，自己便一步步走上去，将那位置占据……

真是……好诡异的手段。

叶歌轻叹一声，抿了抿嘴。金章这边不出所料地落入夭夭股掌之间，不过还好，即便夭夭占据了中枢，想要破解结界，还需要周元的配合。只要周元无法占据中枢，就算夭夭这边得手，他们最终也无法顺利过关。

他抬起头看向了另外一道源气光镜。

“夏雨小师妹……接下来，就看你的了……

“金章那边本就没有抱期望，你这里才是真正的重头戏。那周元，不可能斗得过你……”

第三百五十五章 神魂压制

“金章师兄果然输了……”

“这周小夭也太厉害了吧，竟然会那种极为罕见的幻术源纹，就连金章师兄都着了道！”

“这种幻术源纹对神魂要求极为苛刻，金章师兄会中招，说明周小夭的神魂比他更强……”

“怪不得白眉峰主如此看重她，这般源纹造诣真让人难以置信。”

当源气光镜中分出胜负时，灵纹殿前爆发出了排山倒海的哗然声，所有弟子都满脸震撼。原本他们还以为夭夭陷入了被动，哪料到根本就是幻术源纹导致他们——包括金章本人，看到的都是假象。那些惊天般的攻势，竟然只是在平白消耗力量！

李卿婵俏立于一座石亭前，明眸望着源气光镜中夭夭的身影，忍不住掠过一抹惊叹之色。夭夭这一场，赢得实在诡异，以及漂亮。

谁都没想到，她会用这种方式轻轻松松占据中枢。如今只要她心念一动，就能够破坏脚下的中枢，而如果这座结界的中枢只有这一座，那夭夭现在已经赢了。

不过，可惜的是……

李卿婵轻叹一口气，眸子一转，看向另外一道源气光镜。

想要破解这座结界，必须同时将两道中枢破坏掉，如今夭夭已得手，但另外那道中枢，依旧死死被夏雨占据着，而周元却是半点机会都没有。

“夭夭，我先前就说过，不要将希望放在周元身上，他虽然天赋不错，但终归是差了一些火候。”李卿婵惋惜道。

可惜了夭夭这么一场精彩的表演。

“真是可惜了……”苏婉也摇摇头，俏脸满是遗憾之色。

一旁的顾红衣玉手紧握，美目紧紧地盯着周元所在的那一道源气光镜，道：“苏婉师姐，现在可还没出结果呢！”

苏婉望着源气光镜里被四头石蛟追杀得到处逃窜的周元，无奈地摇摇头：“你呀，还真是不死心……那小子，哪里是夏雨的对手啊……”

“轰”

四头石蛟自天际暴射而过，滚滚源气涌动，蛟尾猛然一甩，便化为阴影从天而降，狠狠轰向周元，直接封锁了他的退路。

周元手中源纹笔急速划过，虚空中出现道道源痕，引动天地源气。

“玄铁龟甲纹！”

一道源纹在周元头顶上空蔓延开来，迅速化为一道百丈左右的龟甲光纹，坚不可摧。

“咚！”

四道蛟尾狠狠地甩在龟甲光纹上，顿时有裂纹浮现出来，“砰”的一声巨响，周元身形暴射而下，将地面轰出一道巨坑。

他仰天倒在巨坑中，忍不住咧咧嘴。这些石蛟真是凶悍，每一头的实力恐怕都不会弱于之前的卫幽玄，如今四头联手，更是厉害。

“吼！”

四头石蛟咆哮出声，丝毫不给周元喘息的机会，再度呼啸冲杀而来，庞大的压迫令地面都塌陷下去。

周元望着眼中急速放大的四头石蛟，面庞一片平静。

“轰！”

就在石蛟即将呼啸而至的刹那，周元四周的地面忽然崩裂，四道百丈左右的地刺陡然暴凸而起，地刺之上布满光纹。

“嗤啦！”

四道地刺快若惊雷，直接插入石蛟体内，将它们里面的源纹震碎。

周元望着崩裂开来的四头石蛟，咧嘴一笑，笑容刚刚浮现，眼神便猛地一凝，他发现，随着四头石蛟的碎裂，竟有无形的神魂波动凝结而成，最后化为一座透明的神魂巨印，轰然落下。

“轰！”

地面虽然没有任何动静，但当神魂巨印落下时，周元面色终于变了。

没想到，看上去柔柔弱弱的夏雨一旦交手却颇为凌厉，先前的石蛟竟然只是虚招，真正的杀招，便是这道隐藏在其中的神魂巨印。

这已经不是源纹搏杀了，而是要以神魂之强来压制他，让他毫无反击之力。

周元盘坐在地，眉心光芒闪烁，一道神魂缓缓升起，落在天灵盖处，模样与他一般，颇为实质，正是他实化的神魂。

周元神魂的双手高举，神魂之力散发出来，死死顶住那缓缓落下的神魂巨印。

“周元师兄，我的神魂已踏入实境中期，而你只是初期，无论如何抵御，都无济于事。”山巅上，夏雨明眸望着周元，缓缓道。

周元不答，只是头顶上盘坐的神魂依旧不断地运转着神魂之力，抵御神魂巨印。

夏雨见状不再多说，小手结印，只见神魂巨印便缓缓落下。

随着神魂巨印缓缓落下，周元察觉到莫大的压力。他眉头微皱，目光闪烁，片刻后，眼中一抹冷厉之色浮现出来。

“实境中期么……”

他深吸一口气，双目渐渐闭拢。神魂之力彻底运转起来，上方涌来的庞大压力，令他头顶神魂的身躯上，涌现出若有若无的光，其眉心处，那枚圣魂晶滴溜溜旋转着，一丝丝清凉气息不断涌出，最后被盘坐在头顶的神魂吸收。

神魂巨印虽然下落得极为缓慢，却坚定不移，照这般速度下去，周元的神魂迟早会被彻底压制。

任谁都看得出来，周元现在彻底落入了下风。

不过周元却仿若未觉，任由那庞大压力逼迫而来，自己的神魂依旧立于上方，直面这缓缓落下的神魂巨印。

灵纹殿前，无数弟子暗暗摇头。这周元之前搞出那么多事情，这一次，总算是踢到铁板了……

“这家伙，总算吃亏了！”陆玄音俏脸浮出笑容，没想到，第一次见到周元如此吃瘪，居然是在灵纹峰。

一旁的徐炎微微一笑。周元终归只是一个刚入门的弟子而已，的确有些锐气，但缺少火候，想必今日过后他应该知晓，现在的苍玄宗还不是他一个小小的金带弟子能够为所欲为的……

不远处，苏婉轻轻拍了拍顾红衣的香肩，示意她看开一点，然而顾红衣却紧咬红唇，死死地盯着源气光镜。

他们都知晓，当那巨印落下那一刻，便是周元落败的时候。

第三百五十六章
神魂托印

透明的神魂巨印缓缓地下沉，看似略显虚化透明，带来的强悍压力却让周元的面庞布满着凝重之色。

实境初期与中期，看似只是一个小小的层次区别，其中的差距却非同凡响，这一点，从周元数个月苦修神魂仍未踏入实境中期就能看得出来。虽说他大部分时间都投注于源气修炼上，但并不代表他就荒废了神魂的修炼。即便如此，他也只是感觉到自己的神魂处于初期巅峰，距离中期尚有一步之遥……

就是这短短的一步，花费了周元许久的时间。周元知晓，那是因为缺少一个突破的契机。

庞大的神魂压迫无孔不入地自上方倾泻下来，周元头顶上盘坐的神魂将那股压力尽数承受。虽然压力逼迫而来，但周元的内心并没有惊慌失措，反而心念一动，直接运转起了混沌神磨观想法。

他一直在找寻神魂突破的契机。眼下，在强悍的压力下他竭尽全力地抵御着，就是想要达到自身极限。唯有在极限时迈出那小小的一步，方能打破横挡在前方许久的阻碍。

没有契机，那就自身来创造。

周元眼观鼻，鼻观心，内心凝定，犹如幽潭一般不起丝毫波澜。

随着混沌神磨观想法的运转，他能够感觉到自身的神魂在散发光芒。在那种巨大的压力下，他的神魂不仅没有溃散，反而愈发凝实。

在其头顶上方，神魂巨印以一种极为缓慢的速度徐徐而下，距离周元神魂已不过数尺距离……若是被巨印触及，必然会伤及神魂。

然而即便如此，周元依旧稳如磐石。

灵纹殿前，无数道目光死死地望着那缓缓下降的神魂巨印，惊心动魄的一幕让不少弟子心跳加快。

“这周元在搞什么？竟然动也不动？他难道想要以自身神魂硬扛那道巨印吗？”

“这也太不知天高地厚了吧，夏雨小师姐的神魂可是踏入了实境中期，远非他可比的！”

“无知啊，若是再不认输，待那神魂巨印落下，可有得他好看了。”

……

诸多窃窃私语声响起，众多弟子都在望着那下降缓慢、不断靠近周元的神魂巨印。显然，随着时间推移，神魂巨印终归会镇压下去，到那时便是周元惨败的时候。

叶歌同样凝视着周元的身影，眉头微微皱了皱，因为他敏锐地察觉到神魂巨印下降的速度越来越慢……显然，周元神魂的反抗越来越剧烈。

“这周元想做什么？”

他沉默了片刻，眼瞳忽然猛地一缩，喃喃道：“难道……他是故意将自身置入险境，然后以此来突破极限，让神魂得以突破，踏入实境中期吗？！”

叶歌微微动容。若真是如此，这周元的心性还真是果断，胆魄也足。这无疑是一场赌博，若是输掉的话，他的神魂也会受创，想要恢复怕是需要不短的时间。

叶歌盯着周元头顶缓缓落下的神魂巨印。如果周元不能在神魂巨印镇压下来之前突破，那么今日这场豪赌他就失败了……

“周元，我不信你能在这般短的时间里借此突破……”

……

结界的另外一处。夭夭立于水柱之上，她这边已经平静下来。金章也立于海面上，没有再出手，他知道失去了中枢位置，自己更加不是夭夭的对手。不过他并不着急，因为随着时间推移，中枢的位置会再出现变化，那时候他便能够再度将其占据。只要另外一道中枢没有被破，那他这边就完全不惧，足以将夭夭拖入僵持阶段。

金章微微抬头，看向另外的方向：夏雨小师妹，接下来只要你将那个周元拖住，那么今日这场比试便是我们赢了……

……

时间缓缓流逝，不知不觉间，那神魂巨印距离周元已经不过短短一尺！

源源不断涌下的源气压迫令周元浑身不断冒出冷汗，几乎打湿了衣衫。

到得此时，压力倍增，神魂巨印下落的速度开始加快，最后在无数道灼灼视线之下，一点点地落下……到周元头顶盘坐的神魂的距离，从一尺慢慢变成了两寸左右……

灵纹殿前，响起了诸多惋惜的叹息声。这般模样，周元的败局几乎已定。

顾红衣贝齿紧咬红唇，美眸微微黯然，一旁的苏婉拍了拍她柔嫩的肩，安慰道："他能够支撑到现在已经很不错了，夏雨好歹是灵纹峰金带弟子第一人，此次紫带选拔魁首的有力争夺者，周元输给她并不丢脸。"

"这家伙，总算是输了！"另外的方向，陆玄音俏脸上有着幸灾乐祸的笑容浮现出来。

徐炎一笑，道："真是可惜了，原本还在紫带选拔上为他准备了大礼，看来他是享受不到了。"

周元一败，神魂必定受创，休养起码需数月时间，自然无法参加紫带选拔。

在诸多或惋惜或幸灾乐祸的目光下，神魂巨印未曾停止落下，两寸……一寸……最后彻底落下。

叶歌的神色终于在此时微微松缓下来，轻声道："能够坚持这么久，这周元的神魂真是出乎意料的坚韧。"若是寻常的实境初期，恐怕早就落败了，但周元直到此时方才达到极限。

在漫山遍野的感叹声中，神魂巨印落下，终是触及了周元头顶盘坐的神魂。下一刻，周元的神魂被强行镇压了下去。

山巅上，夏雨望着这一幕，白嫩的小脸上浮现出一抹如释重负之色。她松了一口气：总算是解决掉了，这个周元明明只是实境初期，却偏偏如同顽石一般难以对付。

"不过还好，总算没辜负咱们灵纹峰那么多师兄弟的厚望。"夏雨的小脸上有一抹浅笑浮现出来。

就在这时，那道神魂巨印忽然传出一道细微的震动声。

夏雨脸颊上的笑容微凝，俏目陡然看向那个方向。她见到，盘坐着的周元紧闭的双目终于在此时缓缓睁开，眼瞳中似有极为锋锐的光芒闪过，令夏雨心头微微一悸。

周元低头，望着手指上的戒指，此时戒指开始灼热起来。

他眼目微垂，头顶盘坐的神魂也猛地睁开了眼瞳，顿时有神魂之光散发出来，犹如光环一般环绕在神魂周身。

正望着此处的夏雨瞳孔骤缩，因为她见到，周元头顶上方盘坐的神魂忽然在此时伸出双臂，抵住了镇压下来的神魂巨印。最后，在无形的轰隆声中，那道神魂巨印竟然被周元的神魂硬生生一点点地顶了起来！

那一幕，宛如巨人托山，缓缓升起。

“怎么可能……”夏雨俏脸上满是震撼，喃喃道。

同一时间，灵纹殿前原本还在为周元惋惜的无数弟子也察觉到了这一幕，顿时惊天动地的骇然声响起：

“我的天……周元的神魂竟然将那道神魂巨印顶了起来？！”

“怎么可能？！他不过只是实境初期的神魂，怎么可能将夏雨小师姐神魂所化的神魂巨印顶起？！”

……

灵纹殿前一片沸腾。

叶歌脸庞上的轻松笑容也在此时缓缓凝固。

第三百五十七章
实境中期

灵纹殿前，无数看客目瞪口呆地望着那源气光镜。只见那里，周元头顶之上盘坐的神魂高举双手，抵挡着镇压下来的神魂巨印，然后……就这样一点点将神魂巨印顶了起来！

“哗！”

整个灵纹殿前的气氛犹如爆炸了一般，滔天的惊哗声响彻而起。

“怎么可能？！他怎么可能将夏雨小师姐的神魂巨印托起来？！”

“夏雨小师姐可是实境中期的神魂！”

“这周元之前不是被彻底压制了吗？！”

……

特别是那些灵纹峰的弟子更是感到不可思议，一个个艰难出声，显然眼前这一幕给他们带来了极大的震撼。他们原本以为今日夏雨胜局已定，谁能想到在这最后关头，竟然出现了这般惊天逆转！

“这……”

苏婉小嘴微张，美目怔怔地望着这一幕。先前她还在安慰顾红衣接受现实，谁料到转眼间，不敢相信眼前事实的变成了她。

“这怎么可能啊？”苏婉喃喃道。

一旁的顾红衣，眸子中的黯淡已尽数消散，光彩绽放出来。她抓住苏婉的皓腕，笑容灿烂地道：“苏婉师姐，我可是说过的，不到最后就下结论，恐怕不太好呢。”

她抬头望着源气光镜中的年轻身影，贝齿轻轻咬了咬红唇。这个家伙，似乎不管遇见任何艰难困阻都不会轻言放弃，那种执着让她都有一些佩服。

在顾红衣欢喜的时候，陆玄音原本的笑颜凝固下来，脸色继而变得铁青——

她似乎又一次被周元打脸了？

在其身旁的徐炎也嘴角微抽，皮笑肉不笑地道：“这个周元，还真是让人意外啊……”

场中能够感受到周元变化的应该只有叶歌与李卿婵，他们凝视着周元的身影，眼中皆有惊异之色浮现。

“这个家伙……神魂竟然突破了！”

显然，周元唯有自身的神魂也踏入了实境中期，才能够硬抗夏雨的神魂巨印。

也就是说，周元的豪赌成功了。

他借助夏雨神魂巨印带来的强大压力将自身逼入险境，并令神魂达到极限，最后打破极限，完成突破。

这说起来简单，却不知道要承担多少风险。毕竟不是所有人都有胆魄在那种时刻去挑战自身极限，因为一旦失败，必然会受重创。

但周元，似乎完全不知畏惧为何物。

李卿婵清冷的美目有些惊讶地望着那道身影，自语道：“难怪夭夭对他有信心，倒是我小瞧了他呢。”

叶歌脸庞上的惊异缓缓收起，再度恢复平静。周元的临时突破出乎所有人的意料，不过那只能让他和夏雨处在同一个神魂等级上。如今的夏雨还有结界的增幅，就算周元突破到了实境中期，也不见得就能够斗过夏雨。

……

“轰轰！”

周元头顶的神魂缓缓站起，双手犹如托着山岳，将那神魂巨印一点点顶起，最后神魂光环猛然爆发出来。

“咚！”

神魂巨印终被震飞而起，最后落向山巅上的夏雨。夏雨小手一招，神魂巨印便化为虚幻般的光芒没入她的眉心。

她低下头，盯着周元，有些佩服地道：“周元师兄，没想到你竟然会借我的神魂镇压来助你完成突破。”周元这种果决与胆魄，让夏雨实在心惊。

周元扭了扭脖子，自巨坑中站了起来，神魂也缓缓落下，沉入眉心。

“是夏雨小师姐太强了，逼得我不得不拼命一搏。”周元笑了笑。他感受着眉心雄浑的神魂变得更为凝练，能够调动的神魂之力也增加了十数倍之多。这让整个天地仿佛都在他的感知下变得更加清晰，甚至连源气的流动轨迹都能够隐约察觉。

夏雨望着周元，认真道：“周元师兄，若不是身处结界中，或许我们斗起来还真是胜负难知。但这里毕竟是结界，我有主场优势，所以认输吧，你没有机会的。”

“好不容易突破到实境中期，总得试试手是吧？”周元笑道。

夏雨无奈地摇摇头，道：“看来周元师兄还是不死心，既然如此，那就继续吧。”

声落时，她手中的源纹笔已开始闪烁光芒。

“轰！”

周元果断地将源纹笔落下，一道源纹成形，仿佛狂风般直接驮负着他的身影暴射而出。随着神魂突破到实境中期，周元能够清晰地感觉到自己勾画源纹的速度越来越快，也越来越行云流水。

夏雨也出手，只见山石崩裂间，源气化为一只巨大石手，直接对着周元狠狠拍去。

“天刀纹！”

周元手腕抖动，源纹笔掠过虚空，直接化为一道复杂源纹，散发出极其锋锐的气息。当其成形时，天地源气涌来，直接化为一道百丈左右的凛冽刀光暴射而出，在虚空划出痕迹。

“砰！”

刀光掠过，直接斩碎石手，当头对着夏雨斩下。夏雨小脚一跺，脚下巨大的石峰便升起一重重石墙，将刀光抵御下来。

“唰！唰！”

接下来，周元直接采取了主动攻势，一道道源纹信手拈来，搅动着天地源气，铺天盖地地朝着夏雨笼罩而去。

面对周元的攻势，夏雨丝毫不惧，借助结界源源不断的力量，她轻松地将周元的攻势尽数化解。

正如叶歌所料，周元神魂踏入实境中期也只是与夏雨站在同一个层面上，可夏雨还有结界的主场之利，可以源源不断地借助结界的力量。

这场交锋顶多就是被周元从刚开始的必败，拖成了如今僵持的局面。

可如此一来，他们依旧无法破阵而出。

而且随着时间推移，不论夭夭还是周元，终归会有力竭的时候，反观金章与夏雨，因为有结界的力量，可以立于不败之地。

这种局面，不仅叶歌看出来了，随着双方交锋的持续，灵纹殿前诸多弟子也看明白了。

“看这情况，周元就算突破到了实境中期，也无法取胜啊……”

“他能够将必败的局面挽回成这样，已经很厉害了，这个周元不简单。”

“的确有些本事，不过可惜，今日破阵是没希望了。”

……

苏婉的俏脸也露出惋惜之色，道：“真是可惜了，还是无法取胜。”

这一次，一旁的顾红衣微微笑道：“苏婉师姐要求也太高了，能够在夏雨小师姐手上将局面逼至僵持，周元已经很厉害了。”她对周元今日的表现已经很满意了。

苏婉点点头表示认同，看向周元的眸子中首次出现了一丝凝重，因为再度做出突破的周元，已经有资格让她正视。

“看来今日这局，便是这般结果了吧……”

……

“轰轰！”

诸多源纹攻势互相碰撞，带起巨大动静。又是一波源纹冲撞，互相湮灭。

夏雨的明眸望着周元，道：“周元师兄，何必做这些无谓之举，平白消耗力气罢了。”

“是么？”

周元目光一闪，手中天元笔猛然一抖，雪白毫毛陡然暴射而出，犹如匹练缠绕住夏雨脚下山峰，其身影闪电般对着山峰掠去。

夏雨见状，源纹笔一点，又是一头石蛟咆哮而出，冲向周元。

周元眼中圣纹转动，竟径直一头冲进石蛟巨嘴中。数息后，石蛟腹部忽有狂暴的波动爆发出来，其体内的源纹直接被周元破坏。

“砰！”

石蛟化为漫天巨石爆炸开来。一道身影疾掠而出，数个呼吸后便冲上了山巅。

夏雨小手一合，山巅震动，无数道锋锐地刺冒出，狠狠地对着周元封锁过去。

周元的速度出人意料的快，他穿梭于诸多地刺之间，然后如鬼魅般出现在夏雨身前。

望着突然出现在面前的周元，夏雨先是一惊，继而平复下来，柔柔弱弱地道：“周元师兄，这里可是不能倚仗自身源气修为的，所以你跑我面前也没什么作用。

“而且这里是中枢所在，我调动的力量更强横。”

夏雨的声音落下时，四周的地面开始凸起，一层层石墙挤压过来。

周元望着眼前柔弱中带着一丝狡黠的少女，咧嘴一笑，有些玩味地道：“夏雨小师姐似乎对自身的神魂很有自信？既然如此，那就试试我的。”

他猛地一步上前，身体几乎贴近了夏雨。

一股男子气息扑面而来，令夏雨小脸一红，稍微有些慌乱地退后半步。

周元却猛地伸出脑袋，脸庞在夏雨的眼瞳中迅速放大，最后在夏雨惊慌失措的目光中，直接将额头轻轻地与夏雨的白皙眉心碰撞在一起。

两人额头相对，鼻息间的喘息都能够彼此感觉到，如脸贴脸一般。

夏雨的小脸瞬间通红。还不待她羞怒出声，其俏脸便猛地一变，她感觉到周元的神魂在两人皮肤接触时已凶悍地冲了进来。

“尝试一下我所经历的恐惧吧。”低声在周元的心中响起。

夏雨的神魂猛地一颤，然后感觉周围变成了无尽星空，她的神魂正立于星空中，看不见尽头的斑驳神磨此时缓缓地碾压过来，带着毁灭般的气息。

那一瞬间，无边的恐惧如野草一般，自夏雨的心头疯狂地生长出来。

第三百五十八章
周元破阵

广袤无垠的星空中，看不见尽头的斑驳神磨缓缓地碾压而过，夏雨的神魂立于其下，宛如尘埃一般渺小。

面对这一幕，就算以夏雨的神魂之强，都感觉到了一股战栗自神魂深处涌出，她能够清晰地感觉到，眼前那斑驳神磨究竟是何等恐怖……

“这……这是什么？！”夏雨的声音仿佛都在此时颤抖着。

“轰隆隆！”

星空中，斑驳神磨缓缓地对着夏雨的神魂碾下来，不管夏雨如何疯狂躲避，都无法避开那庞大无比的神磨，她只能眼睁睁地看着那斑驳神磨缓缓地碾压过来。

“砰！”

她的神魂仿佛在这一瞬间碎裂开来。

“啊！”

一道惨叫声响彻而起。山巅上，夏雨紧闭的双眸猛地睁开，大眼睛中满是恐惧之色，眉心的神魂也变得黯淡下来，显然受到了创伤。她小脸煞白，脚步踉跄着后退，谁知一脚踩空，对着山崖就要落下去。

“唰！”

这时一道雪白毫毛匹练呼啸而下，缠住了她那纤细腰肢。

周元立于山巅上，望着大眼睛里满是惊慌失措的夏雨，微微一笑，道：“夏雨小师姐，承让了。”说完他手中天元笔一抖，便将夏雨甩向了另外一座山头。

夏雨落在山头上，俏脸苍白地望着周元，有些颤抖地问道：“你对我做了什么？刚才那是幻象吗？”

可是为什么会那么真实？不然，以她的神魂坚韧程度，必然能够轻易扛过去。

周元笑而不语。他的神魂中有苍渊师父烙印下的“神磨印记”，正是因此，他才能够修炼混沌神磨观想法。没有这种印记的人，一旦将神魂置于神磨之下，无疑是自讨苦吃。

只是他想要将对方的神魂拖入神磨之下，条件也比较苛刻。先前如果不是夏雨有些轻敌，让他得以顺利近身，他也不可能做到这一点。

所幸的是，他最终还是成功了。

此时周元脚下的这座山峰，便是这座结界的中枢所在……

他抬起手指，只见手指上那枚戒指越发灼热，那是夭夭在催促他了。于是，他脚掌猛跺。

“轰！”

顿时，这座山峰开始崩塌，裂痕蔓延开来，巨石滚落，巍峨的山峰顷刻间崩碎。

……

结界的另外一处。

夭夭立于水柱上，前方的海面上，那位灵纹峰的首席弟子金章打了一个哈欠，有些戏谑地道：“夭夭师妹，结界中的中枢马上就要变换位置了。”

夭夭脚下的水柱开始渐渐缩小，显然是要缩回汪洋中。一旦这中枢位置发生变化，夭夭之前的优势将会消失。而且金章在吃了先前那幻术源纹的亏之后，显然也会多加戒备，不会再轻易中招。

夭夭低头望着逐渐融入海水中的水柱，绝美的玉颜上没什么波澜，只是轻轻地抚过手指上的戒指。她知道，在这结界中周元不好动用源气，光凭源纹及神魂，跟那位灵纹峰金带弟子第一人斗起来，的确有些吃亏。所以就算周元最终失手，夭夭也不会感到失望，因为在她看来，这个结界反而是对周元的一种磨炼，今日不行，那就明日再来。

直到周元能够斗过那夏雨为止。

“嗯？”

就在夭夭心中转动着这些念头时，她忽然神色一动，显然是察觉到了什么。

海面上的金章原本懒洋洋的神色也是一僵，猛地抬头看向一个方向，有些难以置信道：“第二道中枢被破了？怎么可能？！夏雨小师妹怎么会输？！”

在他的感知中，这道结界中的第二道中枢赫然在此时破碎，也就是说，夏雨那边输掉了。

夭夭素来清冷的绝美容颜此时破天荒有一抹浅笑浮现出来，那光彩仿佛令这汪洋都添了几分色彩。

“你们只知对付我……却低看了他。”夭夭淡淡地道。

金章苦笑一声。都已经派出了他们灵纹峰金带弟子第一人的夏雨去对付那个周元，还算是低看吗？难道真要派出紫带弟子？那样的话，吃相也太难看了。

夭夭没有理会他的反应，既然周元那边已经得手，那她也不需要继续等待了，当即玉足轻轻一跺。

“哗啦啦！”

脚下的水柱受到冲击，顿时开始碎裂，最后爆碎成漫天的水花。

就在水柱碎裂时，结界的两道中枢便彻底破裂，天地间的汪洋开始迅速散去。

当夭夭、周元再度睁开眼时，二人已站在了灵纹殿前，看到那座巨大的迷雾结界正缓缓地消散。同时他们也见到了灵纹殿前无数道带着震撼望着他们的目光。

其实更多的目光是落在周元身上。毕竟夭夭的深不可测与神秘众所周知，而谁都没想到，周元竟然能够胜过夏雨……要知道，那可是灵纹峰金带弟子第一人，此次紫带选拔魁首的有力争夺者之一啊！周元能够在此胜过她，岂不是说明他也拥有了在紫带选拔上夺魁的实力？

这让诸多弟子感到分外震撼。

陆玄音俏脸铁青，玉指紧握。她望着此时万众瞩目的周元，感觉此前自己的幸灾乐祸实在是蠢得如小丑一般，先前的嘲讽此时犹如化为巴掌一个个响亮地打了回来。

其身侧的徐炎面色也有些不太自然，最终干笑一声，道：“那夏雨小师妹最终为何突然落败？难道是手下留情了吗？”在他看来，神魂达到实境中期，并且能够借助结界力量的夏雨，应该不可能会输的。

他摇摇头，望着脸色难看的陆玄音，出声安慰道：“不用生气，既然他能躲过这一劫，说明老天要将他留给你去收拾。放心吧，我都安排好了，到时候紫带选拔自会让你出口气。”

陆玄音闻言，脸色这才稍缓，轻轻点头。

“怎么样？我就说了，对于周元，可别那么快就下结论。”灵纹殿另外一处，顾红衣笑吟吟地对着苏婉说道。

一旁的苏婉张着小嘴，片刻后方才叹了一口气，道：“我也是服了，这小子太邪门了，这都能翻盘，不过他最后到底对夏雨做了什么？”在她看来，以夏雨掌握的优势，就算周元踏入了实境中期，也不可能输的啊。

顾红衣耸耸肩，虽然她也有些疑惑，不过没有深究，只要周元赢了，那就行了。

在无数道震撼的哗然声中，叶歌渐渐回过神来，他怔怔地望着周元，最终只能苦笑一声。谁能想到，堪称完美的计划，竟然会在周元身上出现纰漏……

李卿婵的眼眸带着一丝异色看着周元。没想到，竟然又被夭夭说中了……她之前并不看好周元，所以对于夭夭的坚持，她方才觉得有些不可理喻。然而现在的事实告诉她，自己似乎又看错了……

“这个家伙……”她盯着周元，抿了抿红润小嘴，“难道我真的太小看他了吗？”

不过，她不得不承认，这一场，周元赢得实在是漂亮。

第三百五十九章 灵纹殿前

灵纹殿前哗然不断，诸多弟子犹如沸腾了一般，周元与夭夭的身影在那万众瞩目间分外耀眼。显然最后的结果出乎了所有人的意料。

那座结界是灵纹峰诸多弟子联手布置，还有白眉峰主的暗中指点，从某种意义而言，算是集灵纹峰弟子所成的巅峰之作。

然而谁都没想到，这种巅峰之作，最后竟然会被周元与夭夭联手所破。这岂非是说，周元与夭夭这一次几乎是抗衡了灵纹峰所有弟子，并且取得胜利？

这是何等的成就！

无数道目光看向两人时都有了一丝敬畏，当然，更多的敬畏是给夭夭的。因为所有人都清楚破阵的主力还是夭夭，毕竟她牵制了结界近乎八成的力量。

在那万众瞩目间，夭夭的眸子看了一眼叶歌，冷淡道："结界已破，这灵纹殿可以进了吗？"

感觉到夭夭言语间的冷淡，叶歌苦笑一声，点点头。

"此次破阵的是我二人，周元应该也有进入灵纹殿的资格吧？"夭夭又问道。

一旁的周元闻言心头微动。这灵纹殿乃是灵纹峰的底蕴所在，收藏着众多古老源纹，若是能够进入其中翻阅，对他提升源纹造诣会有极大帮助。如今他的神魂有所突破，踏入了实境中期，正好可以在这灵纹殿中学习一下。

叶歌怔了怔，旋即哂然一笑，道："这是自然。从今日起，夭夭师妹与周元师弟只要想来，可以随时进入灵纹殿，除了某些隐秘之地，其他都可随意翻阅。"

他也算是大气，没有因为这场比试输了就恼怒，如此风度引得不少弟子微微点头。这叶歌能够成为十大圣子，的确非常人所能比。

对于他这种风度，夭夭却是无动于衷，眸子依旧冷淡。在她看来，若非叶歌，她根本就没必要在这里当着这么多人的面出手。喜好安静的她，对于出风头没有任何兴趣，那些各种各样的目光也皆让她不喜。

“走吧。”

夭夭对着周元说了一声，便转身走向后方的灵纹殿。周元见状，快步跟了上去。

灵纹殿前，金章与夏雨望着走来的两人。

金章对夭夭抱了抱拳，神色中有些佩服的意味，想必结界中的一番较量，已让他知晓了夭夭的实力。

夏雨则有些怯生生地躲在金章身后，大眼睛偷偷地看了周元一眼。她那白皙的额头此时有点通红，显然是先前被周元一头撞击所致。在不对战时，夏雨少了那种凌厉感，就像一个柔柔弱弱的少女。

周元见状，冲着夏雨带着一丝歉意地笑了笑。

少女触及他的目光，小脸有些羞红，眼中还残留着一丝之前神魂碰撞的惧意，当即如小鹿般赶紧缩回了头。

“嘎吱。”

当周元两人来到灵纹殿前，那紧闭的殿门在此时自动开启，仿佛有古朴的气息涌出来，有些沧桑之感。

夭夭的脚步没有停留，直接迈入，周元紧跟其后。

望着渐渐消失在殿中的两道身影，灵纹殿前诸多弟子感叹着，眼中还带着浓浓的意犹未尽。

可想而知，今日过后，夭夭的名气将会达到苍玄宗诸多弟子最顶尖的高度，足以媲美十大圣子。她展现出来的实力，足以说明她拥有成为十大圣子的资格。这可真是让人感到震撼啊！

叶歌还站在原地，望着灵纹殿，神色有些惆怅。

李卿婵来到他的身旁，看了他一眼，道：“你就别再有什么心思了，到时候万一真把她惹火了，我觉得你怕是承担不起。”

叶歌笑道：“遇见心动的人，难道还不能努力一下啊？夭夭和周元虽然关系比较亲密，不过看得出来他们应该不是情侣……所以，我觉得我未必没有机会。”

李卿婵淡淡道：“凭着女人的直觉，我觉得夭夭似乎有些看不上你。”

叶歌眉头微皱了一下。能够成为苍玄宗的圣子，他的天赋无疑非常卓越，虽然表面洒脱，但内心极为骄傲，李卿婵此言，让他有点难以接受。

“别白费力气了……你们也都放下这些心思吧，不然连普通朋友都做不成。”她若有深意地道。不仅是对着叶歌说的，还对其身后的那位白眉峰主，那一位显然是真心想要夭夭留在他们灵纹峰，但这次的举动有些不太妥当。

以夭夭的聪慧，不难猜测到前因后果，到时候就怕性子一起，直接彻底断了和灵纹峰的关联，让白眉峰主为自己的自作主张欲哭无泪。

李卿婵说完便直接转身而去。

叶歌望着她的倩影，犹豫了一下，最终只能轻叹一口气。从夭夭对他的那种冷淡来看，似乎对他还真是没半点兴趣。

灵纹殿前人山人海的弟子渐渐散去，当他们将此地的消息带回去后，想必会引起整个苍玄宗的轰动。

顾红衣伸了一个懒腰，显露出动人的曲线。她满足地微眯着双眸，冲着苏婉笑吟吟道：“苏婉师姐，怎么样？”

瞧得她那副得意的样子，苏婉没好气地道：“你得意个什么劲，他和你又没什么关系。”她上上下下打量了一下顾红衣，促狭道，“虽然你这小妮子姿色也不差，不过有那周小夭在，就怕周元不为所动哦。”

顾红衣俏脸一红，瞪了苏婉一眼，羞恼道：“胡说什么呢，我跟周元只是朋友而已。”

“是么？”苏婉一副不信的表情。

顾红衣银牙一咬，也不理会她，转身便朝灵纹峰下而去。

“嘻嘻，小丫头害羞了。”苏婉带着一众女弟子笑嘻嘻地追了上去，嬉闹间引得不少弟子注目。

另一处，陆玄音俏脸阴沉地望着灵纹殿。

“这个周小夭，真的有些可怕啊。”徐炎叹了一口气，眼神中满是忌惮。

他转头看向陆玄音，笑道：“你也别担心，虽然对付她有点难度，但我们的目标主要还是那个周元……这个小子，就没那么难对付了。

“不过从他这次展现出来的源纹造诣看，我们得将他的危险系数提高一些了。回头我再安排一下，务必要在紫带选拔上让玄音师妹你好好将这口恶气给出了。

“如今他在这里又大出风头，让众多弟子对他提高了期望，甚至觉得他也有争夺紫带魁首的资格，既然如此，到时候率先将他淘汰，让他连前十都进不去，想来能让他摔疼一下吧？

“呵呵，我倒要试试，是他周元的头硬，还是我剑来峰的剑利？”

陆玄音闻言轻轻点头，眸子里有一抹快意与期待。她的确有些小瞧了这个周元，不过下一次出手的将会是他们剑来峰金带中最为精锐的一批弟子。

陆玄音深吸了一口气，冷冷地看了一眼灵纹殿，然后转身而去。

她就不信，面对这种阵容，他周元还能翻天不成？！

第三百六十章 捧杀之局

灵纹峰上这场破阵之斗最终在苍玄宗内传开，不出意料地引发了一场巨大的轰动。

在这种轰动之下，夭夭本就极高的人气更是瞬间突飞猛涨，丝毫不逊色于真正的十大圣子，直接成为苍玄宗内的风云人物。

据说这场破阵之后，连青阳掌教以及数位峰主都有所耳闻，最后还为此产生了一些争议，因为他们都想出面将夭夭收入自己峰下。以夭夭展现出来的实力，她已经拥有了冲击十大圣子之位的资格，这时候将其收入峰下，岂不是能够平白多一个圣子名额？

在苍玄宗内，每一峰的资源分配都要看其弟子优秀程度，这一点，就算青阳掌教是苍玄峰峰主也得遵守。所以，哪一峰多一位圣子，得到的修炼资源也会更多一成，这对整峰而言，都是巨大的好事。

而且，想要培养出一位圣子需要何等的心血与缘分，诸位峰主心中都十分清楚。眼下有一个突然冒出来的夭夭，自然谁都想直接收入峰下。

所以此事一出，数位峰主连同青阳掌教都激烈争吵了一番，但最终因为谁都不肯退让，只能让此事搁置下来。最后决议还是要尊重夭夭本人的意见，看她想要加入哪一峰……

当夭夭的名气开始在苍玄宗内直冲天际时，在这场破阵之战中出了一些力的周元也受到了一些影响，因为他在结界中战胜了夏雨。

夏雨是灵纹峰诸脉金带弟子第一人，也是此次紫带选拔夺魁的热门人选之一，周元却击败了她，无疑令很多人关注到他。

在此前，周元参加紫带选拔的消息并没有引起多少轰动，更有不少弟子在暗中嘲笑他不知天高地厚。他才进入内山不过一两个月，竟然就够胆子参加紫带选拔！要知道，当年楚青师兄那等优秀，也是在将近半年后才出手夺魁。所以，在很多人看来，周元这么快参加紫带选拔，实在有些不自量力。

这种想法在经过此战后便烟消云散，虽说事后得知夏雨乃是措手不及，被周元以神魂击败，但不管如何，这已经证明了周元的源纹造诣不低，不可轻视。现在他凭借这般源纹造诣，已经够资格参加紫带选拔。

所以，最近数日，原本在紫带选拔中不被注意的周元，竟然在诸多弟子口口相传间渐渐成为此次夺魁的热门人选之一，跟之前的冷门截然不同。

这无疑令这次的紫带选拔更添了几分不确定因素。

……

当此事在苍玄宗内传得沸沸扬扬时，作为话题中心的周元与夭夭二人却销声匿迹，沉浸于灵纹殿中的源纹收藏，丝毫顾不得这些。

灵纹殿收藏着苍玄宗自创立以来搜集的无数古老源纹，底蕴深厚，在进入此地后，连夭夭都变得狂热起来，大有埋入其中不出来的冲动。

周元同样对灵纹殿中所藏极为欣喜，他源纹造诣没有夭夭那么高，只能挑选一些他能够消化的源纹来学习。尽管如此，这灵纹殿中的收藏也让他眼界大开，诸多奇妙的源纹让人赞不绝口。

于是，两人沉浸在灵纹殿浩瀚如海的源纹中，一日复一日，甚至忘却了时间。

短短数日，周元便感觉到自身的源纹造诣有所提升，若此时再和夏雨比拼，他相信即便是正面相斗都不会怎么忌惮了。

……

这一日。

周元立于一座古老石柜前，如饥似渴地翻阅着一卷残破的古籍，上面记载着一些古老的源痕让他分外入迷。

远处，一些灵纹峰的弟子时不时看过来，目光中都充满着敬畏与忌惮。显然，当日那场破阵之斗，镇服了这些心高气傲的灵纹峰弟子。

周元沉浸在古籍中时，忽然耳朵微动，一缕幽香传入鼻中。他抬起头来，见到一名清纯少女站在不远处睁着大眼睛看着他，正是灵纹峰那位夏雨小师姐。

瞧见周元看过来，夏雨顿时忍不住后退半步，方才咬了咬嘴唇，停下脚步。

“夏雨小师姐，有事吗？”周元见状，干笑一声。看来之前他的举动把这位小师姐吓得有点心理阴影了。

夏雨小心翼翼地走上前来，用低低的声音道：“苍玄峰有一位叫作顾红衣的师妹让我帮她给你传个话。她说，紫带选拔小心剑来峰。”

周元一怔，旋即眉头皱起。剑来峰？

“谢过夏雨小师姐了。”周元抱拳笑道。

夏雨摇摇小脑袋，大眼睛看了周元一眼，低声道：“听说现在你也被人评为此次紫带选拔夺魁的热门人选了。而且我听说这种风声大多是从剑来峰传出来的，给你造了不少声势呢。”

周元愣了愣。他和剑来峰不算合得来，之前还坏了孔圣的好事，如今他们会好心为他造势？怎么可能？

他看着夏雨那明亮的大眼睛，忽有所悟，平静地道：“好个捧杀之局。”

显然，这是故意先将他捧高，让所有人都觉得他真的有夺魁希望，到时候再将他打落，让他跌得够狠。

想出这招的人，还真是阴狠呢。

周元再度对着夏雨拱了拱手。显然，眼前的少女聪慧得很，洞悉了这种意图，所以才会提醒他。

“夏雨小师姐，上次可真是不好意思。”少女不计前嫌，还为他通风报信，这让周元为之前下手那么狠感到有些抱歉。

夏雨摇摇头，看了周元一眼，便有些害羞地转头走了。

周元望着她离去的身影，眉头皱起。看来这次他在灵纹峰上虽然出了风头，但也让一些人对他提高了设防程度，所以才想出了这些手段，打算趁机在紫带选拔上将他给打压下去。

“你这女人缘，还真是挺不错的嘛……”在周元沉思的时候，一道带着一丝戏谑的声音在身后响起。

他转过头，便见到夭夭斜靠在石柜上，嘴角微翘地望着他。

被她空灵清澈的双眸盯着，周元干笑一声，道：“这是人家夏雨小师姐心善。”

“也不瞧瞧这里是什么地方，不想被下黑手的话，还是少沾染别峰的小花儿。”夭夭懒洋洋地道。

周元目光一扫，果然瞧得一些灵纹峰弟子的目光隐隐有些不善，似乎觉得他竟敢在灵纹峰勾引他们心中的小师姐。

周元嘴角忍不住抽搐。

夭夭似笑非笑，然后将手中的一卷古籍丢向周元。

“少勾搭小姑娘。这是我帮你挑的，如果不想在紫带选拔上被人针对的话，我建议你这些天最好将它修成。”

周元连忙接过，目光一扫，眼神便是一凝。

“天雷玄火结界。”

“这道结界应该是你目前能够掌握的极限，如果能够修成，应该能作为底牌。”夭夭淡淡道。

周元心花怒放，清秀的面庞上露出笑容，肉麻地道：“还是夭夭姐对我好啊。”

“呵……”夭夭红润小嘴微微一掀，青丝一甩，便转身而去：“这种话还是留着去骗小姑娘吧，对我可没什么作用呢……”

第三百六十一章 桃夭仙酿

灵纹殿，一间静室。

周元面色凝重地坐于桌前，面前摆放着玉板，手中天元笔落下，微光绽放，勾勒出一道道奇妙的源痕，隐隐间有天地源气汇聚而来。

他全神贯注勾勒了许久，最终手腕微微一抖，望着玉板上成形的源纹，如释重负地松了一口气。

周元将玉板小心地放在桌上。只见此时桌面上已经堆积了数十块玉板，每一块玉板上都铭刻着一道复杂源纹。

这一个月他都在参悟研究夭夭给他选择的那道天雷玄火结界。这道结界，就算在四品结界中都威力不弱，想要布置成功，需要多达数百道源纹的配合。为了学成这些源纹，周元这一个月下来可谓是废寝忘食。这般学习量，就算是他都有些吃不消，经常疲倦得倒头就睡。

不过好在总算熬了过来，这一个月下来，天雷玄火结界的数百道源纹，他都已大致掌握。

但光能够刻画源纹不算什么，这些源纹就像是机关的零件，周元想要让结界完整，还必须成功将其组装。这仍然需要一段揣摩的时间。

“嘎吱。”

静室的房门被推开，夭夭抱着一堆残破的古籍走了进来。她来到桌前，将怀中的古籍放下，然后优哉游哉地拿过周元面前堆积的那些源纹玉板。

她检查的速度很快，不一会儿便将那数十块玉板分开，然后玉指指了指一边的十来块玉板，道：“这些都不合格，重新刻画。”

周元闻言，顿时面色一苦。

夭夭明眸扫了他一眼，道："你这些源纹，虽然勉强能够算作成形，但一些源痕运转间却不甚圆满，用来看看倒是可以，若是用来组合结界，一点小小的瑕疵都有可能令结界整体崩溃。你若是不想到时候辛辛苦苦布置出来的结界残缺，被人两三下就打爆，就老老实实下功夫苦练。"

被夭夭教训一通，周元只能苦笑着点点头。

夭夭在打了他一棒子后，还是螓首微点，给了一个甜枣："一个月的时间，你能够将这天雷玄火结界的源纹学成这样，速度算是不错了。"

其实何止不错，若让那些灵纹峰的弟子知晓恐怕会惊掉下巴。天雷玄火结界乃是四品结界，威力极为惊人，很多弟子得花半年甚至更多的时间才能勉强将其吃透。

周元顺手抽出一道玉板，放在身前，笑道："放心吧，紫带选拔来临之前，我会将这天雷玄火结界彻底掌握。"

夭夭满意地点点头，一副孺子可教的表情。她在一旁优雅地坐下，道："现在听外面说，你在紫带选拔上的热门程度都追上各峰主脉那些金带第一席了。"

她若有所思道："看来有人想要你狠狠地摔个跟头呢。"

跟夏雨这些各峰主脉金带第一席比起来，周元毕竟根基尚浅，偏偏眼下将他推到了风口浪尖，显然是有人故意推动，想要周元在紫带选拔上出丑。

"应该是剑来峰的那些人吧……"周元对此并不意外，笑道，"而且我们还在源池中坏了孔圣的好事，他们不敢找你的麻烦，自然想要对付我这个软柿子。"

夭夭的玉指轻轻点着桌面，明眸看向周元，低声道："那苍玄老祖之前不是说，他怀疑当年他的陨落和苍玄宗内部有些关系……那位剑来峰的灵均峰主会不会……"

周元抬头，目光与夭夭对视一眼，都安静了下来。

"没有证据，不能瞎猜。"周元沉吟着摇摇头，道，"这种事牵扯太大，若没证据，就算是青阳掌教都不敢轻举妄动。"

夭夭微微点头，不再多说。这种事还轮不到他们来管，眼下最重要的，还是必须要在年底时让周元夺得圣源峰首席，然后进入封印的主峰中，将那第二道圣纹拿到手。

她总感觉，当圣源峰主峰再度开启时，苍玄宗内会有人有所动作。

两人结束了这个话题，然后各做各的事。

夭夭翻阅着那些残破古籍，好半晌后忽地轻“咦”一声。周元抬起头来，便见到夭夭玉手握着一张泛黄的残破纸张，素来淡然冷清的绝美脸颊上竟然有一抹欣喜之色浮现出来。

“什么东西？”周元忍不住好奇。能够让性子冷淡的夭夭露出这般神色，究竟是什么？

夭夭伸出粉嫩的舌头轻轻舔了舔红唇，然后将纸张递给周元，美目亮晶晶的。

周元接过来一看，先有些疑惑，然后额头上有着黑线浮现——这竟然是一道极为古老的酿酒之法。

“大惊小怪。”周元没好气道。

夭夭轻哼道：“你懂什么！这一看就是失传已久的古老仙酿，能够在这里遇见，就是天大的缘分。”

她轻轻敲了敲桌面，玉手托着香腮，看着周元道：“我要你给我把它酿出来。”

周元眼睛一瞪。这小姑奶奶还真是有脾气，这种要求都能理直气壮地说出来。

“我哪里会酿酒啊！”

夭夭站起身来，玉手撑着桌面，娇躯探出，绝美的玉颜俯视着周元，香风袭来，面无表情道：“你做不做？”

望着近在咫尺的玉颜，周元顿时有些口干舌燥，眼睛一转，道：“那有没有奖励？”

“你想要什么奖励？”夭夭似是微微笑了笑。

周元舔了舔嘴唇，眨眨眼。

还不待他说话，夭夭便伸出冰凉的小手，轻轻摸着周元的脸庞，最后趁他一脸享受的时候，冷笑着猛地一把拧住了他的耳朵。

“周元，你学坏了呀，连我的便宜都敢占！信不信我让吞吞吃了你？”

静室的角落，吞吞哼唧一声，嫌弃地看了周元一眼，然后转过头，用圆滚滚的屁股对着他。

周元脸庞扭曲，连忙求饶道：“好，好，我想办法给你酿！”

夭夭闻言，这才满意地坐回去，笑吟吟道：“这才乖。嗯，酒名我都想好了……就叫作桃夭酿吧。”

她双手托腮，竟显露出了几分期待。

周元翻了个白眼，心中却忍不住轻笑一声。他发现最近夭夭那种冷漠似乎减弱了一些，当然，只是针对他……而且，他也能够感觉到，夭夭对他亲密了许多。这，应该算是亲密度提高了吧？

他看了一眼面前的无名仙酿古籍，又看了看夭夭明眸中极为罕见的一丝期待，微微笑了笑。

当年苍渊师父将夭夭托付于他，让他照顾她，但这些年来，其实是夭夭给了他更多帮助，不然他也不敢肯定自己能够一路走到现在。

所以……

只要你喜欢，就算是上九天揽月，我都会为你去做。

……

时间悄然流逝，紫带选拔近在眼前……

随着时间临近，苍玄宗内的气氛渐渐沸腾，紫带选拔再度将所有人的眼球吸引过来。

对诸多弟子而言，升为紫带弟子，代表着荣耀与地位，这是他们最关心的事情。与此相比，之前灵纹峰上破阵之战的余波已开始渐渐被即将来到的紫带选拔覆盖……

其中最让弟子们感兴趣的便是此次夺魁的人选，为此还开了诸多盘口。

苍玄峰的苏婉，洪崖峰的吴岳，雪莲峰的穆春雷，剑来峰的乐天，雷狱峰的汪辰，灵纹峰的夏雨……这几位都是各峰主脉金带弟子第一席，实力强横，算是最为热门的夺魁人选。很多人都猜测，此次的魁首应该就在他们之中产生。

紧随他们之后声势最大的，莫过于在灵纹峰上大出风头的周元。因为某些人暗中推波助澜的缘故，周元的热度居高不下，甚至大有追赶前面数人的势头。这导致不少弟子看好周元，在他身上下了重注。

一些消息灵通的弟子对此则是暗自摇头冷笑。周元在灵纹峰上的确表现突出，甚至还闯过了夏雨的防守，不过事后众人也明了周元是出其不意，趁夏雨措手不及方才险险取胜，不然他不可能有丝毫胜算。就算周元突破到了实境中期，也只是刚刚突破，而夏雨已在这上面修炼许久，神魂底蕴比周元更强。

而且经过灵纹峰一役，周元的底牌也暴露出来，想必其他人都会对他有所防范，到时候周元还想出其不意，显然不太可能。在众人看来，此时周元若再和夏雨对上，有了准备的夏雨应该能够将其战胜。

所以，周元这种夺魁热门的水分实在太大，等到了紫带选拔，自然就会显出真面目。

因此，一些弟子对最近声势大涨的周元并不怎么在意，而且在遇见下重注于周元身上的弟子时，还会以慧眼的姿态居高临下地指点一番，如果对方不甚在意，则会摇头感叹一声：真是愚蠢。

不管如何，周元在夺魁的热门人选中开始占有一席之地。这不得不说，某些人推波助澜的效果还是不错。

于是，这场万众瞩目的紫带选拔，在这种气氛之下渐渐来临。

第三百六十二章
选拔之前

紫带选拔如期而至，整个苍玄宗仿佛都在这一刻沸腾起来，那种沸腾甚至引得天地源气都躁动了几分。

虽然参加比试的弟子相对于整个苍玄宗而言只是极少数，但这并不妨碍紫带选拔成为苍玄宗每年的盛事。它所受到的关注度几乎仅次于年底的各峰首席之争。谁都知晓，虽然现在他们或许没有资格参加，但终归会有那一天，而且这也是他们升迁的必经之路。

紫带弟子，苍玄宗真正的栋梁精锐，也是每一个苍玄宗弟子为之努力的目标。

成为紫带弟子后，不论地位还是待遇，都将会远超其他弟子，令人艳羡。

所以，紫带选拔能够获得如此之高的关注度，不足为奇。

……

紫源洞府。

整装待发的周元望着自小楼中走出的夭夭，眼睛忍不住一亮。今日的夭夭一身浅青衣裤，青衣勾勒出上身的曲线，小蛮腰盈盈一握，长裤显得双腿格外修长纤细，原本垂落的青丝挽起，被玉簪束着，露出了优雅的脖颈，雪白得有些发光。

这般装束令夭夭显出几分青春活力，与以往那种冷冷淡淡的感觉倒是有点不同。

夭夭抱着吞吞慢步而来，眸子淡淡地扫了周元一眼。

“真漂亮。”周元毫不吝啬赞美之辞。

然而夭夭对这般赞美却无动于衷，红唇微启道：“桃夭酿研究得怎样了？”

周元闻言，顿时面色一僵，尴尬道：“还在研究……这桃夭酿可不简单，所需要的源材都很难得。百年的龙血桃、清灵稻米、玄海泉水……”

说到此处，周元忍不住咋舌。这些源材都极为珍稀，他在宗内的琳琅阁找寻过，结果一个都没有。显然，夭夭从灵纹殿中翻出来的无名仙酿也不是凡物，如此珍贵的源材，都能用来炼制一些品阶非凡的丹药了。

当然，以夭夭的眼光，一般的酒酿恐怕也无法让她心动。

对于周元的诉苦，夭夭的俏脸一片平静，玉手轻轻抚摸着吞吞柔软的毛发，声音清淡道："所以呢？"

清清淡淡的言语却让周元察觉到一丝危险的味道，他当即露出笑容道："所以接下来我会更加努力地找寻这些酿酒的源材，争取早日为夭夭姐酿出桃夭酿！"

夭夭怀中的吞吞朝周元投去鄙夷的目光：这家伙，还真是没有骨气！

夭夭对周元的态度颇为满意，红唇微翘道："今日就是紫带选拔了，都准备妥当了吧？"

周元笑着点点头，笑容中有着一些自信浮现。

"放心吧，我也想要看看，剑来峰的人花费了这么多心思，今日又能如何？"

他们费尽心机地为他造势，让他登上风口浪尖，可不是真的有什么好心。今日，他们的手段都将会显露出来。不管他们如何出招，他周元接着便是。

夭夭螓首微点。

两人径直出了洞府，最后脚踏源气云朵，来到了圣源峰的一座大山上，此时这里几乎汇聚了整个圣源峰三脉的弟子。

紫带选拔这种大事，连青阳掌教以及数位峰主都会参加，所以各峰长老会携带门下弟子尽数前往，规格可谓极高。

当周元、夭夭赶到这里时，沈太渊、陆宏、吕松三位长老都已带着三脉弟子在此。周元与夭夭的出现无疑引发了一些骚动，如今两人从某种意义上而言，可谓是圣源峰名气最高的了。

沈太渊门下的弟子目光热切，周泰、沈万金等与周元交好的弟子都拥过来，如众星捧月。

"哈哈，周元师弟，我这次可是在你身上下了重注，足足五千源玉。你可要加油，不然我下个月就得饿着肚子修炼了。"周泰爽朗地笑道。

"我也压了两千源玉，算是将所有家财都抵上去了。小元哥，我能不能发家致富，就靠你这次了。"沈万金谄媚地笑道，胖嘟嘟的脸庞上满是油光。

其他一些弟子也哄笑出声，纷纷出言，都说下了重注。

周元笑着一一回应。随着他这三个月来一步步闯出声名，沈太渊门下的弟子都开始渐渐接纳他，释放出诸多善意。显然，周元展现出来的天赋与战绩征服了他们，现在，他们对周元得到门派的重视不再感到不平衡。

当然，除了以张衍马首是瞻的那些少数弟子。

他们这边热闹，其他两脉的弟子则眼神有些复杂地看向这边。

吕嫣的美目打量着远处被诸多弟子簇拥在中间的周元，嘀咕了一声。之前周元与夭夭闯灵纹峰时，正巧她闭关了几天，没想到一出来，便听到周元搞出这么大的事情。眼下的周元在苍玄宗内名气如日中天，大有成为黑马的势头，虽然还比不上十大圣子，但从某种意义而言，也算是宗内的风云人物了。

“真是可惜，当初若是吕师坚持，说不定周元就是我们这一脉的弟子了。现在整个苍玄宗都知晓了圣源峰沈长老一脉……”在其身旁，一名弟子感叹道。

吕嫣瞪了他一眼，道：“胡说八道什么，光靠一个周元，难道就能改变什么吗？他或许有天赋，但还不至于到这一步。

“而且灵纹峰的事，主要是因为周小夭，周元不过从旁协助而已。最近那些将他吹得神乎其神的谣言，也不知道是什么人放出来的。”她冷哼一声，道，“若周元清醒一些还好，如果他也被这些谣言吹上了天，那这次的紫带选拔，恐怕他飞得有多高，就跌得有多痛。”

吕嫣虽然不是很清楚来龙去脉，但洞察力终归不是寻常弟子可比，隐隐地察觉到了一些针对周元的气息。所以，这一次的紫带选拔，周元若是不留个心眼，怕是会付出不小的代价。

就在吕嫣他们这边的弟子暗中嘀咕时，陆宏一脉的弟子则在不远处冷眼旁观。特别是卫幽玄等人，眼神皆有些阴沉，还隐藏着一些讥讽之意——

“周元，就让你再得意一下吧……”

“等紫带选拔开始，你就会知道，今天，你就是一个小丑！”

第三百六十三章
紫山开启

一片巍峨巨大的山脉矗立于大地，蜿蜒清澈的大河奔腾而来，将山脉环绕隔离，水雾缭绕，令这座山岳具有磅礴之气。这正是紫带选拔的场地，名为紫山。如今，这里已成为整个苍玄宗最热闹的地方。

只见无数道光影铺天盖地地落向紫山四周的山岳，令原本空旷的山野变得拥挤起来，人声鼎沸。这紫带选拔的人气，显然非同凡响。

一道源气云朵从天而降，落在一座山头上，沈太渊袍袖一挥，源气散去，显出诸多弟子的身影，周元、夭夭也在其中。

众弟子望着热闹的场面有些兴奋，毕竟这种盛事在苍玄宗一年内仅有数次。

"这就是紫带选拔的场地吗？"周元好奇地望向那片巍峨连绵的山脉，其中古树矗立，极为茂盛，又有雾气笼罩，显得有些神秘。

"没错，此为紫山，每一次的紫带选拔都会在这里展开。"沈太渊站到周元身旁，素来古板严厉的苍老面庞在看向他时却充满着笑意。看得出来，周元一次次出人意料的战绩，让沈太渊知晓此次真是捡到宝了。"所有参选弟子都会被投入这片山脉，彼此争斗。"

周元点点头。看来紫带选拔是一场混战，比起那种抽签后的单打独斗要复杂许多，因为混乱代表着没有什么规则。一切，都是为了最后的胜利。

"周元，紫带选拔没有太多的规矩，各种手段说不定都会出现，只要不伤及性命，宗门对此并不是太排斥。"沈太渊看着周元，提醒道，"毕竟宗门也不想培养出空有实力却没有脑子与手段的弟子。"

周元点点头表示认同。如今弟子在宗内修行，倒没什么危险，可未来毕竟会有外出任务。苍玄天内情况复杂，就算他们苍玄宗是巨头宗派之一，但弟子在外也会遇见诸多危机，若是只知道蛮干的话，恐怕活不久。

不过，这种混乱选拔对于他而言，显然更多了几分不确定的危险性，特别是在知晓剑来峰有人要对他不利的情况下。

“周元，我知道你要强，不过此次选拔强敌众多，我建议你不必执着于魁首，只要能够进入前十，便能够升任紫带弟子，那你就算是成功了。”沈太渊说道。

周元笑着点点头，道：“沈师放心，若是情况不对，我自然会选择退一步，不去争夺那魁首之位。”

沈太渊闻言，欣慰地点点头，指着云雾缭绕的山脉，道：“紫山深处有十峰，登顶十峰者，则为前十。”

周元若有所思道：“那魁首如何决出？”

“这就得等你们登顶后才能知晓了，因为这魁首之争有时候跟以往并不相同。”沈太渊道。

周元点点头，不再多言。

当他们现身后不久，忽有一道源气云朵从天而降，白裙飘飘，赫然是那李卿婵。

她直接落到了夭夭身旁，顿时紫山附近无数道炽热的目光投射而来。毕竟这两位可算是苍玄宗的顶尖美人，如今站在一起，光是容颜映衬，就让人心跳加速。

李卿婵没有在意那些目光，只是站在夭夭身旁，眸光扫了一眼站在沈太渊身旁的周元，说道：“这次的紫带选拔，周元恐怕要吃大亏呢。”

夭夭抚摸着怀中的吞吞，不置可否。

李卿婵盯着夭夭的玉颜，道：“我可以让雪莲峰的弟子出手帮帮忙，算是还你的人情，如何？”

她是骄傲的性子，觉得在源池中欠夭夭一次，所以想了清，免得见到夭夭总有点不自在。

夭夭想了想，摇摇头，悠然说道：“我觉得……应该不需要。”

李卿婵柳眉一蹙，道：“你未免也太高看他了吧？你可知道有多少人想要动他？你们圣源峰参加紫带选拔的弟子屈指可数，而且看样子他们也不太可能帮忙。”

“所以只能靠他自己。”夭夭说道。

李卿婵加重了声音说道：“你觉得，凭他一个人就能够对抗剑来峰诸脉的金带第一席？他们每一个人的实力都不比之前的卫幽玄弱。”她显然觉得夭夭这种话太不负责任。

夭夭唇角微掀，道："如果他不行的话，那就活该被揍一顿，也好让他以后修炼认真一些。"

李卿婵无语，她也知晓这并非是夭夭心中所想，当即微微沉吟道："难不成你还真以为他能抗衡剑来峰？"

"试试不就知道咯，反正输了也是他丢人。"夭夭似是笑了笑，道。

李卿婵盯着周元的身影，最后又看向夭夭，认真道："我觉得他不行。"

"那我们就拭目以待吧。"

……

在靠近紫山的一座大山上，是剑来峰的弟子汇聚之处。此时，在山头一处，陆玄音、徐炎等人站在一起。

陆玄音微冷的目光远远地看向一座山峰，那里正是周元他们所在之地，因为夭夭也在那里，受到的瞩目实在太多了。

"听说现在宗内的盘口上，很多弟子都压了周元呢。"徐炎在一旁微笑道。

他也远远地望着远处被诸多视线瞩目的周元，戏谑道："不过也好，那些人对他期望越高，等他摔落的时候，失望与愤怒也就越大。

"这一次，也该让这位顺风顺水的师弟摔个跟头了，免得太心高气傲，真当我苍玄宗无人了。"

陆玄音点点头，眼中有些快意，那口憋在心头数个月的恶气，看来总算能够吐出来了。

"乐天师弟，这一次就要让你屈身动手了。"徐炎冲着一旁的青年笑道。那青年总是面带笑容，看上去极为和善，正是剑来峰主脉金带弟子第一席的乐天。

乐天面带笑容道："昨日赵烛师兄见了我一面。"

"赵烛师兄？"听到这个名字，徐炎与陆玄音一惊。那可是他们剑来峰第二位圣子，论起声望仅次于孔圣。

"赵烛师兄说了什么？"徐炎连忙问道。

"赵烛师兄说，现在的年轻人心气太高，应该压一压，所以让我们尽管放手去做。"乐天笑眯眯道。

徐炎与陆玄音顿时眼中有着喜色浮现出来，没想到连赵烛师兄都站在他们这一边，看来周元最近真是太张扬了。

有了赵烛这番话，这一次对付周元，剑来峰不会再有弟子心生异议了。

徐炎与陆玄音对视一眼，忍不住一笑。

这周元，算是彻底没有机会了。

……

“当！当！”

随着时间的推移，紫山周围愈发鼎沸，烈日渐渐高悬。此时，清脆的钟声响起，回荡在天地间。

不久，所有弟子都感觉到一道道浩大的气息从天而降，无法形容的威压散发出来，令天地都在微微抖动。

无数弟子敬畏地抬起头，便见到数道光影从天而降，最后落到了紫山外最高一座山峰上，那里有着数道石座矗立。

数道光影在石座上坐下，光芒散去时现出面目，正是青阳掌教以及五位峰主！

“拜见掌教！”

“拜见诸位峰主！”

所有弟子以及长老都弯身抱拳，恭声道。

青阳掌教面带笑意，微微点头，旋即洪亮的声音响起：“时辰已到，诸弟子入山吧！”

伴随这道声音落下，这片天地瞬间沸腾。

期待已久的紫带选拔，终于开启。

第三百六十四章 选拔之争

“轰！”

当青阳掌教洪亮的声音落下时，整个天地间的气氛瞬间被引爆。

“唰！唰！”

在诸多弟子火热的目光中，只见一道道光影忽然冲天而起，掠过蜿蜒的大河，最终犹如蝗虫一般落向那片云雾缭绕的山脉之中。

所有参加紫带选拔的弟子都在此时动了起来，场面一片沸腾。

周元望着这一幕，深吸了一口气，体内的血液在这般气氛下隐隐有些激荡。

“周元师弟（师兄）……加油！”师兄弟呐喊着为周元助威。不管如何，眼下周元的出战代表着他们这一脉的颜面，如果周元能够取胜，他们这一脉将会被整个苍玄宗的人所知晓。

周元冲着众人笑着抱了抱拳，目光看向夭夭，夭夭冲着他淡淡一笑：“李卿婵和我打了赌，你可别害我丢人。”

周元嘴角抽了抽，只能无奈地摇摇头，不再多说，脚掌一跺，身形便冲天而起，化为一道光影径直落向那云雾缭绕的山脉中。

远处山峰上，陆玄音眼眸微冷地望着周元投入山脉中的身影，一声冷笑，下一瞬间，她娇躯一动，疾掠而出。

在漫山遍野的欢呼声中，诸多弟子尽数入场。

当众弟子入场后，只见天空中源气汇聚，化为一道道巨大的源气光镜，光镜内显出诸多山脉中的身影，以供外面的弟子观摩紫带选拔中的激战。

……

一座山峰上，顾红衣俏目望向那一道道源气光镜，显然是在找寻周元的身影。

在其身旁簇拥着数名少女，她们见状，皆笑嘻嘻道：“红衣师姐，你又在找周元啊？

“你对人家也太关心了吧？

“咱们这边可都是苍玄峰的弟子呢，你也不顾着一点他们的心情啊？”

听到她们的调侃，顾红衣翻了个白眼，也不理会她们这些多嘴女，自顾自找寻着。

此时，一群苍玄峰的男弟子拥了过来。最前方是一位蓝袍青年，他双目狭长，看上去还算帅气，其腰间缠绕着紫带，显露着他的身份。

瞧得他走来，顾红衣身旁那些少女皆眼睛一亮，道：“秦岚师兄！”

这秦岚在苍玄峰名气极大，即便在紫带弟子中都是佼佼者，极为优秀。谁都知晓，他似乎对顾红衣有意思。

“红衣师妹。”秦岚冲着她们微微一笑，然后看向顾红衣。

顾红衣扫了他一眼，只是点点头，有些敷衍道：“是秦岚师兄啊。”

她的目光继续转向那些源气光镜，片刻后终于停顿下来，见到了那道熟悉的身影，当即俏脸上有一抹笑容浮现出来。

秦岚顺着她的视线看去，双目微微眯了眯，道：“周元师弟这次紫带选拔可是惹了不小麻烦，恐怕前十都难以进入。”

顾红衣柳眉一蹙，淡淡道：“秦岚师兄说得也太绝对了吧。”

秦岚不置可否地一笑，道：“据我所知，这次剑来峰的弟子将会由乐天率领，直接对周元进行围剿。莫非红衣师妹觉得，面对这种阵容，他能有半分胜算？”

顾红衣俏脸微微一变，她只知晓剑来峰的陆玄音似乎要对周元不利，却没想到乐天竟然也会出手。陆玄音有这么大的面子？

望着脸色变化的顾红衣，秦岚嘴角的笑容微盛，眼神讥嘲地转向光镜中的身影，语重心长道：“这位周元师弟做事还是太张扬，明明只是一个新人弟子，偏偏喜欢不知底线地出风头，如今被教训一顿也好，毕竟都是宗内的师兄弟，至少会留一手，免得他日后出了宗门，再惹上什么人，到时候付出的代价可就不只是这些了。”

顾红衣冷冷地看了他一眼，懒得再理会，直接走向一旁。

秦岚见状也不在意，只是望着源气光镜中周元的身影，目光变得深邃阴沉。

“乐天啊……你们要教训这个家伙的话，就下手重点吧。

“听说红衣还拜托了苏婉师妹帮忙，呵呵，正巧雷狱峰的汪辰师弟与我有些交情，之前暗中拜托了一下他呢……”

……

周元的身影穿过云雾，落在了辽阔的山脉中。云雾有些遮掩视野，令整个天地间变得朦胧，不过他能够清晰地感觉到，周围不远处不断有源气波动浮现。

“诸弟子，十峰位于山脉深处，十峰之下有石门拦路，想要开启石门登山，唯有以二十道印记为钥匙。

“所谓印记，击败一人便可获得一道。

“所以，为了能够获得钥匙登顶，就不断地击败其他人吧。”

周元等诸多弟子进入山脉后，青阳掌教洪亮的声音再度回荡于天地间。

“二十道印记？”

周元闻言，眼神微凝。岂非是说，想要开启石门登山，就得连败二十位弟子？可真是苛刻啊！能够参加紫带选拔的没几个是省油的灯，想要夺得一道印记恐怕都得经过苦战。

“不愧是紫带选拔，的确难度不小。”周元感叹道。

不过他的眼中并没有任何畏惧，反而有些跃跃欲试——这场紫带选拔正好能够用来磨炼自身。

“轰！”

就在他感叹时，感觉到山脉中忽然有一道道狂暴的源气波动爆发而起，显然激战已经开始。

青阳掌教立下的规矩，让诸多弟子将其他人视为竞争对手，激烈的争斗一触即发。

感应着那些激烈的源气波动，周元也不停留，脚尖一点，身形便向着山脉深处疾射而去。

“唰！”

周元的脚尖掠过一根树枝，身影刚动，眼神便猛地一凝。

“轰！”

头顶之上忽有狂暴的源气爆发，一道厉喝响彻，只见一道人影呼啸而至，凶悍的源气宛如风暴般涌来。

此人显然早已躲在此处，就等着有人前来，伺机偷袭。

狂暴的攻势笼罩而来，周元的眼瞳却没有任何波澜，五指陡然紧握，淡青色的玄蛟鳞涌现出来，一拳便与头顶上空呼啸而来的身影碰撞在一起。

“砰！”

源气冲击爆发开来，周围的树干拦腰而断。

周元身影纹丝不动，脚下的树枝微微一晃，头顶上那偷袭之人则一声闷哼，倒射而出，旋即毫不犹豫地掉头就跑，显然知道碰到了硬茬。

“既然出手了，那就别走了！”

周元并不打算放过他，身形虚化，犹如一缕青烟，瞬间出现在那道人影的背后。

“别，饶……”那道人影顿时骇然叫道。

周元面庞平静，玄蛟鳞覆盖拳头，体内源气澎湃涌动，一拳如惊雷般毫不留情地重重轰在了那人的背心。

“砰！”

那道人影狼狈地射了出去，在地面上擦出数百米痕迹，一口鲜血喷出来。

一道光芒从天而降，卷起那道人影丢进山脉之外的蜿蜒河流之中，显然是被淘汰了。

周元手掌一握，只见那道人影被卷起的地方，一道拇指大小的光印浮现，最后飞射而来，烙印在了周元的手背之上——一道印记到手。

周元望着手背上散发着微光的印记，嘴角微微一掀。

“还有十九道……”

他身影微微虚化，下一瞬间化为青烟暴射而出。

这一时刻，辽阔的山脉中，激烈的战斗四处爆发，源气横扫，热闹异常。

紫带选拔，在此时激情开幕。

第三百六十五章
一拳克敌

“轰！”

茂密的森林中忽有狂暴的源气爆发开来，地面都被撕裂开，一棵棵粗壮的巨树拦腰崩断。

林间的空地上，地面崩塌，周元立于其中，在他面前，一名弟子仰天倒下，然后被一道落下的光芒卷飞。

一道光印落到周元拳头上，四道印记到手。

“还有十六道……”周元皱眉。他先前一直在找寻落单的弟子，但他发现随着竞争的加剧，其他六峰的弟子都三三两两地抱团，暂时共同抵御其他峰弟子，这令他下手的难度提升了一些。

毕竟这些家伙不是杂鱼，若是被纠缠住，即便能胜，也会对他造成一些消耗。更何况，他还在时刻防备着剑来峰的人。

这个时候，他们圣源峰的没落已显露出来。其他六峰参加选拔的弟子多达数十人，而他们圣源峰三脉加起来不过五人，而且这五人中，陆宏一脉就占了三人，这些家伙不来对付他就已经是客气了，想要和他们联手，基本不可能。

“怪不得圣源峰紫带弟子的数量那么少……”

周元暗暗摇头。按照这种竞争方式，圣源峰太吃亏了，一年下来能有一两位新晋的紫带弟子都算是不错了。

“谁？！”

就在周元心绪涌动时，他眼神忽然一凝，猛地看向右侧森林中。

在声音响起的瞬间，周元手中的天元笔陡然膨胀，无数雪白毫毛暴射而出，每一根毫毛都锋锐地撕裂了空气，攻势凌厉。

“轰！”

森林中，有凌厉的剑气横扫开来，叮叮当当间，竟将那些雪白毫毛尽数弹射而回。周围巨树被波及，都被切断开来。

周元望去，只见那里一名男子手持青锋长剑，周身源气极为雄浑，也极为锋锐，显然是源气所化的剑气。

“呵呵，这位师弟，我只是路过而已。”那名男子手中长剑斜指，冲着周元微微笑道。

周元瞥了一眼那男子的手背处，只见上面有三道印记。他有些惊讶，这个家伙竟然打败了三位弟子，看来不是无名之辈。

“你是剑来峰的人？”周元手持天元笔问道。

“剑来峰，罗道。”男子笑着点点头。

“你跟着我有一段路了吧？”周元道。之前他就隐隐察觉有人暗中跟随，如今想来应该就是这个罗道了。

罗道闻言，再度点点头。

“你想要拖着我？”

罗道的嘴角似是掀起一抹玩味之色，他盯着周元淡淡道：“拖着你？周元师弟，你或许有些高估自己了。

“乐天师兄虽然有他的计划，但在我看来，你并没有资格让我剑来峰这么多优秀弟子如此大张旗鼓地对付你。

“所以，我先现身了。”

他手中的长剑涌动着夺目的光芒，他缓缓抬起，直指周元。罗道眼神中带着一丝锐利的傲然之意：“等我独自将你解决后，乐天师兄就会知晓，他之前那般布置的确多余了。”

“唰！”

就在他声音刚落的瞬间，周元略显虚化般的身影已猛然暴射而出，化出道道残影，直射罗道。

“不知天高地厚！”罗道见周元对他的话竟然无动于衷，根本懒得多加理会就直接发动攻击，眼中掠过一抹怒意。在他看来，对方分明是在轻视他。

“真以为击败了卫幽玄，你就有资格在我面前张狂吗？告诉你，在剑来峰，卫幽玄也是我的手下败将！”

罗道脚掌猛然一跺，顿时有雄浑的锋锐源气自其体内横扫开来，周围的地面瞬间被撕裂出一道道深深的痕迹。无数道锋锐剑气犹如游鱼掠过虚空，对着周元绞杀而去。

周元的速度极快，残影掠过间，那些锋锐剑气纷纷落空。

他的眼神锁定着罗道。他知晓剑来峰的弟子必然在朝着这边赶来，所以他必须以最快的速度解决掉这个罗道。

罗道望着气势汹汹的周元，眼中怒意更甚，手中长剑猛然间颤抖起来，剑吟响彻，雄浑的源气灌注而进，整个剑身在此时爆发出万道剑光，凌厉到极致。

那等剑光，就算是同为六重天的弟子，都唯有暂避锋芒。

周元身体上此时有淡青色的鳞片浮现出来护住周身——玄蛟鳞！

“咻！”

罗道冷笑，手中长剑猛然刺出，顿时面前的虚空裂开，那一剑宛如雷光划破夜空，锋锐得无可阻挡。

剑光倒映在周元的瞳孔中，然而他的神色没有波动。面对如此锋锐的一剑，他不仅没有躲避，反而伸出手掌，一把对着剑光抓去——他竟要以肉掌硬接。

“找死！”罗道眼神一寒。他这一剑，就算一座山都能削断，这周元竟敢用肉掌来抗。

掌与剑，瞬间接触。

就在接触的那一瞬间，周元布满着玄蛟鳞的手掌上忽有白色的毫毛缠绕而来，犹如天蚕丝所化的手套一般。

那是天元笔的毫毛！

“四品源纹，玄金手！”

周元的掌心有一道源纹陡然间明亮起来，一股奇异的波动散发，只见金光浮现，周元整个手掌包括玄蛟鳞以及毫毛所化的手套，都在此刻化为暗金色。

犹如一只黄金所铸的手掌。

“吱吱！”

黄金手掌探出，一把抓住那道剑光，掌心与锋锐的剑身摩擦着，溅射出火花以及刺耳的声音。不过，不论那剑光如何肆虐，都无法洞穿周元布满防护的手掌。

罗道的眼中有一抹震惊之色浮现出来。

他无法相信周元竟然真的用肉掌接住了他这一剑，还令他那无孔不入的剑气失去了威力！

“嗤啦！”

周元黄金般的手掌划过剑刃，他那有些虚化的身影则在罗道紧缩的瞳孔中欺身而来。

“轰！”

周元另外一只布满玄蛟鳞的拳头，在金色源气的缠绕下毫不留情地重重落在罗道的小腹上。

这一拳，直接轰散了罗道体内涌动的源气。

罗道浑身源气在此时消散，他痛苦地蜷缩起来，面色惨白。

他没想到，才交手一个回合，竟然就被周元找到机会，直接一拳轰散了源气，战斗力尽失！

周元望着一脸难以置信的罗道笑了笑，平静道：“其实，你应该听你们乐天师兄的话。一个人就想过来找我出风头……罗道师兄，你还是太天真了啊。”

一道光芒从天而降，直接卷起罗道。

就在他被卷起的瞬间，罗道腰间的一个玉佩忽然碎裂开，化为一团香气涌向周元。

周元迅速后退，但还是沾染了一些。

罗道低吼道:“周元,你别得意,乐天师兄他们马上就能找到你,将你踢出局！”

他声音还未彻底落下，人已被送了出去。

周元轻轻嗅了嗅身上，有一丝极淡却难以驱除的香气。他眉头微皱了一下，然后毫不犹豫地转身掠进了茂密的森林间。

“想要玩……那就陪你们剑来峰玩到底！”

就在周元迅速离去的时候，他不知晓，在山脉之外，他这场干脆利落结束的战斗引起了一片震动之声。

第三百六十六章 围猎周元

云雾缭绕的山脉之外气氛沸腾，无数弟子面带兴奋地望着天空上那一道道源气光镜，此时每一道光镜内都在上演着极为激烈的战斗。

能够有资格参加紫带选拔的，几乎都是苍玄宗内金带弟子中的佼佼者，平日里地位也不低，当他们汇聚在一起竞争时，那场面精彩得让诸多弟子都移不开眼睛。

“扑通！扑通！”

山脉外蜿蜒盘踞的河流中，不断有弟子被一道光芒卷起丢下来，是那些在竞争中被淘汰的弟子。

“哇，苍玄峰的苏婉师姐很厉害啊，这才一炷香时间不到，竟然已经得到了五道印记！”

“雪莲峰的穆春雷师兄也有五道印记了。”

“还有剑来峰的乐天师兄、灵纹峰的夏雨小师姐……啧啧，不愧是各峰主脉金带第一人，战绩都可谓惊人啊。”

“他们的确很强，其他弟子和他们比还是差了一点。”

……

诸多弟子望着源气光镜内议论纷纷，也有弟子关注着周元，当他们看向那道源气光镜时，忽地爆发出惊呼声：“那是剑来峰的罗道师兄？他竟然先遇见周元了！”

声音传出，顿时引来不少惊异的视线。众多弟子望着源气光镜中对峙的两人，皆发出窃窃私语声：

“竟然遇见了罗道师兄，这周元还真倒霉啊。”

“是啊，罗道师兄在剑来峰诸脉金带弟子中能够排进前三，绝非泛泛之辈。”

“嗯，之前我看了罗道师兄的战斗，已经有三位弟子败在他的手中了。”

“嘿嘿，周元已经打败四位了吧？现在总算是碰到硬茬了。”

……

周元与罗道的对战显然颇有看点，顿时引来越来越多的弟子关注，一时间传得沸沸扬扬。

顾红衣同样看见了这一幕，柳眉微微一蹙。罗道她自然听说过，实力的确不弱，没想到周元第一个遇见的剑来峰弟子竟是他。

“这位周元师弟运气不怎么好啊。”顾红衣身旁，那位秦岚双目微眯，似笑非笑道，“最重要的是，现在乐天、陆玄音等剑来峰的弟子都在朝那个方向赶去，如果周元被罗道缠住，恐怕要不了多久就会无路可走。”

顾红衣冷冷地看了他一眼，未曾说话，玉手却忍不住紧握。现在周元面临的局势的确不太妙——周元，小心啊！

“哟，要动手了？”秦岚盯着源气光镜，忽地一笑。

“呵呵，胆子真是不小啊，竟敢以肉掌硬接罗道的剑。他难道不知道剑来峰弟子的源气乃是我们苍玄宗最锋锐的吗？”秦岚的嘴角掀起一抹讥诮。他见到周元伸出手掌，一把抓向剑光。

周围诸多弟子爆发出低低的惊呼声，一些女弟子更是忍不住闭上了眼睛，仿佛下一刻周元的手掌就会被削断。

顾红衣的俏脸也微微一白。

唯有秦岚嘴角的讥诮越来越盛，他死死地盯着源气光镜内，似乎想要看见周元极为狼狈的一面。

所有弟子都见到周元那瞬间化为黄金般的手掌，握着剑光划过，带起夺目的火花。

并没有任何鲜血飞溅。

只见周元瞬间欺近罗道，那蕴含重力的一拳便轰在了罗道的小腹处。

战斗戛然而止。

诸多弟子的面庞在此时凝固下来，难以置信地看着罗道缓缓软倒下去的身影……

仅仅只是一拳，在剑来峰诸脉金带弟子中排名前三的罗道，就这样输了？

一片吞咽口水的声音响起。

这跟想象中的局面似乎完全不一样啊！

秦岚嘴角的讥诮在此时一点点地僵硬，旋即嘴角抽搐了一下，道："怎么可能？！他怎么可能用肉掌接下罗道的剑气？"

以罗道的实力，就算是卫幽玄那等实力的人以肉掌去接，都只能被削断手掌，周元不过三重天的实力，怎么可能做到？

一旁的顾红衣如释重负地松了一口气，旋即淡淡地看了秦岚一眼，虽然没有说话，眼中所包含的轻蔑却让秦岚的脸庞瞬间火辣辣的。他先前还在暗讽，转眼间就尽数化为耳光打了回来。

"秦岚师兄，要看的话，就安静一点吧，积点口德，对你也没坏处。"顾红衣平静道，言语却极为锋锐，并没有给秦岚留半分颜面。

秦岚的面庞青白交替，也不敢对顾红衣如何，只能将一口怒气憋在心中，眼神阴沉地看了一眼源气光镜中周元的身影，心中暗怒道："有什么好得意的，等到乐天现身，有你好看！"

沈太渊一脉弟子所在的山峰上，诸多师兄弟见到这一幕，纷纷爆发出喝彩之声，他们先前也在为周元提心吊胆。

山崖边，李卿婵收回目光，道："周元还真有些果断呢，面对剑来峰的弟子，竟敢用肉掌硬接，这般胆魄实在不小。"

夭夭则漫不经心道："一个小喽啰而已。"

李卿婵闻言，冷若冰霜的俏脸忍不住一愣，旋即有些没好气道："对你而言的确是小喽啰，可周元怕还没这般本事。先前罗道恐怕完全没想到他敢这么做，不然未必一招就会败给他。

"而且……他虽然打败了罗道，却被罗道佩戴的'玉迷香'沾染上了，那是剑来峰独有的香气，接下来恐怕剑来峰的弟子会追踪到他，到时才是最麻烦的时候。

"啧啧，在紫带选拔上以一人之力抗衡一峰的弟子，这在苍玄宗可还从未出现过呢……"

夭夭想了想，认真道："那么接下来就会出现了。"

李卿婵一滞，美眸望着源气光镜中那道急速掠过的年轻身影，沉默了一下，道："希望他不会让你失望吧。"

“唰！”

茂密的森林中，周元的身影犹如一缕青烟疾掠而过，隐隐间能够看见残影自半空中浮现。他将速度施展到了极致。虽然闻不到身体散发出来的香气，却能够察觉到一种细微的异味缠绕，那种味道极为顽固，他一时间难以根除。

目光扫过四周，恐怕此时剑来峰的弟子正从四面八方对着他围困而来。

周元眼神微微闪烁，自语道：“既然想要围猎我，那就找个好地方给你们准备一份大礼吧。”

声音落下时，他的身影已闪掠而出，消失在密林中。

就在周元身影消失后不久，忽有破风声响起，两道身影落在了一棵粗壮的树干上。

一男一女，赫然便是剑来峰的乐天以及陆玄音。

“跑得真快。”陆玄音寒着俏脸道。

乐天则一副笑眯眯的模样，道：“看来他也察觉到了。”

陆玄音皱眉道：“这小子现在速度全开，拼了命在逃，追起来真是有些麻烦。”

乐天轻描淡写道：“野兽受惊了都会拼命逃，不过等其逃不动了，就只能任人宰割了。剑来峰其他弟子已经在这片地域形成了包围网，他逃不出去的。”

乐天摸了摸脸庞，叹道：“只是为了对付一个周元，竟要我剑来峰这么多优秀弟子来围剿，实在有损颜面呢。我做事素来不喜意外，既然要做，那就得杜绝一切意外，彻底将他所有的希望扼杀。”

一旁的陆玄音深有同感道：“这小子的确很邪门，总是让人意料不到。”她明眸看向乐天，笑着道，“不过可惜，他这次遇见了乐天师兄。”

对于乐天这种滴水不漏的做事方式，她颇为赞同。如果他们这么多弟子出手都无法解决周元，那对于他们剑来峰的名声实在是不小的打击。

乐天矜持一笑，双目微眯望着周元消失的方向，挥了挥手，笑容玩味。

“准备收网吧……

“接下来，就该让这位周元师弟见识一下咱们剑来峰的手段了……”

第三百六十七章 封锁低谷

随着时间推移，庞大的山脉中战斗越来越激烈，经过斯杀留存下来的弟子实力也越来越强横。他们都渐渐地深入山脉。

山脉某处。

三名弟子联手而行，他们显然是同一峰的弟子，此时汇聚在一起，目光戒备地看向四周，周身源气涌动，随时准备应对突发情况。

“咻！”

忽然间，三人猛地看向右侧，只见那里一道青烟般的身影疾掠而过，速度快得让人无法看清，只能察觉到周围的树木在微微震动。

“谁？！”他们暴喝出声，周身源气呼啸而动，就要出手。

不过还不待他们的源气爆发出去，那道身影便消失在他们的视野中。

三人目瞪口呆，然后面面相觑，皆抹了一把额头上的冷汗，道：“这家伙是谁？速度也太快了吧，跟兔子一样！”

他们连人长什么样子都没看见，那家伙就没了影。

“算了，别管他了，速度这么快，应该不是善茬。”一人说道。其他两人深有同感地点点头。

就在他们打算换个方向继续前行时，忽然感应到一道道凌厉的源气波动从四面八方迅速接近，那种动静令他们面色大变。

三人急忙背靠背而立，源气涌动，戒备地望着源气波动传来的方向。

数十息后，树木摇动间，七八道光影暴射而出，立于树顶上，一道道凌厉目光看向空地中的三人。

“是剑来峰的人！”三人见到这些光影，眼神皆一凛。

“剑来峰围猎周元，与闲杂人等无关！”那七八个剑来峰的弟子看了一眼洪崖峰的三位弟子，喝道。

他们声音落下，也不理会那三人，便再度暴射而出。

三人望着剑来峰的弟子离去，一脸惊愕，旋即忍不住道：“这剑来峰竟然倾巢出动围猎周元？”

“这也太大张旗鼓了吧。”另外一位弟子撇撇嘴，有些不屑道，“这剑来峰也真是不要脸皮，周元本就是后进弟子，他们竟然还仗着人多去对付人家。”

其他两人点点头，有些同情道：“先前那道身影应该就是周元了，这家伙也是倒霉啊，竟然惹得剑来峰倾巢而动。”

“这一次他恐怕真的在劫难逃了，剑来峰的弟子摆明了要让他连紫带弟子都混不到……”

……

这般围猎追杀很快就在山脉深处掀起巨大动静，其他很多弟子都有所耳闻，连连感叹剑来峰的厚脸皮以及周元的倒霉……

感叹归感叹，并没有什么人打算出手相助，毕竟周元根基太浅，而且圣源峰太没落，为了帮他而得罪如今如日中天的剑来峰，实在有些不划算。

这种动静自然也在山脉之外掀起了哗然声，诸多弟子对于剑来峰对周元的围剿颇有微词，他们这种以多欺少的嘴脸实在有欠风度。不过大家的微词显然改变不了什么，因为这个世界上本就没有绝对的公平，周元风头太盛，终归会引来一些针对。

最为愤怒的莫过于沈太渊一脉的弟子们，剑来峰这种举动显然是不将他们一脉放在眼中，所以行动起来根本没有半点忌惮。

沈太渊苍老的面庞微沉，眼中有一抹怒火，不过最终还是深吸一口气，将其压制下去。紫带选拔本就有些残酷，没有太多规则限制，就算他去向青阳掌教告状，也站不住脚。这一切，都只能凭借周元自身的力量去应对。

不远处，吕松长老一脉的弟子也颇为愤慨，毕竟他们同属于圣源峰的弟子，剑来峰如此行径，表示没将他们看在眼中。面对这一幕，就算以往对周元心有芥蒂的吕嫣都是柳眉紧锁，咬着银牙道：“剑来峰也太无耻了！”

然而，她也没有其他办法，就算他们一脉参加紫带选拔的弟子都去帮助周元，也不过是螳臂当车罢了。

她身旁其他弟子都沉默下来。

吕嫣望着源气光镜中不断对着山脉深处逃去的那道年轻身影，银牙紧咬道：“周元，你今日若还能再让我意外一次……那我、我就相信，未来的你，可能真有资格追赶楚青师兄！”

一旁的弟子有点震惊地望着她，这位楚青师兄的狂热粉丝，可是第一次说出这种话来……

吕嫣瞪了回去，凶巴巴道：“看什么看，你们觉得他可能吗？！”

众人哑然，旋即无语地摇摇头。

面对整个剑来峰最优秀的金带弟子的围剿，周元一人怎么可能翻得了身？！

与沈太渊、吕松一脉弟子的愤慨相比，陆宏一脉的弟子则显得有些幸灾乐祸，他们来自剑来峰，所以根本没将自身当作是圣源峰的弟子。周元如今被剑来峰围猎，反倒让他们感到极为痛快。

这小子之前不是很嚣张吗，眼下不也只能跟丧家之犬一般到处逃窜吗？

……

在无数道视线的关注下，一道道追猎的身影深入了山脉，最后只见云雾缭绕中，有十座山峰若隐若现——已经逐渐抵达尽头。

周元的身影在此时直接窜进了一片低谷之中，淡淡的迷雾在其中涌荡，遮掩了他的身影。就在这时，天地间有破风声响起，一道道源气光影从天而降，直接封锁了这片低谷。

乐天与陆玄音的身影从天而降，立于一棵大树上。

他们望着眼前的低谷，对视一眼，嘴角皆有一抹戏谑之色浮现出来：追赶这么久，这头受惊的野兽总算精疲力竭了。

在低谷更外围的一圈，也有不少其他峰的弟子现身，毕竟剑来峰搞出来的动静太大了，而且这里已经距离十峰不远了，其他弟子自然被吸引而来。

乐天目光一扫，抱拳淡笑道：“这是我剑来峰和周元之间的事，若是打扰到各位，就先在这里道个歉了。”言下之意是警告其他人不要胡乱插手。

赶到此处的各峰弟子目光微闪，最终都没有出声，毕竟他们与周元不算相熟，自然不打算为了他去得罪乐天等人。

不过，并非所有人都是如此。

“哼，乐天，你们剑来峰未免也太不要脸皮了，若是有脾气，那就去和周元单打独斗，那样赢得也算是漂亮，何必如此？”一道清脆的声音响起，一道修长倩影走了出来，冷哼道。正是苍玄峰的苏婉。

她与顾红衣相熟，后者拜托了她，如今见到周元被不公平对待，她自然忍不住出声。

乐天见到苏婉挺身而出，眉头微皱了一下。

还不待乐天说话，便有另一道声音插了进来：“苏婉，你还是这么喜欢多管闲事，既然你闲得慌，就和我来斗一场吧。”

诸多目光看去，只见一名黑袍男子走了出来，其面目虽然普通，但周围的人在看见他时都眼神一凛。

雷狱峰，汪辰，也是此次夺魁的热门人选之一。

“汪辰！”苏婉柳眉紧蹙，寒声道，“这又关你什么事？”

一身黑袍的汪辰面无表情，没有回答，但那态度表露得很明显：如果苏婉要插手，他就会出手将她拦住。

苏婉气得玉手都紧握起来。

周围诸多弟子望着这一幕都暗暗摇头。看来乐天是下定了决心要在这里给周元一个好看啊，所以早就防范着有人相助周元。如今连苏婉都被拦了下来，想必接下来周元的结局已定。

乐天将目光收了回来，望着眼前被封锁的低谷，双目微眯，淡淡的声音响起：

“动手。

“将他送出去。”

他声音落下的瞬间，周围剑来峰的弟子陡然朝着低谷内暴射而去。

陆玄音立于树顶望着这一幕，唇角微微一掀。

“周元，这一次，我看你还怎么翻身！”

第三百六十八章
化虚隐匿

“咻！咻！”

乐天的声音落下时，只见低谷周围那些剑来峰的弟子立刻分出了九人疾掠而出，冲进了笼罩着淡淡雾气的低谷中。

这片低谷面积不小，地形有些复杂，但当九道身影呈扇形一寸寸向前探寻时，这些都已无法成为阻碍。

“其余人准备，一旦发现周元踪迹，直接动手。”乐天立于树顶，双臂抱胸，淡淡道。

低谷外还有将近十道身影，他们锐利的眼神不断地盯着浓雾中的低谷。

苏婉望着这一幕只能轻叹一口气，她身旁有一些苍玄峰的弟子，不过这些弟子和周元没什么交情，如果让他们出手相助，却要得罪乐天等人的话，恐怕有些不太乐意。说到底，苏婉还没有那个威信。

她也有些疑惑，为何剑来峰这些弟子会完全听从乐天的调遣。一般而言，要做到这种程度，除非是剑来峰首席弟子或者……那两位圣子开口。可那种层次的人物，会和周元一个金带弟子过不去?

她蹙着眉想了半晌，最终只能摇摇头，美眸遗憾地看向低谷中。这一次，她没办法出手相助，能否度过这场危机，就得看周元自身了。

在苏婉看来，这个局面已是死局，凭借周元一人，根本不可能撼动由乐天率领的剑来峰的优秀金带弟子。

“红衣师妹，师姐这次真是有些无能无力了……

“周元这家伙，惹事的本事也太不一般了。”

山脉之外，顾红衣紧咬银牙望着源气光镜中的这一幕。这个时候，几乎所有在此观看的弟子都察觉到了其中的动静，当即便有着诸多哗然声响起：

“剑来峰的人，竟然把那个周元堵在了山谷中……”

“还是由乐天率队，剑来峰这次真是倾巢而出啊。”

“这周元也是倒霉，不过能够引来剑来峰的围剿也算本事了。此次过后，就算他紫带选拔失败，也能名动苍玄了。”

“怎么会这样？我可是在他身上投了重注啊！”

……

各种各样的议论声爆发开来，几乎顷刻间令这天地间绝大多数目光都汇聚向那道源气光镜中。

在那座最为巍峨的山峰上，青阳掌教以及五位峰主同样察觉到了这一幕。

他们只是感知掠过，便知晓发生了什么事情，每人眼中都露出惊讶之色。这种一峰围攻一人的情况，很少会在紫带选拔中出现。

“呵呵，灵均峰主，你们剑来峰的弟子似乎对以多欺少、恃强凌弱很有经验啊。”雪莲峰的涟漪峰主美目一扫，旋即红唇掀起一抹冷笑。

剑来峰灵均峰主那如幽潭般深邃的目光投向山脉深处，眼中掠过一抹讶色。他也没想到剑来峰的弟子会去围剿周元。

但他只是有一点惊讶而已，并没有任何怒意。

灵均峰主淡淡一笑，不甚在意道：“涟漪峰主，紫带选拔自有规矩，这些小辈并没有违规。那位叫作周元的弟子最近风头很盛，难免会引来一些针对，年轻人终归有些气盛。

“他经过这次的磨炼后，想必以后会变得沉稳一些，这对他而言不算坏事。”

灵均峰主又看向雷狱峰的雷钧峰主，含笑道：“当然，如果剑来峰的弟子有所违规，我会亲自惩处他们。”

虽然他并不清楚剑来峰的弟子为何会针对周元，但这无关紧要，以他的身份也根本不需要去了解。在他看来，剑来峰的弟子并没有做错，因为他们剑来峰行事的宗旨向来如剑般凌厉锋锐，只要想做，那便去做。

雷狱峰的雷钧峰主掌管苍玄宗的宗规与刑罚，他不苟言笑，一对眼眸呈现银色，仿佛蕴含着雷霆的世界，令人感到恐惧。

他漠然道：“剑来峰弟子所行虽然惹人口舌，但并未违规。”

青阳掌教在此时笑了笑，道："这是弟子间的一些争端，不必太过在意。"

他顿了顿，看着灵均峰主，又道："不过，这般做法的确容易惹人诟病，灵均峰主之后也得在峰内说上几句。剑来峰弟子行事凌厉是好，但其他峰的弟子毕竟都是同门之人。"

灵均峰主微微点头道："掌教说的是，待得选拔结束后，我会教训一下这些小家伙。"

不过看其神色，显然只是因为青阳掌教开了口，并非真的觉得剑来峰弟子做错了什么。

……

山脉深处，低谷之外。

乐天立于树顶，他的目光紧紧盯着谷内。随着时间推移，他的眉头微皱起来，因为他发现，搜寻的几人已经将山谷翻了一遍，竟然没有发现周元的身影。

那数名剑来峰的弟子从低谷中升起，有些疑惑地看向乐天。

"乐天师兄，没找到人！"

低谷外顿时响起一片哗然声，各峰弟子面带惊异：这周元，竟然躲得这么深？

乐天的眼中掠过一抹惊疑之色。

"难道他已经跑了？"一旁陆玄音的俏脸有些不好看。

乐天摇了摇头，道："不可能。我们封锁了此地，他绝对不可能逃出去！"

"那……"陆玄音犹豫了一下，先前的搜索显然没有什么结果。

"他一定还躲在其中！"乐天斩钉截铁道。

声音落下，他一挥手，道："你们再跟我进去，我来带队搜！"他身形掠出，带着那几名弟子冲进了低谷浓雾中。

乐天率队搜寻，再度持续了半炷香的时间，然后便面色难看地升空而起。

这一次，连山脉外都有哗然声响起，无数道目光惊奇地看来，谁都没想到，乐天他们将周元堵进山谷中后，反而失去了他的踪影。

无数窃窃私语声响起，开始有人幸灾乐祸起来。这一次剑来峰如此大张旗鼓地围猎周元，结果在眼皮底下将人给跟丢了，要是真让周元跑了，那剑来峰就丢人丢大了。

越来越大的议论声开始传开，最后就连青阳掌教以及数位峰主都再度将注意力投来。

“呵呵，这倒有些意思了。”青阳掌教轻笑一声，深邃睿智的眼眸中竟浮现一抹饶有兴致的神采，这在以往面对苍玄宗弟子时都罕有出现。

……

面对周围响起的窃窃私语声以及一些看好戏的目光，乐天的眼神微沉。他立于低谷上空，低头望着下方的薄雾，然后深吸一口气，压制下心中情绪，眼中有精光闪烁。

“乐天师兄，需要我们散开继续搜寻吗？”陆玄音俏脸铁青，忍不住问道。

乐天没有回答，只是目光死死地盯着低谷中。这一盯，又是半炷香时间。在其身后，陆玄音有些耐不住了，就在她又要说话时，乐天终于缓缓开口：

“周元师弟，可真是好本事……

“如果我所料没错，你这应该是……化虚术大成了吧？！”

第三百六十九章
暗埋结界

“化虚术大成？！”

乐天的话音刚落，顿时引来不少惊讶的声音，一道道带着惊异的目光望着迷雾笼罩的低谷中。

“原来如此……”有弟子忍不住感叹出声。

据说化虚术若是修至大成，可身化虚无，连自身的源气波动都能够隐匿，堪称保命奇术。只是这化虚术想要修至大成却相当不易，如今苍玄宗内能够达到那种境界的弟子屈指可数。而周元修行化虚术才多久？竟然已经达到大成的地步？！

在乐天身旁，陆玄音一怔，旋即咬着银牙道：“这家伙还真是滑头，都被堵住了，还能折腾！”

原本以为将周元堵在这里，便彻底绝了他的路，谁能想到这家伙反而借助这里的地形隐匿了自身，让他们根本无法寻到。

“乐天师兄，现在怎么办？”陆玄音看向乐天问道。

剑来峰这么多金带弟子倾巢而出，如果依旧被周元从眼皮底下溜走，那他们的脸可就丢大了。

乐天双目虚眯，望着下方迷雾笼罩的低谷淡淡一笑，道：“虽然这位周元师弟让我有些意外，不过想凭修至大成的化虚术避开今日之劫，恐怕还是太天真了一些。”

他目光一扫，看向其他剑来峰的弟子，道：“各位师弟，以源气封锁低谷，施展‘剑鱼阵’！”

“是！”

听到乐天的声音，剑来峰的弟子顿时低喝出声，下一瞬间，一道道凌厉的源气如狼烟般自他们体内升腾而起，蔓延开来，犹如一张巨网迅速将整个低谷笼罩覆盖。

“嗡！”

只见源气震荡，一道道源气光流呼啸而出，宛如游鱼一般，径直冲进低谷之中。这些源气游鱼彼此相连，无孔不入，所过之处连浓雾都仿佛被切割撕裂，开始渐渐淡化。

显然，这是剑来峰一种独门手段，专用来搜寻。

乐天凌空而立，目光锐利地盯着低谷内，感应着一切细微的波动。在他的注视下，那一道道游鱼般的凌厉源气也在不断向前。

在凌厉源气的分割撕裂下，低谷内的雾气越来越淡。最终，所有雾气开始缩向低谷深处，最后汇聚在一块不到数丈范围的区域中。到了这里，那些剑来峰的凌厉源气终于受到了某种阻碍，难以前行。

半空中的乐天见状，嘴角有一抹淡笑浮现出来。

他袍袖一挥，源气滚动，犹如狂风般席卷而出，最后的雾气便彻底消散，只见在那里矗立着一块巨大的青石。

此时，青石上的空气微微波动着，一道身影在众目睽睽之下渐渐由虚化实，彻底显现出来。

那熟悉的身影，正是周元！

“哗！”

整个山脉内外都爆发出惋惜的哗然声，周元最终还是被找了出来。

“真是可惜，若是周元继续躲下去，今日该出丑的就是剑来峰了。”有弟子感叹道。

“他能够在剑来峰的搜寻下隐匿这么久，已经很有本事了，毕竟那低谷也不大……”

“乐天好歹也是剑来峰金带弟子第一人，想要跟他斗，周元还是嫩了点啊。”

……

低谷之外，乐天望着现出身形的周元微微一笑，然后手掌一挥，带着众多剑来峰弟子收缩包围圈，最后步入低谷，来到周元面前。

“周元师弟可真是好手段，差点就让你躲过去了。”乐天立于周元前方，含笑道。

在乐天身后，陆玄音面噙冷笑望着周元，眼中满是快意之色。这个家伙，今日总算是落到她的手中了。

周元盘坐于青石上，望着周围二十人左右的剑来峰弟子，双目微垂道："剑来峰可真是看得起我，竟然出动这么多人，这样就算是赢了我，颜面怕也不好看啊。"

乐天有些无奈地叹了一口气，道："本来我也这样认为，不过在见识了周元师弟的手段后，反而庆幸我这么大张旗鼓了，不然的话，今日恐怕找都找不到你。"

如果今日只有他一人，断然不可能将周元从这低谷中一寸寸地找出来。化虚术大成的周元即便打不过他，也能够轻易从他手中逃出去。

乐天望着周元笑了笑，道："好在运气最终站在我这一边。周元师弟最近在宗内搞出这么多事，风头也出够了，我觉得现在还是蛰伏一下最好。

"所以……周元师弟，看在先前你让我颇费头脑的分上，自己主动退出这次紫带选拔吧，免得我们出手，你更狼狈。"他看着周元似笑非笑。

"如果我不同意呢？"周元笑道。

乐天耸耸肩，没有多说什么，只是挥了挥手，周围那些剑来峰弟子的目光顿时锁定周元，凌厉锋锐如剑罡般的源气开始涌动。

周元并不在意虎视眈眈的剑来峰弟子，他只是抬起头望着乐天，嘴角流露出一抹莫名的笑意。

"乐天师兄似乎认为我先前只是凭借大成的化虚术在隐匿躲避你们吗？"

乐天双目微眯道："不然呢？化虚术的确玄妙，对如今这般局面却没什么作用。"

周元笑起来，笑容带着一丝嘲讽。

"乐天师兄，有一点或许从一开始你就想错了……那就是我从始至终都不是在逃，我的目的……只是在给你们这些剑来峰的弟子找一块风水宝地送上大礼而已。而那块宝地就是这里……"

乐天的眼神微微一凝，深深地盯着周元，并没有因为他这番话就惊慌失措，而是平静地挥了挥手。

"送他出去吧。

"周元师弟，你这最后的挣扎，在我看来很幼稚。"

显然，他根本就不相信周元的话。在他看来，周元只不过是想故弄玄虚，让他们束手束脚，从而给他逃出去的机会罢了。所以，他毫不犹豫地下了命令，直接动手。

“唰！”

剑来峰的弟子闻言，毫不犹豫地暴射而出，手中长剑上的源气伸缩吞吐，直接洞穿空气，直指周元。

周元望着那些暴射而来的凌厉攻势，双目微微垂下，其眉心处神魂波动，猛然爆发。

“嗡！嗡！”

神魂波动横扫开来，就在这一瞬，低谷中忽有一道道光芒冲天而起，彼此交会，转眼间便化为了一座结界，将这座低谷彻底笼罩。

突如其来的变故，引得山脉内外无数弟子眼露震撼……

“你们追杀了我半天，接下来，就是我反馈你们的时候了……

“希望你们喜欢我费尽心机为你们准备的一份大礼。”

周元的嘴角微微掀起，双手合拢。

“天雷玄火结界！

“爆发吧！”

第三百七十章
天雷玄火

“轰隆！”

当结界笼罩整座低谷时，所有人都见到低谷上空竟有赤红的云层浮现，一股狂暴而炽热的源气波动开始迅速汇聚。在那等温度下，低谷中的溪水都在此时尽数蒸发。

突如其来的变故震撼了所有人。

所有弟子都目瞪口呆地望着自低谷中升起的结界，以及上空形成的赤红雷云，其中散发出来的狂暴波动，就算是六重天的弟子，都感觉到了极度危险的气息。

“竟然是一座结界？”苏婉俏脸满是惊愕地望着这一幕。

“这是天雷玄火结界。”一道轻声在苏婉身后响起，她转头一看，竟然是灵纹峰的夏雨。她刚刚才赶到此处，一对眸子望着眼前的结界，小脸上有一抹叹服之色浮现出来。

“周元师兄还真是厉害，这座结界乃是四品结界中相当厉害的一种，想要成功布置极为困难，没想到他竟然成功了。”

这座结界只有他们灵纹峰的灵纹殿才有，周元在这么短的时间内就学成了这座结界，这等源纹天赋实在让人感到惊艳。

“这座结界布下，就算剑来峰人数众多，也奈何不得周元师兄了。”夏雨说道。

一旁的苏婉睁大美目，然后深吸了一口气。这个周元果然无比邪门，竟然连这种局面都能被他生生撕出一条生路来。如果今日真的被他在剑来峰的围猎中杀出一条路来，那剑来峰的颜面可就真要丢光了。

一想到此，苏婉心中生出了一丝幸灾乐祸。

当低谷外诸多弟子惊叹时，山脉之外的沸腾更让人难以想象，无数弟子爆发出震惊的哗然声，铺天盖地地传开。

先前都以为周元已被剑来峰逼入死局，除了主动保持颜面退出选拔之外别无他路，但谁能想到转眼间，周元便将他的底牌掀开……他竟然不知不觉间，在这座低谷中布置出了一座威力如此惊人的源纹结界！

山脉外，无数苍玄宗的弟子都在此时沸腾起来，眼下周元这种绝地反击，连他们这些看客都感到了热血沸腾。

顾红衣俏脸上绽放出明艳的笑容，紧握的玉手缓缓松开。她就知道，周元这个家伙绝不会轻易认输。想要吃下他，就算是剑来峰优秀的金带弟子，也必须付出极大的代价。

顾红衣一旁，秦岚的面庞有些僵硬。他同样没想到，周元竟然还会藏着这么一手。

“这乐天等人也真是废物，竟然能让周元在他们眼皮底下将一座源纹结界布置出来！”他在心中狂骂。源纹结界威力虽强，但布置起来相当耗时，偏偏周元就在乐天等人的眼皮下将结界布置出来，不得不说，乐天这些人真的是蠢。这下失去了先机，反而让周元将局面掌握。

“原来他还有这种底牌。”李卿婵缓缓收回视线，看向一旁抱着吞吞显得极为从容的夭夭。

“看来这次打赌你要输了。”夭夭揉了揉吞吞的柔软毛发，说道。

李卿婵叹了一口气，道：“其实他并没有依靠大成的化虚术来隐匿踪迹，他的目的是以化虚术为遮掩，暗中布置结界，同时将乐天等剑来峰的弟子都吸引进低谷。

“如今猎物尽数入瓮，他便可以收网了。”

李卿婵望着源气光镜中那些剑来峰的弟子，有些同情道：“这些家伙还以为自己一直在追杀周元，却没想到从一开始，周元就只是在以自身为诱饵……”

她望着源气光镜中那道年轻的身影，清冷的眸子掠过一抹惊叹：现在的周元虽然并不能让她忌惮，但这般心性却让她有些佩服，这个家伙能够和夭夭关系这么亲密，的确有点本事。

“轰轰！”

低谷上空，赤红雷云翻腾着，狂暴炽热的波动弥漫。

那些原本对着周元攻去的剑来峰弟子在此时仓皇地停下来，面带一丝惧色望着眼前的结界，感受到了极为危险的气息。他们怎么都没想到，原本轻轻松松的局面竟会变成这样。

他们看向青石上盘坐的周元，原本轻视的目光变得凝重起来。

乐天盯着这座结界，脸庞微微抽搐着，目光一扫，只见低谷内的一些石头缝隙中，有玉简散发着光芒。

正是这些玉简，组成了这座结界。

他先前并未注意到这些玉简，也不知道周元是在何时将这些玉简布置下来的……

“你刚才的化虚术……并非是在躲藏，而是在暗中布置结界。”乐天死死地盯着周元，道。

周元笑了笑，没有说话，但答案已不言而喻。

乐天苦涩地一笑。先前他还自以为周元不过是在做最后的挣扎，哪能料到人家不仅没有躲，反而在他们的眼皮底下完成了结界布置。

乐天身后，陆玄音俏脸呆滞地望着这一幕，先前眼中的快意尽数消失，取而代之的是一抹惊恐。

“乐天师兄……”她声音颤抖道。

乐天深吸一口气，神色渐渐平静下来，道：“不用慌张，这座结界虽然厉害，但我们联手对敌，不见得就会被团灭。

“这是他最后的底牌，只要扛过去，我会让他付出代价的！”

在乐天的低喝声中，那些惊慌失措的剑来峰弟子终于找到了主心骨，急忙向他靠拢，一道道雄浑的源气冲天而起，在上方形成了一层层的源气防御。

乐天的目光犹如鹰隼般死盯着周元。这次被周元摆了一道，让他的自尊心有些受挫，所以他要等待，只要抵御下这座结界，后面自然能够找回场子。

周元望着眼前汇聚在一起的剑来峰弟子，淡淡一笑。

“既然你们想将我送出去，那么现在……

“就让我先送你们一程吧。”

“轰！”

他声音落下的瞬间，天空上翻滚的赤红雷云终于将源气汇聚到了极致，一道道巨大的赤红雷霆夹杂着毁灭般的气息，铺天盖地地落将下来。

第三百七十一章 结界之威

“轰！”

低谷上空赤红的雷云翻滚着，下一瞬，狂暴的赤红雷光裹挟着毁灭般的气息呼啸而出，直直对着下方的乐天等人狠狠轰去。赤雷之上，似乎还燃烧着火焰。

面对这座结界的力量，即便是乐天都面色凝重，眼中充满忌惮。

一道道雄浑的源气自乐天、陆玄音等人身上暴射而出，形成一层层的源气光罩防御。他们打算联手将结界的攻击抵抗下来。

“砰！砰！”

燃烧着火焰的赤雷落下，一层层的源气防御摧枯拉朽般不断被轰碎。乐天等人拼命地催动源气，不断修复着，试图以此抵御……

“轰轰！”

面对乐天等人的抵御，天空上的赤雷一道道呼啸而下。整个山谷都在此时被冲击波所波及，大地被撕裂，诸多巨石直接被震成漫天的粉末……

周元盘坐于青石上，面色漠然，双目微闭，眉心神魂不断闪烁着。控制这种级别的结界，对他的神魂消耗极为巨大。如果不是之前突破到了实境中期，光是一轮攻击，他自身的神魂之力就要枯竭了。

山脉内外，无数双眼睛眨也不眨地望着这种惊人的对战，内心涌起一股极为复杂的情绪。谁能想到，这些剑来峰金带弟子中最优异的弟子，竟然会被周元一个人堵在山谷之中狂轰猛炸，狼狈至极。他们看向青石上的年轻身影，眼中有着凝重以及忌惮之色浮现。

今日之前，他们很多人都还当周元是一个初入内山的新弟子而已，即便有点成绩，但跟老牌弟子相比终归差些火候，不足为虑。就算之前在灵纹峰上表现不错，也因为夭夭的存在而被遮掩了许多光芒。

但此时此刻，当周元以一人之力抗衡剑来峰最为出色的金带弟子时，方才让人隐隐感觉到一些震撼。这个新入内山的弟子，已在不知不觉间具备了挑战甚至超越他们这些老牌弟子的资格与实力……

“轰轰！”

赤红雷云疯狂地翻滚着，将天地间的源气吸取而来，最后形成磅礴的赤雷，源源不断地落将下去。

低谷中，在那一层层的源气防御内，乐天等人咬牙苦撑着，不过看样子，他们已渐渐落入下风。

“结界能够从天地间吸收源气，持久下去，先顶不住的必然是我们！”乐天脸庞上的笑容早已散去，沉声道。

“那怎么办？”其他弟子惊慌地问道。

乐天眼神凌厉地盯着半空中的赤红雷云，道：“纯粹的防守没有意义，必须以攻代守，只要破了雷云，结界自散！

“我们必须酝酿最强的攻势，破掉雷云！

“可……一旦撤去防守，赤雷落下，我们如何抵挡？”

一旁的陆玄音银牙一咬，从怀中掏出一颗龙眼大小的白玉光球，光球上布满了古老的纹路，犹如灌注着汪洋。

“乐天师兄，我这颗海灵珠擅长防御，应该可以抵挡一些时间。”

乐天见状，眼神一喜。这海灵珠乃是一种防御源宝，在宗内的琳琅阁中就有，不过并不便宜，起码要三千源玉，一些紫带弟子外出完成任务时大多都会想办法凑钱买一颗，没想到陆玄音身上竟然也有。

“那就麻烦师妹了。”

陆玄音摇了摇头，美眸死死地盯着远处的周元，道：“没事，我可不想成为他的踏脚石，成就了他的名声。”

她原本以为此次能够给周元一个好看，出口心中恶气，哪想到局面竟然变成这样。眼下一个不慎，他们恐怕会以剑来峰的名气来成就周元。

那对剑来峰来说，可谓奇耻大辱。到时候，他们这些损害了剑来峰声誉的弟子恐怕都难逃惩罚。

一想到他们那位峰主的性情，陆玄音就感到有些惶恐，感觉这次似乎玩大了，所以无论如何，他们都不能让剑来峰的声誉在周元手中折损……

心中想着，陆玄音玉手一扬，只见那海灵珠化为一道光点升空而起，顿时汪洋般的水幕自其中弥漫出来，宛如一个罩子将他们笼罩起来。水幕之上光纹浮现，散发出强横的源气波动。

“轰轰！”

赤雷轰击而下，落在水幕上，掀起巨大的涟漪波动，不过最终还是被水幕化解。

伴随着越来越多的赤雷落下，水幕开始变得虚薄起来。

“乐天师兄，海灵珠恐怕坚持不了太久。”陆玄音急急地催促道。

乐天面色凝重地点点头，眼神冷厉地望着远处青石上的周元，道：“我们联手，以气化剑，破除雷云！”

“轰！”

当其声落时，一道凌厉的源气冲天而起。

剑来峰的弟子也运转源气，顿时一道道源气汇聚而来，在半空中形成了一道数百丈的源气。

源气如狼烟直升天际，凌厉的气息散发出来，令空间都有些扭曲。

乐天双手相合。半空中那道雄浑源气乃是以他为主，故而他能够操控。不过那种压力传来令他额头上青筋跳动，眼睛渐渐变得血红。

在他咬牙操控下，如狼烟般的源气开始渐渐收缩，最后在无数道惊异的目光中，形成了一柄数百丈的巨大光剑。

光剑屹立天地间，散发着无匹的锋锐。

面对这柄光剑，就算是六重天巅峰的弟子都会极为忌惮。

“这乐天的确有些能耐，竟然能够汇聚其他弟子的源气，直接以气化剑……”有弟子感叹道。

“他们所修的乃是同脉的源气，剑来峰果然有些独到之处。”

“若真被那乐天破了雷云，周元的结界就会随之破碎。啧啧，这乐天不愧是剑来峰金带弟子第一席啊，如此情况还能想办法破局。”

青石上，周元自然也察觉到了乐天他们的动静，然后神魂一动，只见半空中赤红雷云开始收缩，犹如形成一个漏斗，惊人的源气波动开始汇聚。

因为大幅度操控这座结界，周元感觉到神魂之力在剧烈消耗，甚至眼角都有血迹浮现出来。他并没有任何收手的迹象，到了眼前这一步，已是只能进不能退，否则之前的苦功就失去了作用。

周元内心平静，只是眉心神魂震动愈发剧烈。神魂之上的圣魂晶滴溜溜地旋转着，不断散发着光芒，令神魂之力不断恢复。

在无数道紧张的目光注视下，双方都在汇聚着最强的一击，想要彻底击溃对方。

乐天的面庞上青筋涌动，显得有些狰狞。他望着数百丈的巨大光剑，感受着其中凌厉的剑气，眼神灼灼地锁定周元。

“想要让我剑来峰成为你的踏脚石，我只能说，你简直就是痴人说梦！

“给我破！”

他一声厉喝，数百丈光剑猛然冲天而起，漫天剑气呼啸，带起尾焰直冲高空上翻滚的赤红雷云而去。

周元紧闭的双目在此时睁开，眼角处有一缕血丝流下来，那是神魂运转到极致所导致的。

他抬头，盯着那呈漏斗形的赤红雷云。

“赤！雷！火！”低沉的声音从他嘴中响起。

“熊熊！”

雷云中，赤光喷射而出，竟化为一颗百丈左右的赤红火球，火球之上雷霆缠绕，狂暴无匹的波动肆虐开来。

当那颗赤红火球喷发而出时，整座结界都颤抖起来，这是所有源气都被挥霍殆尽的缘故。

“咻！”

在无数道紧张无比的目光注视下，光剑冲天而起，赤雷火球降落，最终狠狠地撞击在一起。

“轰！”

惊天动地的爆炸在低谷上方肆虐开来。

苏婉、夏雨等在周围围观的弟子纷纷退后，以免被波及。

山脉外，无数道视线死死地望着撞击的源头。

那里的冲击波肆虐了好半晌，方才渐渐散去，漫天的灰尘落下。

原来的山谷在此时彻底被毁灭，几乎被夷为平地，满地狼藉显示着先前冲击之猛烈……

“究竟谁赢了？！”

诸多弟子急忙看去。只见被夷为平地的山谷中，乐天、陆玄音等弟子都立于原地，身形纹丝不动。在他们对面，周元盘坐的青石化为灰尘，周元则立于原地，眼角处有鲜血流淌下来，显得有些狰狞。

山谷中一片死寂。

一阵清风吹拂而来。

“噗嗤！”

“噗嗤！”

无数道视线震惊地见到，乐天周围那些剑来峰弟子忽地喷出鲜血，最后，在残阳之下，他们的身躯开始一个个仰天倒下。

那一幕，极为震撼人心。

整个山脉内外，都为之寂静无声。

第三百七十二章 团灭剑来

“呼！”

低谷被夷为平地，轻风吹拂而来，卷起尘埃。

不论山谷外还是山脉外，此时无数道视线都犹如定格一般望着原本低谷中的那一道道身影。

血雾还在飘散着，那些剑来峰的弟子却一个个仰天倒下。

一道道光芒从天而降，将那些重伤的弟子直接卷起，丢出山脉……

那无数道震撼的目光，方才渐渐清醒过来。

此时，一片狼藉的低谷中，剑来峰众多弟子消失了踪影，唯有两道身影还立于原地。

最前方的是乐天，他披头散发，面色惨白，看上去极为狼狈。在其身后是毫发无损的陆玄音，先前她主要控制着海灵珠，并没有将自身源气灌注于那源气光剑，所以未被波及。

看上去毫发无伤的她却俏脸雪白，眼眸中满是惊恐之色，颤抖着望向前方，只见那里原本被盘坐的青石早已化为齑粉，而周元只是静静地站在那里，袍袖不知何时被炸裂。

他面色冷漠，眼角甚至有鲜血流淌下来，令他看上去颇为恐怖。

周元没有理会眼角的血迹，他的目光锁定着面色惨白的乐天。

在他的注视下，乐天的胸膛微微有了起伏，正欲张口，一口鲜血便自嘴中喷发出来，旋即脸庞上露出一抹惨笑。

“周元，你可真是厉害。”他声音沙哑道。

乐天没想到，这次对周元的围猎，最终竟然会是这种结果！

他们剑来峰将近二十位最出类拔萃的金带弟子联手，不仅未能将周元轻易解决掉，反而让他成功布置下一座结界，最终反将他们剑来峰的弟子彻底团灭。

面对这种结果，乐天只能苦涩一笑。他没有什么不甘，因为自己已经足够重视周元了，不然也不会不顾颜面，直接调动这么多剑来峰的金带弟子来对付他。

他尽了自己最大的能力，可最终还是败在了周元的手中。这已经不是他不够重视周元，而是周元隐藏的手段真的太多了。

“周元……

“你很厉害……

“未来的你，或许会成为我们苍玄宗最顶尖的弟子之一……

乐天嘶哑一笑，双目渐渐闭上，身躯向着前方倒了下去。先前的对碰，同样耗尽了他的源气。

“咻！”

一道光芒从天而降，将他卷起，然后他便消失了踪影。

周元望着乐天等人消失的身影，终于缓缓抬起手掌，将眼角两侧的血迹擦去。他的眉心此时一片刺痛，脑袋甚至有些晕眩。这是神魂运转到极致的表现。

先前如果乐天他们再多坚持一点时间，恐怕最后溃败的将会是他。毕竟这些人都不是省油的灯，他们是剑来峰这一代中最出类拔萃的金带弟子，他们每一人的实力都不会弱于之前的卫幽玄。

如果不是借助结界的力量，周元知晓，凭他一人之力，绝不可能抗衡这么多人。不过好在，他还是站到了最后。

“轰！”

就在乐天的身影被卷出选拔场地的一瞬间，山脉内外彻底轰动了，惊天动地的喧哗声冲天而起。

他们看见了什么？！

周元一个人，竟然生生将剑来峰这一代最为出类拔萃的金带弟子尽数淘汰了！

无数弟子目瞪口呆，满脸震惊。

一个人淘汰一座峰，这在苍玄宗有史以来的紫带选拔中，似乎还从未出现过！

今日，却在他们的见证之下出现了……

“这也太猛了吧？！”有弟子喃喃道，有些梦幻般的不真实感。

无数弟子咽着唾沫，望着源气光镜中那道年轻身影，眼中有一抹敬畏之色浮现出来。经过今日之战，恐怕周元在苍玄宗的名气将会大涨，甚至足以超越一些老牌的紫带弟子。

听着漫山遍野的震撼声，顾红衣俏脸放光，有些骄傲地挺起胸，看向身旁目瞪口呆的女弟子，道："怎么样？"

让你们先前还取笑我，现在被震撼了吧？

那些女弟子面面相觑，显然被周元这等显赫战绩震撼得说不出话来。

顾红衣得意一笑，眼眸斜瞥了一眼面色青白交替的秦岚，淡淡道："秦岚师兄，你觉得如何？"

秦岚的面色有些难看，干笑道："呵呵，他运气倒是不错呢。先前他那结界也运转到了极致，如果乐天他们再坚持一下，恐怕输的就是他了。"

他此话一出，不仅顾红衣眼神轻蔑，就连一旁那些原本对他还算是崇拜的女弟子都撇了撇嘴，显然觉得秦岚太没有气量，连事实都没勇气承认。

周元凭借一人之力对抗整个剑来峰的金带弟子，那是何等的胆魄，偏偏这秦岚还不肯承认，狭隘心胸一览无遗。

望着那些不屑的目光，秦岚面如火烧，只得狼狈地退开，只是看向源气光镜中周元的身影时，双目充满着恼怒。

"哼，没脑子的小子，真以为团灭了乐天等人很出风头吗？

"剑来峰的两位圣子可是出了名的护短，此次你出了风头，却彻底得罪了他们，未来有你好看的！"

沈太渊一脉的弟子早在此时喝彩欢呼，一个个面色涨红，激动无比。

周围其他峰弟子的目光没了以往的轻视，反而多了一些好奇。周元在紫带选拔中的表现，让其他弟子不敢再如同以往那般无视他们圣源峰了。

"周元师弟可真是厉害。"周泰感叹出声。周元这场胜利，太为他们这一脉长脸了。

沈太渊抚着胡须，素来古板严厉的脸庞在此时布满着笑意，看向周元的眼神愈发欣慰。

"沈老头，你这次可算是捡了大便宜。"吕松长老迈步而来，冲着沈太渊笑道，声音中难免有些艳羡。

今日这一战，周元出尽了风头，他又是沈太渊一脉，当然也会令沈太渊颜面有光。这种显赫战绩，他们圣源峰已经很多年都没有出现过了。

旁边不远处，吕嫣等人也瞪大着眼睛。

“这小子真的是太邪门了，简直就是一个妖孽！”吕嫣忍不住道。

她身旁有弟子悄悄地问道：“师姐，那你觉得他现在有没有资格跟楚青师兄比了？”

吕嫣作势要打，没好气道：“你找抽是不是……”她顿了顿，还是撇撇红唇，道，“我承认这小子很厉害，不过拿现在的他来跟楚青师兄相比，对他太不公平了。”

她凝视着源气光镜中那道修长身影，沉默了一下方才缓缓开口：“如果再给他三年时间，我觉得他有可能会和楚青师兄一样，成为我们苍玄宗最顶尖的弟子。

“或许……他真的会成为我们圣源峰崛起的希望。”

第三百七十三章 十峰之下

沸腾的声音在漫山遍野传递着，显露着诸多弟子内心的震撼。而这种沸腾也波及了那座最高的山峰上。在那里，六位名震苍玄的强大存在将目光投向山脉深处，他们自然已知晓了那场对决的结果，一时间，青阳掌教等人的脸庞上都有了一抹诧异之色。

“呵呵，有意思。”青阳掌教轻笑起来，眼中有一些欣赏之色。身为苍玄宗的掌教，能够见到宗门中出现这般优秀的弟子，他自然感到欣慰。

雪莲峰的涟漪峰主美目惊奇地望着山脉深处那道身影，旋即看向剑来峰的灵均峰主，似笑非笑道：“灵均峰主，你们剑来峰这些年不断抢夺天赋卓越的弟子，如今看来似乎也不怎么样嘛，竟然被一个出自圣源峰的弟子给团灭了。”

她与灵均峰主素来关系不怎么和睦，如今难得见到剑来峰吃亏，自然少不了一通奚落。

灵均峰主淡淡一笑，道：“这名为周元的弟子，的确是难得的好苗子。”

他的目光扫向其他方向，那里是一众剑来峰的长老，此时这些长老察觉到他的目光都垂下头来，面露尴尬——那些弟子，很多是他们一脉。

“看来我这一峰的金带弟子的确缺少磨炼。”灵均峰主声音没有波动地说道。

众多长老闻言，心头顿时一跳。虽然灵均峰主的声音听不出喜怒，但这句话显然已表露了他的不满。看来这次乐天等人的表现让灵均峰主感觉丢失了颜面，事后恐怕少不了一番惩罚。

身为剑来峰的长老，他们对灵均峰主的性格相当了解。如果今日乐天等人解决掉周元，就算到时候有人非议他们剑来峰以多欺少，恐怕灵均峰主都不会理会，因为这位峰主只看重结果，至于过程如何他并不在意；可如今乐天他们输了，这令剑来峰在苍玄宗内颜面大损，那么在灵均峰主的眼中，这些弟子无疑会落个无能的评价。

想到之后乐天他们会面对的惩罚，诸位长老只能在心中暗叹一声。乐天其实是一个天赋极为出色的弟子，不然也不会成为剑来峰金带第一席，但这一次……他将会在灵均峰主眼中大大失分。

……

在漫山遍野处于震撼之中时，化为平地的山谷中，周元用手指轻轻揉了揉刺痛的眉心，淡漠的眼神投向了面前俏脸苍白的陆玄音。

此时剑来峰的弟子，唯有她一人还在。

望着周元那淡漠的眼神，陆玄音本就苍白的俏脸更白了一分。眼前的结果，给予她的震撼最为强烈。她怎么都没想到，他们剑来峰的弟子竟然会在周元的手中被团灭。原来眼前这个她曾经连看都懒得看一眼的外山少年，竟然在不知不觉间强大到这种地步……已经不是她能够轻易撼动的了！

“你……你想怎么样?！”陆玄音声音颤抖道，努力不让自己被周元那种气势震慑。

周元手掌一握，天元笔膨胀开来，旋即眼神陡然凌厉。

“唰！”

他的身形暴射而出，锋锐的笔尖犹如枪矛一般撕裂空气，携带一股凌厉无匹的凶悍之气直指陆玄音面门。

音爆响起。

雪白的笔尖在陆玄音的瞳孔中急速放大，那股杀气涌来，令陆玄音头皮发麻。她有一种感觉，眼前的周元似乎真的打算一枪直接结果了她。

这些年来，周元一路杀伐不断，自然有凶性，只不过以往在面对同门师兄弟时，他始终有所收敛。可对于陆玄音，他实在有些厌恶，如果不是此女，或许他不会有这么多麻烦上身，所以心头震怒下，自有凶威浮现。

在他这般凶威下，陆玄音骇得连连后退，仿佛都忘记了抵抗。待锋锐的劲风扑面而来，其光滑的脸颊上被划出一道淡淡的血痕时，她方才猛地尖叫出声：“我认输！”

雪白的笔尖带着凌厉的劲风停在陆玄音面前寸许的地方，劲风将其长发震散，令她极为狼狈。

周元的手掌稳稳握着天元笔，眼神冷冽地看了陆玄音一眼。

一道源气光芒从天而降，直接将骇得魂飞魄散的陆玄音卷走。

周元收笔而立，他不可能真的在这里杀了陆玄音，否则他也会被宗门惩处。不过好在这一战应该让这个女人吓破了胆，而且他们这次令剑来峰颜面大失，恐怕之后还有不小的麻烦，未来想要再来找他的茬，怕也没那个精力了。

他抬起手掌，只见周围一道道印记呼啸而来，落在他的手背上。

足足二十六道印记，是先前乐天等剑来峰的弟子为他贡献。

有了这些印记，他就能登顶一峰，至少这一次成为紫带弟子已是板上钉钉。

收了印记，周元抬起头来看向这片山谷的各峰弟子，这些人先前都在周围围观他与剑来峰的交锋。

那些弟子瞧见周元的目光看来，微微一凛，面庞上显露出凝重与忌惮，并开始退后，表明没有与周元争斗的心思。显然，先前周元团灭剑来峰的凶悍，也给这些弟子留下了极大的心理阴影。

唯有苍玄峰的苏婉娇躯一动，落在了周元不远处，道："没想到你本事不小啊，竟然直接将剑来峰给团灭了。"

周元冲着她笑了笑。对苏婉他有些好感，先前他也见到唯有苏婉肯挺身而出帮他，虽说最后被雷狱峰的汪辰给阻拦了回去。

"十峰就在不远处，要一起吗？"苏婉问道。

周元微微沉吟，笑着点点头。如今他眉心神魂刺痛不已，有苏婉在，他可以趁机平复一下。

于是两人结伴前行。

周围各峰弟子纷纷避开，此时的周元携带着团灭剑来峰的锋芒，根本就没人再敢阻拦，接下来的路畅通无阻。

周元与苏婉的速度渐渐减缓，只见他们前方，一座巨山矗立，巨山如十指，形成了十峰。每一峰峰下，都有厚重的石门矗立。

通过这里便可登顶，同时也能够知晓如何决出此次紫带选拔魁首之位。

第三百七十四章 勇闯前十

巍峨大山分十峰，如十指山一般。山脚之下，十座厚重的石门矗立于必经之路，阻拦着诸多弟子。

周元立于山脚，望着那十座石门有些感叹。通过此门，他便能够晋升为紫带弟子，真正成为苍玄宗的中流砥柱。当然，随之而来的还有紫带弟子那令人羡慕的待遇。这份待遇，不知道苍玄宗多少弟子为之拼搏努力。

周元望着石门，并没有立即动手，而是静立于此，平复着眉心神魂的刺痛……

在他等待间，周围不断有破风声响起，一道道身影陆续抵达此处。这些身影比起之前已经少了很大一部分，不过每一道周身都有雄浑的源气涌现，眼神凌厉，显然都不是平庸之辈。能够来到这里，都是打败了诸多对手，是苍玄宗内金带弟子中的佼佼者，实力绝对不弱。

在这数十名弟子最前方，有五道身影。

那是苍玄峰的苏婉、灵纹峰的夏雨、雷狱峰的汪辰、雪莲峰的穆春雷、洪崖峰的吴岳……

这五位乃是各峰金带第一席，实力最为出众。在他们附近，其他弟子都不敢靠近，表露出不敢与他们相争的意思。

除了这五位，周元方圆数十丈内也是空空荡荡，没有人敢踏足，甚至连苏婉等五位金带第一席的弟子看过来的眼神中都带着忌惮。

先前周元团灭剑来峰的举动实在太过震撼人心，毕竟那之中还有与他们实力不相上下的乐天。即便如此，最后还是全部被周元踢出了选拔，这等战斗力委实可怕。所以，没有人再敢轻易得罪周元，即便他们知晓周元先前只是因为提前布置好了结界，但不管如何，那都是周元的实力。

随着诸多弟子齐聚十峰之下，苏婉、汪辰、夏雨等人率先有了动作，只见他们疾掠而出，各自落在一座石门之前，然后目光环视开来，意味很明显——这五座石门，由他们霸占了。

周元见状，也没有客气，身形一动，落到了第六座石门之下。

按照此时的规矩，若是有谁对他们六人占据石门有所不满，可以直接上前挑战，若是赢了，便能取而代之。

不过，面对这些各峰的金带第一席，没有多少弟子有这般勇气。正常来说，原本周元想要霸占一座石门，必然会引来诸多弟子的挑战，在他们看来，以前的周元没有这种资格。但在经历了之前周元与剑来峰弟子一战后，所有人都将这种想法抹去了——他们宁愿去挑战另外五人，也没有勇气面对团灭了剑来峰的这尊凶神。

如此一来，便只余下四座石门。接下来，激烈的争夺战爆发。

为了踏上紫带弟子的晋升之路，所有抵达此处的弟子都将自身的战斗力爆发到了极致，那四座石门前可谓混乱至极。

而周元等六人那里则是冷冷清清，无人挑战，于是他们便静观另外四座石门前的战斗……

这种激烈而混乱的争夺持续了将近一炷香的时间，最终在满地伤员的哀号中，四位弟子杀出了重围，遍体鳞伤但无比亢奋地站在四座石门之下，眼中的激动不加掩饰。

当十位弟子站在石门之前时，山脉之外有此起彼伏的感叹声响起来。因为这表明眼前的十位弟子已拥有了晋升紫带弟子的资格，无数弟子望着那十道身影的眼神都充满艳羡。

紫带弟子是所有苍玄宗弟子的目标，只有到了这个位置，才有资格冲击各峰的首席弟子，甚至……未来的圣子。

“如今十大紫带弟子已经出现，接下来恐怕才是紫带选拔最精彩的时刻……”

“是啊，接下来就是魁首之争了。”

“不知道这次的魁首之争将会是何种方式？真是令人期待啊……”

“不管什么方式，我看周元都很有机会，这次的魁首可能会是他。”

“那也不一定。先前周元能够团灭剑来峰是因为乐天等人措手不及，让他暗中布下了结界，如今众人都知晓了他这手段，如果交手，必然不可能再让他有时间布置。”

“的确，没有了结界相助的周元，不见得就能够和苏婉、汪辰他们这些各峰金带第一席正面对抗……”

……

众多弟子议论纷纷，眼中充满期盼之色。眼前的十位紫带弟子都是从苍玄宗所有金带弟子之中断杀出的顶尖者。接下来的魁首将会从他们中间决出。

可以想象，那将会是何等精彩。

周元立于石门下，伸出手掌，只见那些印记在此时闪烁起光芒，最后脱离手背，没入了眼前的石门中。

“轰轰！”

印记没入，石门顿时发出了轰隆隆的声响，在周元有些热切的目光中缓缓开启。

石门之后，淡淡的雾气萦绕在四周，一条碎石小道蔓延到视线的尽头。

“魁首之争么……”

周元目光微微闪烁，如果只是一个纯粹的魁首名誉，他倒没太大的兴趣。不过他是实用主义者，对于魁首的奖励——那颗源星丹很有兴趣。

有了此丹，他便能够迅速踏入太初境四重天。这样，在年底的圣源峰首席之争中他才能够多一些把握，毕竟首席之争可就不是这些小打小闹了。

周元深吸一口气，毫不犹豫地踏入石门，迎着雾气迈上了那碎石小道。

他不断向上，周围雾气遮掩视野，他盯着前方，眼中有一些好奇之色。他同样很想知道，这次的魁首之争将会是何种方式。

是十人对战吗？

心中念头翻滚着，周元步伐却不停。如此约莫半炷香后，他终于感觉到碎石小道到了尽头，前方的薄薄雾气开始消散，出现在面前的是一座宽敞的碎石广场。

周元的目光直接锁定了广场中央位置，只见那里一道人影双手握着一柄暗灰长剑，剑鞘拄着地面。他的身旁有一块巨石，上面插着一根丈许长的大香。

周元望着此人，瞳孔微微一缩。

那道身影抬起头来，对他露出了一个玩味的笑容：“周元，先前你可真是出了大风头呢……真没想到，你会来到我这一关。”

周元眉头皱了皱，眼前这道身影他不算陌生，此人也是剑来峰的弟子，似乎叫作……徐炎？

这魁首之争，竟然派出老牌的紫带弟子出手吗？

这难度，可真是高呢。

第三百七十五章 魁首之争

当周元登上峰顶与剑来峰的徐炎碰面时，山脉之外诸多弟子也通过源气光镜看见了这一幕，当即不出意外地引发一片哗然声。

“竟然是剑来峰的徐炎师兄……”

“这次魁首之争的方式，竟然出动了这种资格的老牌紫带弟子？”

“其他九人那边也都遇见了拦路者，全部是各峰中的老牌紫带弟子，实力非常强横啊……”

“难道这次的魁首之争，就要看谁能够打败这些老牌紫带弟子？”

“应该不可能。徐炎师兄他们都踏入了太初境七重天，而且他们是紫带弟子，修炼的可是六品功法、六品源气。反观苏婉等人，虽然是各峰金带第一席，但所修源气仅仅只是五品而已，再加上源气造诣的差距，想要取胜，根本是不可能的事。”

“说得对，这魁首之争，应该并不会要求打败徐炎师兄他们……”

……

众多窃窃私语声回荡着，这次魁首之争的方式显然有些出乎众人意料。

一座山峰上，夭夭与李卿婵也望着源气光镜中。

“剑来峰的徐炎……”李卿婵清冷的绝美容颜上划过一抹诧异，道，“看来周元与这剑来峰还真是相冲，随便走一条路都能遇见。”

随即她若有所思道：“掌教他们竟然会派出老牌紫带弟子，我想这场魁首之争应该不是要求周元他们打败对方，而是要看他们谁能够在这些老牌紫带弟子的手中坚持更久的时间。”

李卿婵看着夭夭，道：“不过这样一来，周元可就倒霉了。其他峰对于遇见的人可能还会讲点情分，这徐炎对周元恐怕不会丝毫留情。所以，周元想要争夺魁首的心思，怕是要受挫了。”说到此处，她有点惋惜，毕竟亲眼见证周元一路闯过来，没想到在这最后的关卡遇见强敌拦路。

夭夭的玉手轻轻揉了揉吞吞的脑袋，空灵的眸子望着源气光镜中对峙的两道身影，缓缓道：“还是那句话，不到最后，结果难料。”

李卿婵有些没好气道：“你对周元的信心会不会太盲目了一些，之前他能够团灭乐天等人，乃是因为后者不知其底牌，被他引入谷中并且趁机布置下了结界，但眼下徐炎怕已得知了消息，根本不可能再给周元布置结界的机会。没有了结界，光凭本身实力，周元说不定连乐天都胜不了呢，更何况七重天的徐炎？”

李卿婵是一个颇为理智的人，对夭夭这种心思总有些不能理解。她不否认周元的出色，但终归是有限度的。如今周元只是太初境三重天，如果在源气上他都能够跟徐炎抗衡的话，那也太小看这四重天之间的差距了。

夭夭没有说话，她也知晓，面对这种强敌，对现在的周元而言，的确有着巨大的压力。不过，她倒是觉得这种压力对周元也颇有好处。

至于结果如何，其实并不重要。

……

在山脉外哗然时，峰顶的碎石广场上，周元面色微显凝重地盯着眼前的徐炎，后者身上散发出来的若有若无的源气波动让他感觉到了不小的压力。

太初境七重天，比起乐天等人强悍了一个档次。

徐炎神色淡淡地看着周元，不急不缓道：“上次见面时，我就给了你台阶，让你和玄音师妹道个歉，就能够将恩怨化解。偏偏周元师弟太傲，直接拒绝了师兄我的好意。

“所以，为了能让周元师弟你认清形势，我拜托了乐天师弟他们……呵呵，当然了，这其中还有赵烛师兄的意思。”

周元眉头微皱。搞了半天，乐天等人会联手围剿他，竟然是眼前这徐炎促使的。而赵烛？应该是剑来峰的第二位圣子吧？为什么也会针对他？

“倒是让两位师兄失望了……”周元冷淡道。既然对方摆明了要针对他，他没必要再表面客气了。

徐炎点点头，叹道：“是有点失望，没想到乐天他们竟然会栽在你手中。”

想到那个结果，即便是现在，徐炎都有点难以接受。在他看来，乐天他们的阵容已经是相当豪华了，没想到最后反被周元团灭。

徐炎双手握着剑柄，剑鞘轻轻戳了戳地面，双目恢复漠然，道："所以，既然你来到了我面前，那么这一关就不要再想着过去了。

"剑来峰需要你的惨败来找回一些颜面。

"现在的你如果还有理智的话，我建议直接认输，不然……"徐炎微微一笑，道，"那就不要怪师兄以大欺小教你怎么守规矩了。"

周元手掌轻轻一握，天元笔出现在手中。他抬头望着徐炎，眼神中没有丝毫惧意，道："说说规矩吧。这最后的魁首之争，是要打败你吗？"

徐炎怔了怔，旋即忍不住笑出声来，然而眼神却越来越冷，嘴角也有一抹讽刺之意。

"周元师弟，看来之前的胜利真的已经让你失去了理智。"徐炎指了指身后那丈许长的大香，戏谑道，"现在你们进入选拔前十的弟子，都会遇见一位七峰的老牌紫带弟子。接下来的魁首之争，便是看你们这十位弟子谁坚持的时间更长。

"当这炷大香燃烧殆尽时，谁还能够坚持不败，谁就是魁首。

"所以，周元师弟，你现在应该考虑的并不是如何打败我，而要想想我会让你在我的手中坚持多久……

"其实，原本看在各峰的颜面上，身为拦路者的我们刚开始都会稍稍放点水，让你们能够坚持更久一点，保存点颜面。不过……"徐炎耸耸肩，眼神微冷地盯着周元道，"我却打算，让你第一个就被淘汰。"

话到此处，徐炎已经表明他不会丝毫留情，至于放水就更加不可能了。

周元眼神凝重，手中的天元笔瞬间膨胀开来，雪白锋锐的笔尖斜指地面，金色源气自其天灵盖冲天而起，宛如金色狼烟，狼烟之中隐有巨蟒嘶啸。

"那就要领教一下师兄的本事了。"周元缓缓道。一对眸子中不仅没有畏惧，反而有灼热的战意涌动。

对方的确很强，但周元从不畏惧强敌，在他看来，任何强敌都是磨刀石，他需要在那一次次的战斗中磨炼自身。

望着战意昂扬的周元，徐炎嘴角的讥诮之意更甚。

"真希望，待会儿之后你还能保持这种战意……"

他手中的长剑猛然对着后方斜划而过，空气发出撕裂的声音。

“嗤！”

后方那根大香猛地被点燃，火光浮现，一缕青烟开始升腾起来。

徐炎单手握剑，眼神在这一瞬间陡然变得凌厉锋锐，一道足足八百丈的暗青色源气自其天灵盖冲天而起，如一柄青色巨剑矗立于天地间。

一股凌厉的威压横扫开来，漫天都是剑吟之声。

“周元，先前你令我剑来峰颜面大失，接下来……

“该是你还账了！”

第三百七十六章 力斗徐炎

"嗡！"

八百丈的暗青色源气冲天而起，搅动着风云，凌厉的剑罡散发出来，令整个天地都充斥着剑鸣之声。徐炎一出手，便展露出太初境七重天的惊人实力。

周元的面庞愈发凝重，他手中紧握天元笔，面对此等强敌，不敢有丝毫轻视。

"轰！"

就在徐炎源气冲天的一瞬间，另外的九座峰顶上也有九道强悍的源气爆发开来，赫然都达到了太初境七重天的实力。这九峰上的战斗也拉开了序幕。

不过，那九道强悍源气跟徐炎这边比起来，却有一丝保留。正如徐炎之前所说的都会给这些后进师弟师妹一些颜面……但徐炎显然不打算如此。

这种意图，即便是山脉外的诸多弟子都能够察觉到。对此他们也只能惋惜地叹息一声，谁让周元这么倒霉，偏偏撞见了剑来峰的徐炎，若是其他峰的人，也许还能通融一下。

山脉外的河流中陆玄音升空而起，狼狈地落到岸边。她抬头望着那座峰顶上爆发出来的凌厉源气，美眸中掠过一抹恨意。先前在周元面前，她可算丢光了颜面。

恼恨之余她又有些畏惧，周元先前投射而来的无情凶悍的目光，令她心头微微发寒，这让她没勇气再跟周元作对。或许是老天给周元的眷顾用光了，这家伙又倒霉地碰见了徐炎。

"周元，你别得意，徐炎师兄会让你知道，得罪我们剑来峰是多么愚蠢的事！

"这次的紫带选拔你别想再进半步，至于魁首，你更别想了！"

……

"啪！"

峰顶之上，徐炎面噙冷笑，双掌猛然合拢。

“唰！”

八百丈的暗青色源气猛然分裂开来，化为数十道源气光虹暴射而下，其形如剑，呼啸之下散发着无比锋利之气，速度也快如奔雷。

头顶破空声响彻，周元的身形瞬间虚化，犹如一缕青烟闪电般暴退。

“轰！轰！”

一道道青色源气暴射而下，碰撞到地面时，宛如巨剑生生插了进去，在地面留下深深的剑痕。

每一道青色源气落下都会掀起巨浪，而周元虚化般的身影犹如海浪中的一叶扁舟，随风摇摆，危险万分，稍有不慎就会倾覆。

当最后一道青色源气呼啸而下时，周元的脚掌擦着地面带出了长长的痕迹。他的面色极为凝重，身体表面隐隐有淡淡的血痕出现，是先前那些青色源气掠过所带来的剑罡导致的。

“不愧是老牌的紫带弟子。”

周元擦去手背上的一道血痕。徐炎的源气修为不仅雄厚，而且品质达到了六品层次，那种锋锐程度，只要稍稍触及便会朝着体内侵蚀而去。如果不是他自身的通天玄蟒气品质更高，恐怕光是侵入体内的这些如剑罡般的源气就能够让他头疼万分。

按照他的估计，徐炎的源气应该是六品下乘。所幸的是，他的通天玄蟒气乃是六品顶尖，这或许是他现在为数不多的优势之一。

“你的源气品质不低么……竟然顶得住我这六品下乘的‘青月剑气’。”徐炎望着浑身血痕但自身源气并没有丝毫紊乱的周元，眉头一挑，道。

显然，周元将那些侵入体内的青月剑气尽数化解了。

“既然如此，那就更好了，免得我还担心不留情的话会将你打坏……”徐炎嘴角微掀，充满寒意地说道。

声落的瞬间，徐炎的脚掌猛然一跺。

“轰！”

只见青色源气犹如冲击波一般自其脚下横扫开来，转瞬间便弥漫了整个天地。

“青月剑毫！”

“嗡！”

漫天青色源气震动间竟分化开来，形成无数道如毫毛般纤细的青色剑光，下一刻，亿万道剑光直接对着周元暴射而去。

在这种攻击范围下，就算周元速度再快，都无法躲避。

望着铺天盖地呼啸而来的青色剑毫，周元的瞳孔微微一缩，下一瞬间，他的身躯迅速虚化，看上去有些透明。

“化虚术！”

“玄蛟鳞！”

他一声低喝，淡青色的鳞片浮现出来，覆盖身躯。

做完这些防御，周元没有停下。他挽起衣袖，只见手臂上有一道源纹浮现，闪烁着淡淡的光泽，显然是早就刻画好的。

“琉璃金身纹！”

当其喝声落下，只见那源纹瞬间蔓延开来，琉璃之色涌现，最后覆盖了周元的身躯，就连玄蛟鳞都化为了琉璃色。

此时的周元犹如一尊雕塑，他所具备的防御力却可怕得惊人。

“叮叮当当！”

就在周元将一切准备妥当时，无数道青色剑毫也铺天盖地地落下来，顷刻间，清脆的碰撞声在这峰顶响彻而起。

犹如一场青色剑雨，狂暴地呼啸而下。

山脉外，无数弟子吞着口水望着这一幕。其他九座山峰现在才刚刚开始热身，而周元与徐炎这边却已经杀机毕现，双方下手毫不留情。

“徐炎也太狠了，这才刚开始，连他擅长的青月剑毫都施展了出来。这招就算一般的紫带弟子遇见了，都只能抱头鼠窜。”有弟子感叹道。

“没办法，之前周元团灭了剑来峰的弟子，现在徐炎必须让周元以最狼狈的姿态落败才能够挽回一些颜面。”

“也不知道周元能不能扛得住……”

……

窃窃私语间，峰顶之上铺天盖地倾泻而下的青色剑毫渐渐稀薄，最终彻底平息。

无数道视线看向那一片狼藉的地面。只见那里出现了无数密密麻麻的孔洞，这些孔洞不过小指大小，却一片漆黑，深不见底。

而在那片区域的最中央，周元保持着双臂交叉身前的姿势，身体上插满了青色剑毫，令他看上去犹如刺猬一般，极为凄惨。

徐炎望着这一幕，双目微眯。

“咔嚓！”

周元身体表面似乎有细微的破碎声响起，只见琉璃般的鳞片开始迅速破裂开来，插在上面的青色剑毫也随之脱落。

短短数息，琉璃般的鳞片尽数落下，周元身体上的颜色也恢复了正常。

他的身体表面有许多红色的小点若隐若现，隐隐有血迹渗透出来，看上去有些狼狈。

徐炎见状一声冷哼，讥讽道：“你这乌龟壳还真是硬啊。”

这些不过只是一些外伤罢了，周元凭借着化虚术、玄蛟鳞以及最后的防御源纹，成功将他这些杀招承受了下来。

徐炎的面色有些不好看，原本他以为这一招足以将周元钉在地上动都动不了。

周元望着手臂上许多的红色血点，面色微寒。自进入苍玄宗后，这是他第一次在正面交锋中被压制成这样。

太初境七重天，果然厉害。

不过，徐炎就算真是头猛虎，今日想要咬他这块硬石头，也得做好崩坏牙的准备！

“轰！”

周元嘴巴一鼓，源气呼啸，形成狂风，卷起漫天尘灰，他的身影消失在尘雾之间。

“化虚术大成么……果然擅长隐匿。”徐炎望着周元消失的身影冷笑一声，双目中寒光大盛。

“竟然还敢展开反攻，真是有勇气呢……

“也罢，今日我便让你知晓，什么叫作……蚍蜉撼树！”

第三百七十七章 月陨之术

“呜呜！”

狂风卷动着尘雾，遮掩视野，周元的身影消失其中。化虚术大成后肉身能够彻底虚化，稍稍借助环境便能够隐匿踪迹，神出鬼没，令人防不胜防。

徐炎立于尘雾之中，面露冷笑望着四周。周元此举显然是不打算被动防御，而是要展开反攻来拖延时间。

“倒是聪明，可惜就是有些高估你自己了。”

徐炎的身躯一震，青色源气呈环形爆发开来，化为无数纤细如牛毛的细丝，在周身区域高速旋转。

“化虚术虽然有些门道，但在我面前恐怕没多大作用！”

源气细丝呼啸着，忽然间，徐炎的嘴角掀起讥讽笑意。

“抓到你了，小老鼠！”

他身形猛地暴射而出，手中长剑上剑芒吞吐，锋利得撕裂了虚空，犹如一抹寒光，直接刺向右侧某个方向。

这一剑，凌厉异常。

“叮！”

雪白的笔尖如枪尖一般凭空出现，笔尖上紫芒吞吐不定，与剑尖碰撞在一起。

两者碰撞，显然还是徐炎更胜一筹，剑芒闪烁间直接击碎了紫芒。

“嗤！”

紫芒刚碎，那笔尖便陡然间分化开来，化为一道道毫毛锁链，闪电般缠绕上长剑，并如巨蟒般缠绕在徐炎身躯之上。

徐炎眉头一皱，体内源气爆发，想要将其震断。但那些雪白毫毛坚韧异常，竟令他一时无法挣脱。

周元的身影此时出现在徐炎身后，双手闪电般结印，金色源气冲天而起。

“九龙典，九龙！”

他暴喝出声，顿时嘶啸声响彻，九道源兽源气冲天而起，最后互相吞噬，化为一头散发着凶煞之气的源兽源气。

“吼！”

那道数百丈的庞大源兽源气咆哮而下，狠狠对着被捆缚的徐炎冲杀而下，气势汹汹。

徐炎抬头望着咆哮而来的巨大源兽源气，那种凶煞之气令他双目微眯，旋即嘴角掀起一抹轻蔑。

“大成的九龙典么……周元师弟，你这种攻势如果对付金带弟子，恐怕没几个人能够挡得下，不过可惜，你还是太小瞧老牌紫带弟子的手段了……”

声音落下的瞬间，徐炎的嘴巴忽然鼓了起来，青色的源气在其嘴中急速汇聚，下一瞬猛地化为一道青光喷吐而出。

“上品小天源术，青月锥！”

那道青光宛如锥子一般，速度快得肉眼难以察觉，无数弟子都只能看见青光一闪即逝，然后下一瞬，那抹青光便与咆哮而来的源兽源气重重撞击在一起。

“轰！”

狂暴的冲击波肆虐开来，两道威力惊人的攻势在碰撞间各自湮灭。

徐炎的身躯一震，终于挣脱了那些雪白毫毛的束缚。而那些毫毛倒卷而回，一支斑驳的黑笔出现，被一只修长的手掌紧紧握住。

周元现出身来，手中天元笔斜指地面。

“老牌紫带弟子，竟然这么棘手……”周元眼神微凝，看来最近一帆风顺的战绩让他有些自大了。苍玄宗毕竟是苍玄天中的巨头宗门之一，其中的老牌紫带弟子哪个不是万中选一，这些人若放在圣州大陆以外的地方，必然是备受追捧的天骄。

而且，太初境七重天拥有的优势实在太大，周元现在还只是太初境三重天，如果不是因为通天玄蟒气乃是六品顶尖的源气，再加上自身有些变异的血红气府使他源气的雄厚程度远超三重天的层次，恐怕先前与徐炎硬碰的那几下，自身的源气就会被摧毁。

“怪不得宗门定下的规矩，是看谁能够在他们手中坚持的时间更久，而非将他们打败……”

周元的眼神渐渐凌厉，既然如此，那就看谁坚持得更久吧。

他相信，只要他晋升为紫带弟子，并且踏入太初境四重天，那时候再去面对这些老牌紫带弟子，他将不会有半点忌惮。

“唰！”

周元手握天元笔，虚化的身影再度如青烟般暴射而出。他依旧选择以攻代守。

徐炎见状冷笑一声，身影也疾掠而出，手中长剑剑芒吞吐，化为无数道剑影，直接笼罩向周元周身要害。

“当！当！”

两道模糊的身影在广场中闪电般碰撞，一道道残影浮现，每当有清脆碰撞声响起时，都会掀起一道狂暴而惊人的源气冲击。任谁都看得出来，每一次碰撞，周元的身影都会被震得倒射而退，显然是因为正面硬碰被压制了。

这让诸多将视线投向这里的弟子都暗暗摇头。周元毕竟只是太初境三重天，即便他手段众多，但想要跨越四重天的差距和徐炎交手，还是太勉强了一些。

在无数道惋惜的目光中，周元的神色颇为平静，因为伴随着激战，他鼻息间有着若有若无的细微龙吟声传出。天地间的源气不断被他吸入体内并迅速炼化，恢复着战斗带来的消耗。

龙吸术。

周元的源气雄厚程度或许不及七重天的徐炎，但凭借龙吸术的玄妙，他能够不断恢复所消耗的源气，进而将时间拖延。

眼下的他想要打败徐炎仍有难度，但如果只是拖延时间的话，恐怕徐炎也没那么容易将他扫出去……

他的身体偶尔会被对方的剑罡划出血痕，但大部分的伤害都被天蛟鳞与化虚术化解，并不影响他的战斗力。

于是，时间便在两人这种越来越激烈的战斗中渐渐流逝。

到这时，众多弟子开始察觉到不对。他们发现周元虽然被徐炎压着打，看上去似乎颇为狼狈，但偏偏周元在徐炎暴雨般的攻势下，仍然苦苦坚持了下来。

“咦？”李卿婵微微惊“咦”出声，显然察觉到了异状。

周元的源气看似没有徐炎雄浑，却显得极为连绵悠长。显然，周元似乎没再抱着要打败徐炎的心态，开始理智地选择拖延时间。

“当！”

天元笔与一道剑影碰撞在一起，周元的身形再度被震退。徐炎望着他退后的身影，面庞渐渐阴沉起来。因为他看见后方那大香已经燃烧了将近五分之一。

他原本打算在五分之一的时间内将周元踢出去，眼下来看，周元虽然被他压制，但依旧精神抖擞，源气也没有半点枯竭的迹象。

“这个家伙……简直是属乌龟的，不仅硬，而且还很耐磨！”

徐炎深吸一口气，眼神冷冽。不能再继续跟他这样磨下去了，既然周元擅长打消耗战，那就采取最直接的方式，一击摧毁所有防御！

徐炎冷冷地看了周元一眼，手中长剑松开，剑身缓缓升起。天地间的源气在此时渐渐暴动起来。

“咻！”

长剑暴射天际，天地间的源气汇聚而来，渐渐有璀璨的青光浮现，最后在天空上形成了一轮青色的弯月。弯月之上，月光散发出来，犹如无穷无尽的剑罡，令人头皮发麻。

一股恐怖的波动从中散发出来。

山脉外，诸多弟子目瞪口呆地望着这一幕，下一瞬便有哗然声爆发而起。

“这徐炎也太狠了吧，对付一个金带弟子而已，竟然连天源术都施展出来了！”

“这应该是剑来峰的月陨术吧！货真价实的下品天源术！”

“这吃相也太难看了……”

诸多弟子窃窃私语，对徐炎这种举动颇有微词，毕竟他本身源气修为就占了绝对优势，如今竟然开始动用天源术。他以为这是在和同级别的老牌紫带弟子一决胜负吗？未免欺人太甚！

不过，他们再如何表达不满，也无法影响到此时的徐炎，后者立于广场中央，眼神冰冷地锁定周元。

他如何不知晓动用天源术来对付周元显得他吃相难看，但谁让周元这么能扛。按照徐炎的估计，以先前那种程度，恐怕大香燃尽他都无法将周元的源气消耗干净。

所以，他只能采取最凌厉的手段，以绝对力量摧毁周元。

他冷傲的目光看向周元，双手缓缓合拢。

“听说你与卫幽玄交手时，他施展过一道并不完整的下品天源术，那么今日，师兄我就让你开开眼界，让你知晓何为完整级别的天源术！”

“月陨术！”

“嗡！”

当其声落的一瞬间，高空上悬挂的一轮青色弯月猛然坠落而下。

一抹青光，犹如斩裂了天空。

第三百七十八章
源气对拼

“嗡！”

一轮青色弯月从天而降，青光所过之处，仿佛连天空都被斩裂，声势骇人。

周元抬起头来，面色极为凝重地望着从天坠落的一轮青色弯月，隐隐地看见那弯月之中有一柄剑影。

剑影周围的弯月之形，其实是剑罡所化。

面对这轮弯月攻势，周元知晓如果再硬扛的话，就算有重重防护，他依旧会瞬间被一分为二。

这弯月之下，就算是诸多太初境七重天的好手，都只能有多远躲多远。

整个山脉外，诸多遗憾声响起。当徐炎不顾颜面施展出这般攻势时，想必战斗就要结束了。因为他们实在不知道，周元怎样才能接下如此可怕的攻击。

在惋惜声中，诸多弟子见到源气光镜中，周元忽然双手合拢，其体内似乎有炽热的波动散发出来，脚下的地面甚至都在此时开始融化。

赤红的气息自周元的身体中升腾而起。

周元的双脚缓缓打开，双颊陡然鼓起，所有人都能见到他的面庞在此时涨红，犹如火炭一般，甚至双瞳都变得赤红。

周元的双手闪电般结印，体内源气犹如沸水一般滚动着。

看着周元的异动，无数弟子眼神惊疑不定，旋即就有眼光毒辣的弟子意识到了什么，当即失声道：“周元也在施展天源术！”

“这种施术模样……如果所料不错，应该是天阳神录！”

“据说周元夺得选山大典第一时，的确被宗门赏赐了一卷下品天源术，就是天阳神录！”

惊呼声传开，引得无数弟子面色震惊。周元竟然将天阳神录修成了？！

这家伙，当真是妖孽啊！

“呼！”

在漫山遍野的惊呼声中，峰顶之上，周元的双颊鼓到极致，下一瞬他的嘴巴猛然张开，似有低沉之声从中传出。

“天阳神录，天阳火！”

“熊熊！”

随着声音而出的，竟是数百丈的白色火团。火团喷出，整个天地间的空气仿佛都在瞬间被燃烧，脚下的碎石广场开始融化。

这一口火，足以将一座大山融化。霸道到了极致！

“熊熊！”

白色火焰冲天而起，在无数道震撼的目光中，最终与飞速坠落而下的青色弯月撞击在一起。

“轰！”

狂暴的源气肆虐开来。

在白色火焰的疯狂燃烧下，青色弯月以肉眼可见的速度缩小，而其散发出来的青光剑气也在消融着白色火焰。

两者疯狂地侵蚀着对方。

短短数十息后，数百丈的白色火焰被消磨殆尽，而那轮青色弯月也缩小到不过丈许……

“咻！”

青色弯月暴刺而下，锋芒直指下方的周元。

周元双手有玄蛟鳞涌现，他紧握天元笔，一声低喝，通天玄蟒气涌动，缠绕在笔身之上，犹如化为巨蟒盘踞，最后向着那呼啸而来的丈许弯月重重砸下。

“万鲸纹！”

“当！”

天元笔与那轮弯月撞击在一起，清脆声响起，紧接着便有百丈冲击波爆发开来，整个峰顶的地面都在此时受到冲击，被生生犁了一遍。

“轰！”

地面被撕裂。周元的身影首当其冲，双脚擦着地面倒射而退，划出深深的痕迹，天元笔用力划过地面，带起灼热火花。

烟尘落下，满地狼藉。

无数道视线紧张地投射而去。只见周元的身影竟在峰顶悬崖边上，差点就要被震落峰顶。

天元笔深深插入面前的地面，周元双掌之上鲜血淋漓，玄蛟鳞都被碎裂开来，显然是先前与青色弯月硬碰所造成的。

虽然有些狼狈，但谁都看得出来，周元竟然生生将徐炎这道恐怖的攻势硬接了下来！

谁都没想到，周元以攻对攻，同样施展出了一道天源术，将青色弯月的力量消耗了将近八成，最后他果断出手，彻底破了这道攻势。

如此老辣的战斗经验，让人叹为观止。

周元甩了甩手掌，鲜血飞落，但他面不改色，只是自语道："可惜，若我此时能够达到太初境四重天，想必那口天阳火足以彻底烧毁那轮青色弯月。"

他的源气雄厚程度终归不及对方，所以天阳火未能尽全功，最后还得亲自出手，付出一些代价，才能击碎青色弯月残余的力量。

山脉之外，诸多弟子望着这般结果，不由自主地响起喝彩之声，只因周元此次的应战着实漂亮到了极点。在明显绝对劣势的情况下，他依旧临危不乱，以最小的代价化解了危机，这种本事就连一些老牌紫带弟子都感到讶异。

峰顶上，徐炎望着满手鲜血显得狼狈的周元，嘴角微微抽搐了一下，周元的顽强让他都有点动容。

面对他先前那些攻势，就算是一位七重天的弟子，恐怕都已落败，但偏偏周元死死咬牙坚持了下来。如此意志，难怪能在天才如云的苍玄宗内声名鹊起。

"这个家伙！"徐炎咬咬牙，眼中有些不甘。

"唰！"

就在徐炎心中恼怒的时候，周元的身影猛地消失。

"哼！"徐炎一声冷哼，反身便是一掌对着身后拍去。虽说先前施展那道天源术让体内源气有些消耗，但要对付周元依旧不成问题。

"砰！"

他掌风拍出，虚空中有修长的手掌探出，犹如鹰爪一般，直接与他的手掌硬碰，然后将其扣在一起。

徐炎冷笑一声，另外一只手掌也猛然拍出，源气滚滚，掌上有剑气散发。

“砰！”

周元另外一只手掌接着拍出，指尖扣拢，锁死了徐炎的手掌。

半空中，两人双掌紧扣，眼神对视间皆有凶光浮现。竟然是一副要以彼此肉身为战场，拼斗谁的源气更雄厚的架势！

面对这种情况，徐炎微怔了一下，旋即嘴角浮现狞笑，道：“真是找死的东西，你以为施展了一道天源术，就敢跟我比拼源气了吗？

“我就让你尝试一下，太初境七重天比你究竟强多少！”

他心念一动，气府内一颗颗源气星辰陡然间明亮起来，滚滚源气呼啸而出，最后顺着一只手掌接触的地方，疯狂对着周元的体内侵蚀而去。

他的源气锋锐如剑，乃是货真价实的六品源气，一进入周元体内，剑气散发，令周元体内刺痛无比。

面对体内的剧痛，周元的眼神依旧冷厉，竟不为所动，通天玄蟒气同样咆哮着冲进徐炎的体内。

两者的源气，疯狂地碰撞、侵蚀。

诸多弟子望着这一幕，都吸了口冷气，谁都没想到这两人会选择这么惨烈的对拼方式。

“这种纯粹的源气对拼，显然是徐炎更有优势啊……”

“是啊，不知道周元为何要逼徐炎源气对拼……”

“多半是先前被徐炎压制得太狼狈，心中忍不下这口气……”

“这可有些鲁莽啊。”

……

在众多惊疑的目光注视下，峰顶之上，周元与徐炎的身影猛地一颤，下一刻皆倒射而出，脚掌在地面上擦出了无数道深深的印记。

徐炎眼神冰冷地看向周元，讥讽道：“周元师弟，你还是太莽撞了。如今你的双臂已被我的源气所伤，短时间内恐怕动弹不得。”

无数道视线看向周元的双臂，只见上面有诸多血痕，仿佛被无数剑刃划过，不断地涌出鲜血，看上去极为凄惨。如果暂时失去双臂，周元已没有再战之力。

显然，在先前的源气对拼中，正如众人所料，是徐炎占据了上风。

面对徐炎讥讽的目光，周元低头瞥了一眼极为惨烈的双臂，但让人意外的是，他脸庞上并没有丝毫惊慌之色。

“徐炎师兄……”

他抬起头望着仿佛胜券在握的徐炎，嘴角掀起一抹玩味之色：“有没有人告诉你……跟我交手，最好不要进行以肉身为战场的源气搏杀？

“因为那样，代价远超你的想象。”

徐炎的瞳孔微微一缩，下一瞬间，他似乎猛地察觉到什么，陡然挽起衣袖，然后他便见到，自己双臂的皮肤上有无数道狰狞的血线浮现出来，那些血线在其皮肤下蠕动，隐隐间有着怨毒的龙啸声传出。

第三百七十九章 霸道毒气

一片狼藉的峰顶之上，徐炎低头，面色铁青地望着双臂上浮现的诡异血线，上面散发着怨毒的气息，令人不寒而栗。显然，这是一种可怕的毒气。

“以为凭借一点毒气，就能让我忌惮？”徐炎寒声道。

他体内的源气陡然涌动，对着双臂席卷而去，试图将那些怨龙毒排出体外。就在他的源气与怨龙毒接触的瞬间，便惊骇欲绝地感受到凡是与怨龙毒接触的源气都犹如被污染一般呈现血红色，直接令徐炎失去了对它们的控制。

于是，他双臂上诡异的血红色更加浓郁。

徐炎的面色终于浮现出一丝惊惧，他死死地盯着周元，低喝道：“你这是什么毒?！”竟然霸道到这种程度，源气只是稍稍触及便被污染，他简直闻所未闻。

周元甩了甩手掌上的血迹，一屁股坐在地上，淡淡地看了徐炎一眼，道：“如果你够聪明，接下来就别再轻易动用源气了，被感染得深了，到时候想救都救不了。”

怨龙毒有多可怕周元再清楚不过，那根本无法抹除，眼下这徐炎还只是初步感染而已，若是被感染得深了，怨龙毒爆发，那他就能体验到那种痛不欲生的感觉了。

“什么?！”

徐炎面庞扭曲，有些震怒地看着周元。如果他不动用源气，还如何将周元踢出选拔?

“你、你太阴险了！”徐炎怒声道。

他此时方才明白过来，之前周元看似鲁莽地要和他以肉身为战场比拼源气，其实所为的就是在源气侵蚀间将怨龙毒侵入他的体内。

对于他的指责，周元只是眼皮抬了抬，便没再理会。紫带选拔没有多少规矩，一切都要依靠各种手段。若要说阴险，剑来峰那么多金带弟子针对他，难道就光明正大了吗？眼下这徐炎凭借老牌紫带弟子的实力全力压制他，要将他踢出选拔，莫非就不阴险了吗？

既然都在规则之内，那就怪不得他了。

周元很清楚，以他如今的实力，想要真正打败徐炎，还有点难以实现，所以他早就打算兵行险着，以这种手段逼得双方两败俱伤，让徐炎没有余力将他踢出去。眼下双方战斗力都全失，只能就这样等下去……

周元的嘴角掀了掀，不理会暴跳如雷的徐炎，开始擦拭着手臂上的血迹。

徐炎被周元这副旁若无人的姿态气得脸都绿了，好几次都忍不住暴怒要动手，但在看见手臂上诡异盘踞的血线时，又只能强行用理智将冲动压制下去。他能够感觉到这种血红毒气的恐怖，如果真的乱来，万一造成什么不可逆转的伤害，他真是哭都没地方哭。

所以，他只能站在原地不敢动。

于是，场面瞬间就变得尴尬起来，先前两人还在拼死相斗，可眼下，两人一个坐一个站，动也不动，只能干瞪眼……

他们这般古怪的情景，落在山脉外无数弟子的眼中，立即引起滔天的哗然声。

“他们这是在做什么？”

“徐炎为何不进攻了？周元竟然还坐了下去……他在休息？”

“到底发生了什么事？”

……

诸多弟子一头雾水，有些哭笑不得。这上一秒还在生死交锋，怎么下一秒就各自和平地坐下聊天了？

无数疑惑的议论声响起。

终归还是有眼力毒辣的弟子犹豫地说道：“徐炎的状态似乎有些不对劲。”

“恐怕他不是不想动，而是被周元逼得不敢动了……”

“先前两人源气对拼时，徐炎恐怕着了周元的道。”

……

其他弟子闻言，若有所思地点点头。眼前的情形，似乎的确如此，而且只有这样才能解释为何一向理智的周元先前竟会鲁莽地主动与徐炎进行源气比拼，显然是有目的的。

徐炎定是一时轻敌，中了周元的招。

眼前的局面，如果周元与徐炎都保持不动，周元倒下的时间就会被无限推迟，直到大香燃尽。那时候，恐怕周元就是支撑到最后一个的人……

魁首之位，自然非他莫属。

想明白这一点，无数弟子都眼神惊诧地望着源气光镜中周元的身影，虽然此时他坐在地上擦拭血迹的模样有些狼狈，却并不妨碍诸多弟子心头升起一丝惊叹与敬畏，他们在周元身上看见了太多的意外。

这种意外偶然出现，众人还不会太当回事，可如果时常出现意外，恐怕就不只是意外了……

显然，这个刚刚进入苍玄宗不到一年的新人，并没有他们想象的那么简单。

……

“怎么会这样……”

河流旁边，陆玄音俏脸苍白地望着这一幕，踉跄着一屁股坐在石头上，眼中浮现出一抹颓然与绝望。没想到，连徐炎亲自出马都未能直接解决掉周元，反而被周元拖入这种两败俱伤的尴尬局面。

她望着源气光镜中周元的身影，脸上有一抹惧色浮现。屡屡针对都被周元化解，她的心中开始对周元升起一丝畏惧——这样的人，太诡异了。

……

最高的山峰上，六道散发着磅礴源气波动的身影也注视着山脉深处的峰顶上。

青阳掌教以及五位峰主是何等实力，他们看着徐炎的身影，一眼就看穿了他的体内，同时清晰地看见他双臂中涌动的诡异血红。

“咦……”

望着那血红的怨龙毒，青阳掌教察觉到了一丝不同寻常的波动，发出了一道轻“咦”之声。

“好霸道的毒气……这种毒气连本座都从未见过。”青阳掌教缓缓道。

其余数位峰主也点点头。

雪莲峰的涟漪峰主笑道：“这个叫作周元的小家伙，还真是让人意外呢，三重天的实力，竟然能够将七重天的徐炎逼得停手。”她斜瞥了一眼灵均峰主，嘲讽之意不言而喻。

灵均峰主面容平静，不过熟悉他的人都知晓，今日剑来峰算是丢了大脸，灵均又是好颜面的人，想来此时心中并不平静。

“只是依靠毒气罢了。”灵均峰主淡淡道。

青阳掌教摇摇头，道：“紫带选拔各凭手段，即便是毒气，也是实力的一种。周元的实力本就弱于徐炎，他却擅长寻找机会，利用徐炎轻敌的心理，兵行险着，以肉身为战场，将徐炎拖入陷阱，这般老辣的战斗经验真是非同凡响。”

灵均峰主默然，没有再辩驳。他何尝不知晓这些，只是今日剑来峰大败，令他的心境波动了一下。

青阳掌教眼带欣赏地望着周元，道：“这个小家伙真是不错。可惜了，怎么就去了圣源峰呢……”

他的声音中满是惋惜。如今周元在沈太渊一脉，所以就算他这个掌教爱惜人才，也不好拉下脸去抢一个长老门下的弟子。

“没想到周元竟然还藏了这般手段……”李卿婵的美眸望着源气光镜，两败俱伤的局面让她愣了好一会儿，方才轻声赞道。

对于周元，她又刮目相看了。原本以为这种局面，周元必然没有翻身的机会。谁能料到，偏偏他又创造了奇迹，将不可能赢的局面扭转成两败俱伤……虽说两人都受了伤，但从规则来看，其实算是周元赢了。因为继续这样坐下去，显然对周元更有利。甚至可以说，当局面变成这样时，魁首之位已经是周元的了……

“这个家伙真的不能以常理来度量……”她看着一旁的夭夭，叹道，“这次你又赌赢了。”

夭夭抬起光洁玉颜，眸子凝视着周元的身影。她脸上并没有多少喜悦之情，反而柳眉微蹙，略感恼怒。

“这个家伙，真的是太鲁莽了……

“眼下本就是你怨龙毒的爆发期，竟然还敢引动它……

“若是怨龙毒再爆发，可是有你好受的。”

第三百八十章
魁首周元

狼藉的峰顶，尴尬的局面还在持续着。

周元与徐炎相距不过数丈，却再没有爆发任何战斗。

周元随意地盘坐地上，慢慢化解着体内入侵的那些锋利源气。徐炎也站在原地不敢动弹，更不敢再随意催动源气驱毒。先前的试探，已经让他明白那血红的毒气有多恐怖。

当其他九座峰顶上的战斗越来越激烈时，他们这边却诡异地变得安静下来，气氛看上去相当和谐。

面对这种情况，关注着这里的诸多弟子有些哭笑不得。

原本他们以为这场交锋，周元应该没有什么胜算，可谁能想到周元竟然会以这种方式来曲线救国。看来这一次的紫带选拔，剑来峰注定要在周元的手中颜面尽失了。

峰顶，徐炎的面色阴晴不定地变幻着。他看了一眼广场中央的大香，已经燃烧了三分之一左右，而其他九座峰顶已经开始有弟子败在拦路者的手中了。如果继续这样下去，这次的魁首恐怕真的要落到周元头上。那样的话，他们剑来峰颜面尽失，他此次回去必然无法交差，说不定还会受到惩罚。

想到那种结果，徐炎的面色更加难看了，旋即他看向周元，沉声道：“周元，你别以为让我们剑来峰颜面尽失，对你是一件好事。”

周元眼皮一抬。

“谁都知晓，苍玄宗内我们剑来峰的弟子最不好惹，你今日如此咄咄逼人，之后我们剑来峰总会有人找你讨回来。”

周元淡淡道：“徐炎师兄，你们剑来峰那么多金带弟子倾巢而出围剿我，这也算我咄咄逼人吗？”

徐炎一滞，旋即语气放缓道：“周元师弟，我倒是有一个建议……

“只要你现在主动认输，我敢保证，我们剑来峰必然会承你这个人情，之前的事情也能够一笔勾销，未来不会再有剑来峰的弟子找你麻烦，如何？”

周元忍不住笑出声来。这家伙的脸皮真是厚，竟然连这种话都说得出来，看来是被眼下的局面逼得焦头烂额了。

“算了，剑来峰的人情我要不起。”他摇了摇头，语气平静道。

他如何不知晓今日已是得罪了剑来峰，可这一切都是他们咎由自取，眼下还要他主动认输来保全他们的颜面，这种厚颜无耻的要求，周元实在答应不了。

剑来峰固然势大，但那又如何。大家同为苍玄宗门下，剑来峰若是行事逾越，想必青阳掌教以及其他峰主不会坐视不管。

而且，他又不是泥人，剑来峰此次如此逼迫他，他心中自然有火气。既然此事是你们引起的，那最后丢失颜面也不过是你们自找的罢了。

“周元，你不要太过分了！”徐炎怒声道。他已经放下身段好言相劝了，周元还是不为所动，显然是不给他们剑来峰面子。

周元这次连理都懒得理他，双目微闭，凝定心神，化解着体内的入侵源气。

徐炎见状，急忙喝了几声，见到周元不为所动，直气得脸色铁青。

时间，就这样开始慢慢流逝。

那一炷大香仅剩一半。

到得此时，其他九座峰顶上的战斗已经有结束了的，唯有苏婉、汪辰、夏雨五位各峰金带弟子第一席还在他们面前老牌紫带弟子的手中苦苦支撑。不过看其模样，显然也无法坚持太久。

徐炎见到这一幕，面色更加难看，再度开口想要劝服周元，但周元依旧不加理会。

那炷大香燃烧得越来越快，最终在距离根部还有十分之一的时候，其余五座峰顶上，苦苦坚持的苏婉等人抵达极限，开口认输。

当他们认输的那一瞬间，天地间几乎所有视线都汇聚到周元这一座峰顶上，大家望着还保持着尴尬相对姿势的两人，眼神显得极为复杂。特别是当他们看向周元时，神色中都有一抹叹服浮现出来。

魁首之争，是看谁能够在这些老牌紫带弟子的手中坚持得更久，如苏婉、汪辰、夏雨他们，都只能尽最大努力延缓时间，与周元比起来却有着极大的差距，因为他竟然硬生生将局面拖成了两败俱伤……

这场交锋，周元虽然没有打败徐炎，但也让徐炎奈何不得他。从某种程度而言，这已经是绝对的胜利了。

众人望着峰顶上盘坐的那道年轻身影，虽说此时周元略显狼狈，却再没有一个弟子敢心怀小觑。周元在这次紫带选拔上的表现，没有任何人能够挑出丝毫瑕疵。可以说，这一次紫带选拔，周元在苍玄宗内可以算真正成为一号人物了……

他以往那些战绩，不论是选山大典、源池还是圣源峰的争斗，都远不及这一次震撼人心，毕竟此次紫带选拔从某种角度而言，周元几乎算是凭借一人之力，将整个剑来峰压制了下去。

以一人压一峰，即便只是金带弟子的层次，也足以引起无数惊艳感叹。

周元紧闭的双目在苏婉他们认输的那一刻睁开，他淡淡地望着对面，此时的徐炎一脸的惨白与绝望。到了这一步，徐炎知晓大局已定，说什么都没用了。

“周元，你会后悔的！”他看着周元，咬牙切齿道。

周元依旧不为所动，他站起身来，掌心对着地面一按，只见一道道锋利的源气暴射而出，将地面洞穿出诸多深深的孔洞。体内那些入侵的源气被彻底化解了。

徐炎见状，面色微变，没想到周元这么快就将他侵入的源气给化解了。

周元扫了徐炎一眼。此次与其交手，让他察觉到了自身的不足，只是一个老牌的紫带弟子就将他逼到这一步。

“年底的首席之争必然会更艰难，因为只有最顶尖的紫带弟子才有资格参加各峰首席弟子的争夺。类似徐炎这种，都不一定有资格。”

周元深吸一口气，眼神微凝。看来，他不能再因为已取得的战绩就自得了，这一次纯粹是因为徐炎心怀轻视，才让他得以暗中将怨龙毒侵入，不然，周元也不敢保证能够在徐炎的手中坚持到最后。他能够以太初境三重天胜过六重天的弟子已极为不易，还想要再越级对付七重天，就实在有些过分了。

当周元内心的思绪涌动时，忽然察觉到一道带着无穷之威的目光投射而来，紧接着，一道温和而浩瀚的声音在这天地间响起。那是青阳掌教！

“紫带选拔，到此结束。

“此次选拔，魁首者，圣源峰……周元！”

当那浩瀚的声音回荡在天地间时，山脉内外无数视线投射到周元的身上，有惊叹，有敬畏……最后，诸多弟子按照以往惯例，齐齐抱拳弯身。

“贺魁首！”

整齐嘹亮的声音响彻天地，震动七峰。

这个名字，此时此刻，方才第一次真正响彻于苍玄宗。

第三百八十一章 降级惩罚

今年最后一场紫带选拔，最终以一种出人意料的结果，轰轰烈烈结束了。

选拔虽然结束，但所造成的余波，在之后很长一段时间里依旧在整个苍玄宗内震荡。

周元在选拔上的显赫战绩，就算是苍玄宗内的那些紫带弟子都为之惊叹。

以往，这些紫带弟子即便偶然听到周元的一些战绩时都会高高在上，以一种俯视的姿态来探听，毕竟周元以往的战绩都不过只是金带弟子的层次，这在他们看来没什么好在意的。

经过此次选拔，他们方才彻底收敛了那种高高在上的姿态，开始将周元视为同等层次的存在。不管周元使用了何种手段，最终都是他笑到了最后，反观徐炎，却因为这种结果而相当狼狈。

于是，在口口相传下，周元一时成了苍玄宗的名人，虽说才刚刚晋升为紫带弟子，但论起名气，一些老牌的紫带弟子恐怕都比不过。

当整个苍玄宗的弟子都在为周元在紫带选拔上的战绩惊叹时，剑来峰的弟子却最为尴尬与难堪。毕竟从某种意义而言，周元的这种声名鹊起，换来的是他们剑来峰颜面大失。

在这种情况下，他们自然不好参与评论。

于是，当苍玄宗内到处充斥着以周元为中心的话题时，剑来峰的弟子都保持着沉默。

就在这时，剑来峰传出了消息：凡是参与这次紫带选拔的弟子，尽数由金带弟子降为黑带弟子，为期一年。也就是说，乐天、陆玄音这些金带弟子不仅没有成功晋升为紫带弟子，甚至连金带弟子的身份都保不住，降为等级最低的黑带弟子，一年后，他们才能够恢复身份。

还有徐炎，这位老牌的紫带弟子也受到了惩罚，由紫带弟子降为金带弟子，同样为期一年……

这种惩处从某种意义而言不可谓不严，以往的紫带选拔中从未出现过这种惩罚。显然，剑来峰的那位灵均峰主对这一次剑来峰弟子的不堪表现颇为恼怒。

这个消息传出，引得苍玄宗其他峰的弟子有些唏嘘，一时间有些同情乐天等人。不过这种惩罚乃是由剑来峰的执掌者灵均峰主所下，除非青阳掌教以宗主的名义颁下旨意，不然无从更改。而苍玄宗内，七峰自主性颇大，身为一峰之主有掌管本峰所有事务的权力，就算是青阳掌教也很少直接插手。

所以，这次乐天、陆玄音、徐炎等人只能老实受罚，等上一年。

……

剑来峰。

最近的剑来峰，气氛都有些压抑。

因为灵均峰主心情不畅，导致一些长老也小心翼翼不敢触及霉头。连长老们都如此，下面弟子们更是缩着头，不敢在这个时候惹出麻烦，毕竟乐天、徐炎、陆玄音等人受到的惩罚他们可都看在眼中。

剑来峰一座高峰上。

石亭中两名青年对坐，其中一位白衣者气度不凡，正是剑来峰的孔圣。在他对面的是一位双目狭长、浑身透着一股凌厉的青年。在整个剑来峰有资格与孔圣对坐的，除了第二位圣子赵烛，也没有他人了。

“这次剑来峰的弟子在紫带选拔中围猎周元，背后怕是你在推动吧。”孔圣看了赵烛一眼，道，“虽然是徐炎起的头，不过凭他的声望可没办法让乐天等人彻底听从。”

赵烛有些无奈地笑了笑，道：“这些家伙真的有些无能，连一点小事都做不好。”

孔圣微微皱眉道：“我都说了，没必要去针对那个周元，你此举反而有些抬举他了。”

赵烛的手掌轻轻摩挲着白玉般的棋子，漫不经心道：“我只是跟乐天随口一说而已……”他顿了顿，接着道，“不过也是我疏忽了。原本以为只是一件小事而已，没想到……这个周元还真是有些本事。”他双目微眯着，眼中掠过凌厉的精光。

他的确以为这只不过是一件微不足道的小事，甚至当日在跟乐天说了一句后，转头便将此事给忘了。因为在他看来，光是这么随口一说就已经算是抬举周元了。但没想到，这件在他看来不起眼的小事，反而会令他们剑来峰这一次颜面大失……

孔圣缓缓道："此次峰主颇为动怒，原本是要惩罚乐天等人三年的，不过被我劝住了，这才改为一年。"

他言语淡然，在剑来峰中，就算是一些长老都不见得能让灵均峰主更改主意，但他能够做到，由此可见灵均峰主对他的看重。

听到此话，赵烛眼中掠过一抹艳羡。虽然同为圣子，但他知晓，在灵均峰主心中，还是孔圣的地位更高一些。

"那我替乐天他们谢过师兄了。"赵烛笑道。

孔圣摆了摆手，微微抬头看向远处，英俊如刀削般的脸庞上没有什么波动，声音却冷了一分。

"我们剑来峰，可是很久没有这么丢人了……

"这个周元，还真是初生牛犊不怕虎啊，竟敢踩着我剑来峰的颜面为自己搏名气……看来是真把自己当成个人物了。"

赵烛笑道："要不找个机会教训一下那小子？"

孔圣无奈道："那小子层次太低，专门教训他，真的拉不下这个脸。而且……"他顿了顿，道，"他身旁那个周小夭有些深不可测，不知道究竟是什么来历……"

赵烛眉头微挑，有些不在意道："据说只是源纹造诣了得，毫无源气修为，本事或许有，但要说深不可测，师兄怕是有些抬举她了。

"以后我若是撞见她，倒想试试究竟是我的剑快，还是她布置源纹的速度快……"

孔圣笑着摇了摇头。他知晓赵烛心气高傲，不再多说，只是目光看向山下，若有所思道："据说陆宏长老今日来了一趟剑来峰。"

"哦？"赵烛眼一抬。

"恐怕是峰主的意思……"孔圣嘴角微弯，道，"咱们峰主可是很在乎颜面的，此次圣源峰让咱们剑来峰丢了颜面，他怕是要有点动作了。

"什么动作能比让从我们剑来峰出去的陆宏长老一脉夺得圣源峰首席，并且将圣源峰其他两脉彻底压下来得更凌厉呢？

“到时候，陆宏长老一脉为圣源峰主脉，主脉命令一出，就算让周元来我们剑来峰打杂，他都得服从。”

赵烛一怔，旋即忍不住笑出声来，似乎是想到了那有趣的一幕。

“呵呵，看来还是咱们的峰主手段更高啊，既然他们圣源峰让我们剑来峰丢了颜面，峰主就直接让他们圣源峰从此以后低我们剑来峰一头……”

两人对视一眼，皆眼带笑意，同时也对他们那位峰主的大手笔感到钦佩。

那一天，真是让人有些期待呢。

第三百八十二章 魁首赏赐

圣源峰，求道殿。

今日轮到沈太渊一脉在此修炼，大殿内的气氛颇为热络，正如整个苍玄宗诸多弟子都还沉浸于周元在紫带选拔中的显赫战绩中，沈太渊一脉的弟子更是如此。

这些天以来，他们这一脉的弟子行走于宗门时，受到的关注比以往多了许多，时不时还有其他峰弟子好奇地来询问。

这在以前简直就是不可想象的事。那时候，只要别人一听他们出自圣源峰，便没了交谈的兴趣，一些人看他们的目光更是有些居高临下，那种轻视不言而喻。毕竟圣源峰在苍玄宗的没落人尽皆知。

不过，这一次周元在紫带选拔上的表现再度让所有弟子都记住了他们圣源峰，同时也让他们知晓了圣源峰的沈太渊一脉……这让以往备受冷落的诸多沈太渊一脉弟子都感到有些振奋。

振奋之余，他们热切的目光便不断投向大殿的前方。

在最前方紫色蒲团末尾的位置，盘坐着一道身躯修长、腰间缠绕着紫色绸带的年轻身影，便是周元。

通过紫带选拔后，如今周元已经成功晋升为紫带弟子，所以他的位置不再是之前的金带弟子第一位，已能够位列紫带弟子的席位。

凭借周元在紫带选拔上展露出来的实力，就算在紫带弟子中都能排到中游，不过他却婉拒了沈太渊为他安排的名次，选择了紫带最末席的位置。

在很多弟子看来，席位表明着排名与地位，但周元对此并不是很在意。在他看来，只要是紫带弟子，靠前靠后并没有什么区别。而且选择末席也能让其他弟子心态平和一些，以免觉得他太咄咄逼人，虽说现在他有这种资格。

人有时候就是这样，当你有实力的时候选择退让一步，反而会让其他人对你产生好感，觉得为人谦逊而温和。

正如周元所料，他这种自甘居于紫带末席的举动，让不少紫带弟子感激甚至佩服，这也让周元在沈太渊一脉诸多弟子中的话语权越来越大，一些排名靠前的紫带弟子遇见他时都会表露出极大的善意。

在大殿内气氛热络之时，高座之上沈太渊素来古板严厉的苍老面庞带着一些笑意看向周元，目光中充满着满意与欣慰。

这一次的紫带选拔，周元给他长了不少老脸，如今其他峰的一些长老遇见他时都表现得颇为羡慕。这么好的一棵苗子落在他的手中，未来指不定连十大圣子之位都有可能……这种天赋的弟子可不是随随便便就能遇见的。

“周元……”沈太渊声音慈和地笑道,“今日掌教派人将你的魁首奖励送了过来。”

他手掌上有光芒闪烁，只见一个玉盒闪现出来，盒子打开，一颗如青玉般的圆润丹药静静躺在里面。一股浓浓的幽香散发出来，整个大殿内的天地源气仿佛都在这一刻变得浓郁起来。

源星丹!

紫带选拔魁首才有资格得到的赏赐!

“哗！”

大殿内诸多弟子垂涎地看过来，就连周泰、张衍这种级别的紫带弟子都眼神炽热。

这可是源星丹啊，号称太初境的灵丹!

太初境乃是底蕴之修，这个时期积累的底蕴越强，未来突破到神府境时，所进化的神府才会越高级强大。这源星丹能够增强底蕴，可想而知对太初境的人而言有多大的吸引力。

此丹炼制不易，就算在苍玄宗内，唯有立大功的弟子才能够得到。至少如今这座大殿内的弟子是从未享受过的。

周元抬头望着沈太渊手中玉盒内的青玉丹药，眼中的炽热一闪而过。他这一次会如此努力地去搏那魁首之位，可不是为了什么虚名，他为的就是眼前这颗源星丹！有了此丹，他就能突破到太初境四重天了。

在经历了与之前徐炎一战后，他知晓了源气底蕴雄厚的好处。如果能够在突破到四重天后再与徐炎交手，周元相信，到时候就算徐炎主动跟他拼个两败俱伤，恐怕都很难做到了。

因为只是宗内比斗，并非生死之搏，周元不好动用银影这一手段，否则他要斩杀徐炎其实也不是什么难事。

沈太渊袍袖一挥，玉盒便在诸多艳羡的目光中落到周元面前。

周元伸出双手恭敬地接过来，然后舔舔嘴巴。看来他得找个时间闭关一下，将这源星丹炼化吸收掉。

将源星丹赐给周元后，沈太渊又是一笑，道："周元，如今你已是紫带弟子，按照宗内惯例，圣源峰将会赐你六品下乘的功法，可修出六品下乘的源气。"

周元一怔，旋即尴尬一笑。他修炼了祖龙经，就无法再修炼其他的功法，而他如今修成的通天玄蟒气乃是六品顶尖源气，非六品下乘可比。

瞧见他的笑容，沈太渊道："我知晓你自有际遇，这六品下乘的源气不入你眼……这不过是宗门规矩，我例行告知而已。"

他顿了顿，又沉吟道："这原本是宗门给予晋升紫带弟子的福利，如果你不需要的话，理应给予其他补偿，所以我之前就已经上报掌教，打算让你进入圣源峰古经楼。

"这座古经楼据说曾经是我们老祖潜修之处，里面颇有玄妙，进入其中的弟子大多都随缘得到了一些源术、源兵、源宝……若是运气好，天源术也未尝不可。"

他这话一出，大殿内又是一片惊哗声。这一次，就连周泰、张衍他们这些弟子都忍不住有点嫉妒。

古经楼是他们圣源峰的一处宝地，连长老都没有资格开启，唯有上报掌教才能够开启。这些年来，能够进入古经楼的弟子屈指可数，没想到这次沈太渊竟然为周元求来了机会，这种待遇简直惹人眼红。

沈太渊没有理会其他弟子，只是看向周元，笑道："如何，你可愿意？"

周元同样愣了愣，旋即郑重起身对着沈太渊行了一礼，沈长老对他的关照与欣赏让他颇为感动。

他点点头，露出了感激的笑容。

"弟子愿意。

"谢过沈师。"

第三百八十三章 昔年童子

古经楼位于圣源峰被封印的主峰之下。

翌日，周元便在沈太渊的带领下再次来到这座被封印的主峰。山脚处，一座略显残破的古殿静静矗立着，布满着斑驳的岁月痕迹。

古殿门口的台阶处，一名身穿麻衣的老人抱着扫帚昏昏欲睡，赫然是当日周元初到圣源峰时所看见的那位被称为“玄老”的扫山人。

周元跟在沈太渊身后，抬头望向前方那座巍峨无比的主峰，其中云雾缭绕，树木茂盛，显得几分神秘。虚空中，有光纹若隐若现，一股浩瀚无穷的波动散发出来，令人不敢轻易靠近。

“被封印的主峰……”

周元看着这座主峰，心情有些起伏。第二道圣纹便存在于这座主峰内，可惜，看似近在咫尺，却犹如天堑一般，令他难以跨越。

想要进入主峰，他必须先成为圣源峰的首席弟子……这还得有一段路要走啊。

“玄老。”

在周元心中感叹时，沈太渊将目光投向古殿前昏昏欲睡的老人，然后恭恭敬敬地行了一礼。虽说后者看上去似乎没有什么源气波动，但论辈分，就算是掌教都得对这位老人保持礼遇，毕竟这位玄老乃是跟在苍玄老祖身边最久的人。

老人似乎耳目不太好，刚开始没什么反应，沈太渊只得加大音量多叫了几声，抱着扫帚的老人方才清醒了一分，抬起浑浊的双目看着沈太渊，似是笑了笑，声音苍老嘶哑地道：“是沈长老啊……”

沈太渊点点头，直接指向周元道：“玄老，有一位弟子要进入古经楼。”

名为玄老的老人浑浊的目光投向周元，那一瞬间，周元感觉到他的目光似是顿了顿。

“这个小家伙，前不久才刚刚进入内山吧？这么快就有资格进入古经楼，看来本事不小啊。”玄老缓缓道。

沈太渊微微一笑，道：“周元的确挺有天赋，此次获得了紫带选拔魁首，掌教方才会破例一次。”

玄老点点头，不再多说，伸出干枯的手掌，道：“掌教手信给我吧。”

沈太渊连忙取出一道玉牌，玉牌上光芒闪烁。

玄老接过玉牌，看了好半晌，方才慢吞吞点点头，颤颤巍巍地起身，用扫帚拄着地面，将身后的古殿大门缓缓推开。

“嘎吱！”

大门开启，里面却是一片黑暗，没有任何光线，颇显神秘。

“小家伙，古经楼是当初主人潜修的地方，在这里面能够得到什么，都得看自身的缘法。若是没有缘，即便空手而出，也不是什么稀罕事。”玄老说道。

周元抱拳表示受教，然后看向沈太渊，后者冲他笑着点点头。

周元再没犹豫，大步迈出，来到古殿门口，最后深吸一口气，一步就踏了进去，黑暗涌来，他的身影也消失在其中。

见到周元进入古经楼，玄老又颤巍巍地坐在台阶前，抱着扫帚，犹如陷入了昏睡中。

沈太渊对着玄老行了一礼，然后退去。

这片主峰山脚下，再度陷入一片冷清寂静。

这种寂静持续了一段时间，忽有脚步声响起，只见一道身影负手漫步而来。他一身白袍，模样宛如俊美少年，皮肤散发着玉石般的光泽。

竟然是剑来峰的灵均峰主！

昏睡中的玄老眼皮微微抖了抖，抬起头来，浑浊的眼睛看了那白袍少年一眼，然后便收回目光，一动不动，没有半点要迎接的姿态。

灵均峰主并不在意，他站在玄老身旁，看了一眼开启的古经楼，问道：“是那个叫作周元的小家伙进去了？”

玄老没有回答。

灵均峰主也不在意，他不过随口一问。周元虽然在紫带选拔上让他们剑来峰颜面扫地，但以他的身份，根本不可能特意去针对周元。

他此行而来，也不是因为周元。

他站在玄老身旁，抬头望着眼前那座布满着迷雾的神秘主峰，沉默了许久，缓缓道：“真怀念当年此地的盛况，先生开讲，整个苍玄天无数强者云集于此……”

灵均峰主轻声道：“圣源峰没落太久了，我觉得我们应该让它恢复往日的荣光，也算是对先生的一些交代。”

他在这里说着话，玄老却无动于衷，浑浊的眼睛动也不动。

灵均峰主低头看向他，微笑道：“玄老，你一直都在圣源峰，你说，这里的封印何时才能够解除？”

玄老抱着扫帚，声音嘶哑道：“到了时候，自然就会解除。”

灵均峰主无奈地摇摇头。每一次，玄老都是这个回答。

“玄老，我们不能眼见着圣源峰这么没落下去啊，这里毕竟是先生最喜欢的地方。”灵均峰主说道。

玄老浑浊的眼睛扫了他一眼，道：“你真想为主人做点什么的话，我觉得帮他报仇，应该会比再让圣源峰恢复荣光更好一些。”

灵均峰主苦笑一声，道：“玄老，如今的苍玄宗已经不是当年先生在的时候了。

“苍玄天内最强的宗门，也不是我们苍玄宗了，而是圣宫……”

他沉默了一下，盯着眼前被封印的主峰，接着道：“想要报仇，除非下一任天主再度出现在我们苍玄宗……而这需要象征着苍玄天的印记……当年先生手中的苍玄圣印。

“可苍玄圣印随着先生的陨落也失去了踪迹……”

他轻轻一叹，目光转向玄老，眼中升起一丝期盼道：“玄老，当年先生最后的时刻是你在陪着，难道你就不知晓苍玄圣印在何处吗？

“如果我们苍玄宗能够执掌圣印，那么就算是圣宫，我们也将不惧。”

老人缓缓地摇了摇头，嘶哑道：“苍玄圣印乃是天地所化，我也从未见过，谈何知晓？”

灵均峰主眼中的光黯淡下来。

玄老的手掌轻轻抚着怀中的扫帚，颤巍巍地道：“这些年来，我感觉你对苍玄圣印似乎比掌教他们还要关心。”

他抬头看了灵均峰主一眼，道：“你想要得到它？”

灵均峰主微怔，旋即毫不避讳道：“执掌苍玄圣印者可成天主，谁人不想？只有到了那个时候，我才能够为先生报仇。玄老觉得呢？”

玄老缓缓地摇了摇头，道：“你不适合。”

灵均峰主语气不起丝毫波澜地道：“玄老，我可已经不再是当年的小童子了。”

玄老抬起布满着岁月痕迹的苍老面庞，凝视着那座在雾气中显得神秘的山峰，沉默了许久，方才有沙哑的声音响起：

“正因为你已经不再是当年先生座下的小童子了，所以才说……你不适合啊。”

第三百八十四章
破障选宝

周元踏入古经楼时，眼前忽地黑暗下来，不过并没有持续太久，便有星光自他脚下亮起，然后蔓延开。

出现在他眼前的仿佛是一条星光走廊，走廊两侧似乎有无数光球浮现，犹如泡泡一般冒出来。

周元盯着那些如泡泡般的光球，能够隐隐看见其内部似乎有什么东西。

“这些光球中的东西，应该就是功法、源术、源纹、源兵……”周元若有所思道。因为光球内部无法窥探，所以根本无从知晓其品阶。这一切，似乎都得看各自的运气。

“难怪说是随缘。”周元苦笑一声。这些光球内部可能什么都没有，只要抓取了一个，就会被送出古经楼。

周元望着那些光球，踌躇了一会儿，并没有立刻动手，而是迈动脚步，避开那些飘来的光球，向前走着。他打算先观测一下。

脚步不停，他的目光仔细扫过，同时神魂感知也蔓延出来，试图窥探光球内部。但这些手段都没有效果，光球似乎能够屏蔽神魂感知，所以即便以周元实境中期的神魂都无法探知。

“难道真的只能随便抓一个？”周元皱着眉头。那样的话，随机性也太大了，这古经楼好不容易才能够进入一次，如果就这么随便，真是浪费机会。

他沉吟了片刻，忽地心头一动：“寻常办法无法窥探，不知道……破障圣纹如何？”

想到就做，周元心念一动，只见瞳孔深处有古老的圣纹旋转起来。随着圣纹运转，他再度看向那些来来往往飘浮的光球，然后便欣喜地见到光球内部似乎有强弱不定的光芒涌现。虽然依旧不能清晰地看见其中的东西，但他能够从光芒的强弱来判定光球内部东西品阶的高低。显然品阶越高，光芒越强。

有一些光球内则是空空荡荡，没有光芒浮现，应该是因为其中本来就是空的，谁若是抓了这种光球，想必就只能空手而出了。

周元的脸庞上浮现出喜色。有了破障圣纹相助，他就不用瞎子摸象，全凭想象了。

于是，他缓步向前，圣纹在眼瞳深处流转，扫过一颗颗光球。

半炷香的时间很快过去，周元一路走来，发现了四颗内部光芒最强的光球。按照他的猜测，这四颗光球内部必然都是天源术级别的宝贝。

周元忍不住舔了舔嘴唇，眼神炽热。天源术啊，就算在苍玄宗内也是极为稀罕的东西，如果没有大功劳，寻常弟子决然不可能得到。甚至连他，如今也不过刚刚修成了一道下品天源术。

任何天源术只要能够修成一道，对自身的战斗力便是巨大的提升。

“只能随便选一道了。”周元犹豫了一会儿，然后一咬牙，就要伸手对着一颗光球抓去。

“嗡！”

就在要抓住的一瞬间，周元的手掌忽然一顿，他察觉到乾坤囊中有一道细微的波动传出来。

周元一怔，手掌一握，只见一道玉光浮现，一块古老的玉牌缓缓升起，散发出一道无法形容的气息。

这块玉牌，赫然是当初在圣迹之地中苍玄老祖给予他的印信。先前那道细微波动便是从这道印信中传出。

“怎么回事？”周元惊疑不定地望着手中微微震动的玉牌。这道印信自从到了他手中，还是第一次出现这种情况。

“嗡嗡！”

就在周元惊疑间，周围那些光球仿佛也察觉到了这道气息，纷纷“唰”的一声钻进了光壁之中，消失不见，甚至连周元选中的四颗光球也都消失而去。

周元见状顿时一急。这印信一出，怎么反而将这些光球吓跑了，那他还怎么取宝？

“也太坑了吧！”他急也没用，只能眼睁睁地看着光球消失，欲哭无泪。

周元正无语时，他手中的印信缓缓飘起，然后向着前方而去。

周元一怔，犹豫了一下，然后快步跟上。这里曾经是苍玄老祖潜修的地方，如今他手持老祖的印信进来，总归不会吃亏吧？

跟随着印信玉牌，周元一路向前，许久后脚步渐渐停下，眼前的星光走廊赫然已抵达了尽头。

不过印信依旧不停，缓缓向前，然后周元便震惊地见到，星光走廊的尽头竟然慢慢撕裂开了一道缝隙。

玉牌光芒闪烁，似乎是在催促周元跟上。

周元迟疑一下，最终一咬牙快步迈出，一脚就踏入了那道星光缝隙之中。

一踏入，周元眼前的景象顿时出现了变幻，他发现自己站在一间古老的房屋中，房屋内颇为简朴，散发着岁月气息。

玉牌落在周元面前，被他小心翼翼地收了起来。

“这里莫非就是老祖曾经潜修的地方？”周元望着前方石床上的蒲团，自言自语。

他打量了一下四周，最后目光停在石床前方的桌上，那里似乎有四枚玉简静静地躺着。

周元好奇地走上去，随手拿起一枚玉简，微微感应，然后瞳孔便猛地一缩。

“竟然是一道中品天源术……”

在苍玄宗内，弟子们能够得到的天源术一般都是下品，想要得到中品天源术，难度不知道高了多少倍。周元没想到，在这屋内随便拿起一枚玉简，所记载的便是一道中品天源术。

周元心中震撼，又拿起另外三枚看了看，发现其中两枚都是中品天源术，而且看模样即便在中品内品阶都不算低。

至于最后一枚，最让周元震撼，因为那赫然是一卷七品功法，能够修炼出七品源气！

这些玉简摆放随意，看样子并不是很得苍玄老祖看重。

不过这是对苍玄老祖而言，对周元来说，却都是梦寐以求之物，现在他甚至贪婪地想着能不能一口气全部带走。

最终他还是按捺下贪婪之心，毕竟古经楼有规矩，如果到时候被发现，反而是竹篮打水一场空。

“那就随便选一个中品天源术吧。”周元迟疑了半晌，终于咬牙决定。那七品功法虽然更好，对他而言反而没什么作用。

他伸出手直接将一枚玉简抓在手中，然后转身而去。

就在他转身的一瞬间，眼角似乎瞥见了一抹绿意，然后他的脚步顿了顿，顺着看去，只见石床的角落摆放着一株如小青松般的绿植。

这东西并不起眼，很容易被人忽略，毕竟一株绿植实在没有什么奇特的地方。

但此时周元的瞳孔中有圣纹流转，他看见那株绿植时愣了下来，因为他能够清晰地看见，那绿植的躯干上似乎铭刻着古老的痕迹，散发着奇特的韵味……

他快步而回，放下玉简，小心翼翼将那株绿植捧了起来。

眼瞳中圣纹流动，绿植茎干上的那些古老痕迹犹如开始汇聚一般，倒映进他的瞳孔中。

一道古老的信息，在他的脑海中涌现出来。

“不死之身，太乙青木痕。”

第三百八十五章 不死之身

“不死之身？”

“太乙青木痕？”

周元回味着脑海中的信息，忍不住动容道：“真是好大的口气。”

嘴上这般说着，他的眼中却有惊喜之色浮现出来。他发现这绿植躯干上铭刻的那些痕迹赫然也是一道源术。

不过这道源术极为神奇。虽然不知晓其品级，但能够被苍玄老祖用心地刻画在这绿植之上，显然跟之前那几道中品天源术不一样。

“我倒要看看，能够被苍玄老祖如此对待的东西，究竟有何不一般？”

周元眼中圣纹流转，那一道道源痕倒映进他的眼瞳，进而有磅礴晦涩的信息在脑海中浮现。

观摩了片刻，周元终于明白这太乙青木痕究竟是什么了。

这是由苍玄老祖亲创的一道源术，这道源术极为奇妙，它能够吸收天地间的乙木之气，进而在人体内形成某种痕迹，这种痕迹就被称为太乙青木痕。

所谓乙木之气，存在于诸多古老神奇的古木之中，越是古老的树木，所拥有的乙木之气就越多……

而这种太乙青木痕一旦烙印于肉身之中，虽然不会直接增加力量以及强壮肉身，但会令肉身拥有恐怖的生命力。莫说是断臂重生，若是修至大圆满，只要不是被人秒杀成齑粉，不管多么恐怖的伤势，即便只剩下一颗脑袋，这具肉身都能够被渐渐修复。

从某种意义而言，的确能够算作不死之身。

“有这么恐怖吗？”周元的眼神瞬间变得炽热，连呼吸都加重了。他这还是第一次见到如此厉害的源术。

竟然能够让人拥有如此可怕的生命力，简直就是保命神术！

难怪这太乙青木痕会被苍玄老祖郑重地刻画于这株绿植上，此术一旦修至大成，绝对会让修成者成为天地间极为难缠的存在。想想看，被一个怎么打都打不死的对手搏命般缠住，那会多么让人头疼……

“这究竟是什么级别的源术？”周元舔了舔嘴唇。这太乙青木痕似乎并不具备多强的战斗力，但它的作用恐怕就算是上品天源术都不一定能够比得过。

“不过……想要将这太乙青木痕修至大圆满，又谈何容易？”在经历了一阵激动后，周元渐渐冷静下来。

修炼太乙青木痕最为关键之物，应该便是那乙木之气。

越是年代久远的珍稀古木所拥有的乙木之气就越强，但这种古木必然都是难得的天材地宝，所以周元不知道，要修炼至大圆满，究竟得吸收多少乙木之气……

他望着眼前的绿植，苦笑着挠了挠头。

不过，能够得到这太乙青木痕也是他的机缘，他自然不可能因为难修就将其放弃。当即他深吸一口气，直接将绿植收入了乾坤囊中。

他决定要想尽一切办法，将这太乙青木痕修炼成功。

收好太乙青木痕，周元再度看了一眼这座古屋，然后对着虚空抱拳一礼，算是感谢苍玄老祖将此物留下，便宜了他这个有缘之人。

做完这些，他再不迟疑，直接转身推门而出。

眼前的景象再度变幻，视线变得明亮起来。周元眼睛一抬，发现自己竟然已站在了古经楼的门口。而身后的古经楼大门再度关闭。

周元愣了愣，视线一转，只见门口的台阶上有两道身影。抱着扫帚佝偻而坐的自然便是玄老，让周元震惊的是那个站在玄老身旁俊美如少年的身影，赫然是剑来峰的灵均峰主。

这位苍玄宗的大人物，竟然会出现在这里……

在周元发现灵均峰主时，后者也微微偏头，如深潭般的目光淡淡地扫了他一眼。

这一眼，让周元感觉到浑身刺痛。灵均峰主的目光犹如蕴含着极为恐怖的剑意，若是他稍稍展露一点杀意，光一道目光恐怕就能够让周元瞬间被贯穿。

好在灵均峰主眼中的剑意很快收敛下去。他转过身来，走到周元面前，淡笑道：

“周元，你的天赋很好，有没有兴趣来我们剑来峰？”

他竟直接开口招揽，没有半点委婉。

周元闻言有些尴尬，这位灵均峰主也太直白了吧？

“之前乐天等人被你打败，算是他们自己无能，我已将他们尽数惩处。以你的天赋，留在圣源峰有些浪费了。只要你来我剑来峰，本座保证你三年内成为十大圣子，如何？”灵均峰主道。

周元苦笑一声，摇摇头道：“灵均峰主的好意，晚辈心领了。”

灵均峰主的面色没有波澜，似乎对周元的拒绝并不意外，他只是深深地看了周元一眼，问道：“我倒是有些好奇，你为何执意要留在越发没落的圣源峰？”

周元神色平静道：“这一点晚辈当初在选山大典上就已经说过了，我在圣迹之地侥幸得到了苍玄老祖的缘法，我来苍玄宗除了瞻仰老祖往日荣光外，也想让圣源峰重新崛起，算是报答老祖所赐的机缘。”

灵均峰主微微沉默。

台阶上，老迈的玄老抬起苍老的面庞，看了周元一眼，淡淡道：“没想到连一个小辈都知晓‘回报’二字。”

他转向灵均峰主，声音嘶哑道：“这圣源峰冷清，不如剑来峰热闹，你还是早点回去吧。”

听到玄老赶人的话，灵均峰主将目光从周元身上收了回来，然后看了看玄老，身影渐渐虚化，最终凭空消散在天地间。

望着灵均峰主离去，周元内心深处总算大松了一口气。面对着灵均，他感觉到了一股恐怖的压力，毕竟在一个仿佛一眼就能够定夺自己生死的强人面前，实在不是什么舒服的事。他还真怕灵均峰主恼怒于他在紫带选拔上的事，一眼直接把他给瞪死了……

玄老颤巍巍地站起身来，扫帚拄着地面，浑浊的眼睛盯着周元，半晌后，方才缓缓开口道：“你……进了主人的潜修之地？”他顿了顿，继续道，“那里面的东西……已经超出了寻常弟子的权限……”

第三百八十六章 一道天功

“超出了权限……”

周元听到玄老说出此话时，额头上顿时有冷汗冒出来。他忍不住退后两步，警惕地望着玄老，干笑道：“前辈，难不成你还要将我所得之物收回去？”

他可真有点急了，那太乙青木痕正将他内心挠得痒痒的，若让他交出去，不亚于割他的肉，无论如何他都舍不得。

玄老望着周元大变的面色，苍老的面庞上没什么表情，只是嘶哑道：“按照规矩，你的确没有资格。”

就在周元都要忍不住强闯时，他方才继续道：“看在你这小子先前说的话颇得我心的分上，给你破例一次倒也不是不可。”

周元差点冲出去的身影在此时定下来，他望着眼前这大喘气的老头，暗暗咬了咬牙，脸庞上却不敢表露丝毫。

“那就多谢前辈了！”

玄老淡淡道：“你别高兴得太早了……你可以将东西带走，不过也不是没有条件。”

“什么条件？”周元狐疑道。

“主人之物，不可轻取……你想得到，那就需要以一道‘天功’来换取。”玄老手中的扫帚轻扫着地面，说道。

“天功？！”

周元闻言先是一惊，然后忍不住失声。

“前辈，你这要求太过分了吧？我不过是一个刚刚晋升的紫带弟子，哪能有天功？”周元叫嚷道。

苍玄宗内会有诸多任务颁布给门下弟子，而这些任务分天地人三个等级，天级任务最高，若是完成，能够得到一道天功；其次便是地级任务，完成的话能够得到一道地功。

这种天功对于苍玄宗的弟子而言，可谓拥有着天大的吸引力，因为一道天功就能换取诸多宝贝，甚至是天源术、天源兵等更强的功法！

可以毫不客气地说，对于苍玄宗内的弟子而言，天功就是他们奋斗的目标。

天级任务稀少，一旦出现，基本都被十大圣子先行抢走，寻常弟子想要领到天级任务可不是什么容易的事情。想要得到天功，更是极其困难。

每一次天级任务一出现，苍玄宗内的紫带弟子基本就跟一群饿狼看见毫不设防的羊一般，争斗之激烈让人咋舌。

周元刚刚晋升紫带弟子，还没去领过任务，更别说天级任务了……所以当他听到眼前玄老竟然要一道天功时，方才会有些跳脚。

面对着周元的跳脚，那玄老却理也不理，只是道："虽然不清楚你在其中得到了什么，但一道天功就能换取到，怎么说都是你捡了大便宜。"

周元面色阴晴不定，恼声道："可是我真没有天功！"

"那就赊欠着。"玄老慢悠悠道。

"赊欠？！"周元目瞪口呆，还有这种操作？

"我给你三个月的时间，三个月后，你取一道天功来我这里……这个时间内，你从这里取走的东西也可带在身边。"玄老道。

周元愣了愣，狐疑地看着玄老——这个老头竟然会这么好心？

他的眼珠子转了转，心中念头涌动。三个月，他说不定都能够将太乙青木痕修成，到时候也不用理会这个老头。

"小家伙，老头子我看上去虽然半只脚都迈入了墓中，但我在苍玄宗内说的话，就算是青阳掌教都不会驳回。

"你若是耍什么心思，就算你修成了，我也能想办法给你废了。"这玄老似是知晓周元的心思一般，慢悠悠道。

周元浑身顿时有冷汗冒出来，眼神带着一点惧色看了一眼眼前的老人。这个老家伙，也是个狠角色啊。

"怎么样？"玄老似是笑了笑，道。

“若是你觉得不满意的话，可以将拿到的东西放回去，我允许你重新选择。”

周元自然不肯。这太乙青木痕能够被苍玄老祖藏得如此隐秘，必然不是寻常之术，虽然不知其等级，但周元有预感，它必然不会弱。

他目光闪烁着，半晌后，终于狠狠一咬牙。

“好，一道天功是么？三个月后，我给你取来！”虽然知晓这难度太大，但眼下为了太乙青木痕，周元也顾不得这些了。

玄老闻言，那布满着深深皱纹的脸庞上似是浮现出一抹笑意。他点了点头，道：“还算是有些魄力，主人之物可不能落于庸人之手，平白玷污了主人之名。”

周元面露苦笑，果然做人不能高兴得太早，先前他还为得到了太乙青木痕这等奇术而狂喜，然而转眼就惹来了麻烦。

“那晚辈可以走了吧？”周元没好气道。好好地来取宝，结果还给自己惹上了这么大的麻烦。

玄老也不在意周元满脸的气愤，只是摆了摆手，便不再理会他，继续低头，颤巍巍地清扫着地面……

周元见状，转身而去。

只是离去时面庞布满着愁苦，显然很头疼如何才能够在三个月内得到一道天功，毕竟天级任务可不是那么好抢的。

“算了，不管了，先将这太乙青木痕修成再说！”

他咬了咬牙，加快步伐，迅速消失在这山脚之下。

随着周元的身影消失，古经楼前的玄老方才停下了扫帚，抬起头来，望着周元离去的方向，眼中掠过一抹深邃之光。

“这个小家伙身上有一点熟悉的气息……

“主人，是因为您么？不然，他如何能够走入您曾经的潜修之地？

“可惜他太弱了一些……

“不过天赋倒是不错，所以我只能逼他一下了。修行之道，需砥砺前行，不畏惧任何艰难……

“希望不会让我失望吧。”

第三百八十七章
炼化丹药

周元回到洞府时依旧一脸愁苦，想来还在头疼该如何在三个月内得到一道天功。对于那位在苍玄宗内资历极老的玄老，周元不太敢怀疑他说话的分量，如果真将其惹恼了，恐怕还真保不住太乙青木痕。

所以，他只能老老实实地按照玄老所说，三个月内交出一道天功来换取。

“怎么了？”洞府中的夭夭见到周元一回来便是这副面孔，不由得随口问道。

周元苦笑着将那玄老之事说了一遍。

“一道天功？”夭夭闻言，有些惊讶地抬起白皙玉颜。她自然也知晓苍玄宗内的一道天功有多难得，甚至很多资深紫带弟子，好几年下来都难以得到一道天功。

“那太乙青木痕给我看看。”夭夭随即说道。

面对夭夭，周元没什么好藏的，当即将那株绿植取出来递给她。

夭夭轻轻掂量着绿植，美目微闭。她的神魂极强，隐隐能够感应到绿植中所隐藏的信息，虽说不完整，但要初步了解却是足够。

半晌后，她美目睁开，轻声道：“很厉害的源术，不愧是那位老先生所留。”

能够得到眼高于顶的夭夭如此评价，可想这道太乙青木痕的精妙。

“以一道天功换取这种级别的源术，倒不吃亏。”夭夭说道。

周元苦笑着点点头，他自然知道不亏，不然也不会答应下来。只是这天功实在难得，毕竟天级任务一年都出不了几次。

“先让沈万金帮你打听一下吧。”夭夭建议道，“至于你，还是找个时间先炼化了源星丹，尽快踏入四重天吧。不然以你现在的实力，就算有天级任务，恐怕也难以完成。”

周元点点头，他也是这么想的。沈万金如今在苍玄宗内混得风生水起，各种消息最为灵通，有他帮忙，能够免去周元每日去苦守任务堂……

对他而言，最重要的还是要提升自身的实力。

如果他能够踏入太初境四重天，论起正面战斗力，就算再遇见徐炎，也能够斗得旗鼓相当，而不会再被逼得只能用那种惨烈的方式来换取一个两败俱伤了。

接下来的数日，周元将探听天级任务消息的事交给了沈万金，他本人则盘坐于洞府深处，调整状态，等待着最好的时机炼化源星丹，以求再度突破。

这一等，便是五日之后。

……

洞府深处，一汪泉眼源源不断地涌出精纯的源气，淡淡的雾气充斥着，光呼吸几口，就令人心旷神怡。

泉眼旁边的青石上，周元静静地盘坐着，他的呼吸悠长，胸膛没有半点起伏，犹如进入了龟息状态一般。

半晌后，他的鼻息间方才有一道气息喷出，双目也缓缓睁开，双眸深处光芒涌动，犹如内敛着光华的宝石一般。

经过整整五日的调整，他此时的状态已至巅峰，正是炼化源星丹以作突破的最好时机。

周元感应着气府，七百多颗源气星辰闪烁着光芒，吞吐间一丝丝精纯源气散发出来，在气府内运转。

“我虽然只是太初境三重天，但气府内的源气底蕴比一般的六重天还要雄厚……

“如那徐炎的七重天实力，经过之前的交手，感觉他的源气星辰数量或许在一千到一千五百颗左右……

“不过我的源气星辰都是六品顶尖的通天玄蟒气所化，质量比他高出许多。

“不知此次如果成功突破到四重天，气府内的源气底蕴将会增长多少。”

周元心绪涌动，最后深吸一口气，将诸多杂念尽数排除，然后手掌一握，一个玉盒出现在手中。玉盒之内一颗圆润如龙眼般的青玉丹药显露出来，幽香散发，整个洞府深处的雾气似乎都变得更为浓郁。

青玉般的丹药缓缓升起，最后悬浮在周元的嘴旁，被他一口吞入。

“轰！”

源星丹一入嘴中，便化为一道磅礴的暖流陡然间爆发开，炽热的气息如岩浆般流淌，瞬间如同咆哮的怒龙，肆虐在周元的四肢百骸。

那股磅礴精纯的源气令周元的身躯仿佛膨胀了数圈，体内的骨骼发出了吱吱的声音，犹如受到重压。

周元的面庞在此时变得极为凝重，立即运转祖龙经，收拢那些狂暴而炽热的精纯源气，顺着经脉流淌运转。

一丝丝源气在经过祖龙经的炼化后，渐渐落入气府内，如旋涡一般凝聚，最后有一枚光点成形，越来越明亮，直到彻底化为一颗崭新的源气星辰，飘浮于气府之内。

感受着气府内一颗颗崭新的源气星辰逐渐成形，周元的心中掠过欢欣之意，不过旋即便按捺下喜意，凝聚心神，炼化着体内磅礴精纯的丹药之力……

洞府深处，弥漫的丹香味越来越浓郁。

随着时间流逝，盘坐在青石上的周元周身的源气波动开始节节攀升，周围的空气受到震动，隐隐发出低啸之声。

这一切都表明周元体内的源气底蕴在迅速增强。

当周元沉浸在体内源气增长的快感时，并没有察觉到，掌心处一团盘踞的血红之色此时犹如受到了某种引动，缓缓地蠕动起来。

血光微微绽放，犹如沉睡许久的毒龙睁开了狰狞的双目。

洞府之外。

一片花圃中，青丝被挽成团髻的夭夭正专心致志地照料着她栽植的鲜艳花朵，忽然间，她握住花身的玉指微微一抖，指尖被花刺戳破，一丝殷红浮现。

夭夭柳眉微蹙，玉指放入红润小嘴中轻轻吸吮着。她直起身来，空灵的眸子投向洞府深处。

先前的一瞬间，她似乎隐隐感应到了一道怨毒的龙吟声。

她美目微凝，旋即轻叹了一声。

“果然还是来了吗……”

第三百八十八章 怨龙毒发

“嗡嗡！”

洞府深处，一波波强横的源气波动犹如巨浪一般，不断自周元体内爆发出来，整个山洞深处仿佛都在随之微微震动。

周元盘坐于青石上，周身衣袍无风自动，猎猎作响。

璀璨的金光不断自他体内散发出来，是通天玄蟒气的光芒。光芒越来越强烈，代表着周元体内的源气底蕴在迅速增强，比起半日之前，已是强横太多。

显然，炼化这颗源星丹，让周元得到了不小的好处。

半炷香后，这种源气酝酿终于达到了极限，周元紧闭的双目陡然睁开。

“轰！”

肉眼可见的金色光波猛然爆发，横扫开来，撞击在山壁上，整座洞府都剧烈地抖了抖。

周元双目中金光灿灿，许久后方才渐渐收敛。自其体内澎湃爆发的强横源气波动仍然维持着旺盛的姿态，那等源气雄厚程度已远非之前可比。

“太初境四重天！”

周元的脸庞上涌现出掩饰不住的欢喜之色。炼化源星丹后，他总算不出意料地突破到了四重天。

他内视气府之中，只见其中一颗颗源气星辰闪耀，每一颗都明亮夺目，蕴含着雄厚的源气。一丝丝气流从源气星辰中升腾而起，在气府内犹如化为巨蟒之形，发出低低的嘶啸声。

“一千二百颗！”

周元心念一动，察觉到了气府中源气星辰的数量，当即忍不住喜上眉梢。这一次突破，竟让他气府内的源气星辰生生增添了五百多颗！

周元的双掌微微握紧，感受着体内澎湃如怒龙般的力量，此时的他仿佛随意一拳就能裂山分海。

“不愧是源星丹，若没有此丹，就算此次能够突破，恐怕源气星辰数量也达不到这种程度。”周元自语。

凭借一千二百颗源气星辰，周元自信如果再与徐炎交手，对方不可能再凭借源气底蕴来压制他了。

周元心满意足地自青石上站起，一时间有些志得意满。

“吼！”

就在他满心欢喜时，耳中似乎听见了一道低沉的龙吟声。这龙吟声与众不同，仿佛蕴含着无尽的怨毒，令人毛骨悚然。

周元听到这道龙吟先是一怔，然后猛地察觉到什么，顿时浑身一颤，脸庞上的欢喜在此时如潮水般褪去，进而涌上一抹苍白之色。

他艰难地缓缓低头，看向掌心。只见那里原本盘踞的一团血红之色在此时忽然爆发开来，犹如一条狰狞的血龙从掌心蹿出，化为无数道血线蔓延开，令他的手臂瞬间就变为血红之色，看上去极为恐怖。

沉睡多年的怨龙毒，终于在周元此次突破之时，苏醒过来了！

“啊！”

惨叫声自周元嘴中传出，他那清秀的面庞在此时瞬间变得扭曲狰狞，手臂上传出的剧痛如万毒噬心，那种痛苦足以将人折磨得生不如死。

那种感觉，仿佛有一条毒龙在体内吞噬着他的血肉。

周元跪倒下来，抱着血臂，满头大汗，面色苍白如纸。

他死死咬着牙，拼命运转着体内的源气，抵御着怨龙毒的侵蚀。

“嘶嘶！”

好在周元已不再是当年那个手无缚鸡之力的少年，通天玄蟒气发出嘶啸声，不断地与怨龙毒碰撞，一时间倒也能勉力支撑。

不过，怨龙毒存在于周元体内，能够吞噬其血肉，所以这种纠缠只会让周元越来越虚弱，最后被其彻底吞噬。

就在周元红着眼睛死死抵抗时，洞府深处，一道倩影带着香风疾掠到他的面前。

一只纤细冰凉的玉手握住周元的手腕："周元。"

是夭夭的声音。

夭夭的玉手极为冰凉，宛如玉石一般，让痛苦得几乎快要失去理智的周元稍稍缓和了一点，旋即他便伸出双臂，将眼前的人儿一把死死地抱在怀中。夭夭身上的气息似乎有平复的作用，一时间让周元贪婪地吸取着，以此压制体内的怨龙毒。

他浑身鲜血与汗水混杂，这一抱便将夭夭那一身青衣沾染得有些污秽。

被周元死死抱住，夭夭感觉到有些微疼，柳眉轻轻蹙了蹙。若是寻常，恐怕她早就将周元的耳朵拧了下来，此时她看着周元那狰狞扭曲的面庞，有些下不了手，只是挣扎道："周元，你弄疼我了。"

然而周元双目赤红，显然听不见。

夭夭见状，只能伸出玉指，猛地点在周元的眉心，神魂之力暴涌而出，带着声音刺向周元。

"周元，凝定心神，运转祖龙经！"

她的声音在神魂之力的包裹下，直接冲向周元的脑海中。

被她的神魂所震荡，周元眼中的赤红终于减弱了一些，一瞬间恢复清明。旋即他猛地一咬牙，急忙在体内运转起祖龙经。

"嘶嘶！"

周元运转祖龙经时，通天玄蟒气仿佛得到了加持，开始驱赶着怨龙毒，一时间他的体内一片混乱。

只见他身体表面的金光与血色互相侵蚀着，一会儿打到左边，一会儿打到右边，激烈异常。

夭夭望着这一幕，玉颜微现凝重。这怨龙毒果然霸道，怨气浓烈，寻常的法子根本就无法压制。

"这怨龙毒太霸道，必须以同样霸道的东西才能够将其压制。"夭夭美目微闪，旋即道，"出来。"

其后方，吞吞一蹦一蹦地跳了出来，跃到夭夭旁边，讨好地吐着舌头。

对于它的卖萌，夭夭无动于衷，一对美眸只是若有所思地打量着它。

在她的目光下，吞吞感觉到有些不妙，开始缓缓后退。

还没退几步，夭夭便伸出修长的玉指拎住它脖子上的肉，道："周元好歹喂了你好几年，你也该报答一下吧？”

“呜呜……”吞吞可怜巴巴地望着夭夭。

夭夭面无表情道：“借点你的圣兽之血，我要以它为媒介刻画源纹，帮周元将怨龙毒暂时压制下去。”

吞吞闻言，顿时剧烈挣扎起来。

夭夭直接抽出源纹笔，在它的脑袋上狠狠地敲了敲。

“快点！”

吞吞泪眼汪汪，却碍于夭夭的凶威不得不从。只见它用爪子摸过额头，一道血痕浮现，然后就有一滴滴闪烁着暗金色彩的精血从伤口中升起。随着这些精血升起，吞吞浑身的毛发都黯淡了一些，口中发出委屈的“呜呜”声。

“等后面再让周元好好补偿你。”

夭夭看它这次损失不小，这才出声安慰了一句，然后玉手一握，那数滴暗金色的血珠便悬浮在她面前。

她手握碧玉源纹笔，美眸看了一眼一旁满身鲜血与汗水、极为狼狈的周元，红唇轻撇。

“还好有吞吞，这次算你运气好……”

第三百八十九章 镇压毒气

周元再度睁开眼时，整个脑袋都昏沉沉的，浑身肌肉也是撕裂般剧痛。

“嘶。”

他狠狠地吸了几口凉气，挣扎着爬起身来，目光扫开，只见自己仍身处洞府深处，只是此时满身血迹，散发着淡淡腥臭，狼狈至极。

短暂的迟钝后，他迅速清醒过来。

“怨龙毒呢?！”

他急忙伸开手掌，只见掌心中一团怨毒的血红色盘踞着。让周元惊讶的是，怨龙毒之外似乎有一道暗金色的源纹，犹如囚牢一般，将怨龙毒封压在其中。

“我帮你将怨龙毒暂时镇压住了。”

周元眼露惊色时，一道清冷的淡淡声音传来。

他急忙抬头，然后见到一旁的岩石上，夭夭正优雅地斜坐着，绝美的容颜此时微现苍白，美眸中掠过一丝疲惫。青丝顺着光洁的脸颊滑落，一对清冷空灵的眸子正淡淡地注视着周元。

即便此时夭夭一身淡雅的青衣上还有血迹，却难掩她那高冷的气质，宛如空谷幽兰一般令人不可触及。

夭夭身旁，吞吞无力地趴着，嘴里发出“哼唧哼唧”的声音，偶尔看向周元时，眼神中似乎充满着怨念。

周元瞧见他们这副模样，就知晓先前因为他的怨龙毒，夭夭被折腾得不轻。

夭夭身上的血迹显然源自于他，而且他还隐隐记得，先前怨龙毒爆发时，他将夭夭狠狠地抱住了。周元有些尴尬，他知道以夭夭那有洁癖的性子，当时怕是忍住了一万次要拍死他的念头。

“谢谢夭夭姐了。”周元挠了挠头，干笑道。

夭夭扫了他一眼，平静道:“你太大意了。上次击败武煌，夺回一半圣龙之气后，其实最得好处的并非是你，反而是你体内的怨龙毒。

“而且随着你实力的提升，它也在暗中提升。

“这一次如果不是因为你修炼了祖龙经，再加上一些运气，恐怕就真得死在它手中了。”

周元背后寒意散发，面色有些难看。这一次怨龙毒爆发的确让他后怕，因为这一次比以前任何一次都要凶险。

随着他实力的提升，怨龙毒显然也今非昔比。

“如今我所设置的封印，只能暂时压制它。”

周元手掌握紧，道：“就没有办法彻底降服怨龙毒吗？”

夭夭道：“如果你的祖龙经能够修到第三层的乾坤圣龙气，自然能够彻底将其降服。”

周元嘴角一抽，乾坤圣龙气是祖龙经第三层，位列九品源气，乃是这天地间最顶尖的源气，想要修成谈何容易。

“彻底降服对现在的你而言还太难了一些，不过若使用一些其他手段，也能够勉强让你一直将其压制，并且还能借助它的力量。”夭夭缓缓道。

“哦？”周元眼睛一亮。

“我知晓一道极为玄妙的源纹结界，能够刻画于肉身之中，名为‘大降龙纹’。若此纹在身，即便无法彻底降服怨龙毒，至少也能让其无法轻易伤你根基。

“不过这道源纹结界需要许多珍稀物品为媒介，所以急不得，我会帮你留意的。”

周元闻言，虽然有些失望，但内心深处总算松了一口气。旋即他心头一动，道:“你先前说借助它的力量，是什么意思？”

他现在若是刻意引动，倒是能够以怨龙毒去侵蚀对手，对方一旦不慎被波及，便下场惨烈。

只不过这是把双刃剑。怨龙毒太过霸道，每当他暗中运转时，就会侵蚀自身。这一次他体内的怨龙毒爆发，便是他之前对付徐炎所致。

夭夭看了周元一眼，红唇微启道：“对这怨龙毒，你不要太大意。当日从武煌那里夺回来的圣龙之气大部分都被怨龙毒所吞噬，所以它算是得了最大好处。”

周元点点头，有些咬牙切齿。好不容易打败了武煌，最终便宜的却是他体内的怨龙毒。

“你可还记得，与武煌交手时他所运转的‘圣龙变’，那就是圣龙之气的一种力量运用方式。”

周元若有所思。他自然记得，武煌施展了那道圣龙变后，实力暴涨，如果不是他有银影，还真不见得能够打败他。

“不过那武煌根本没有将圣龙之气的力量施展出十分之一，如今他体内的圣龙之气一半被你体内的怨龙毒夺走，所以如果你能够将怨龙毒化为己用，到时候自然会知晓，当两者叠加时会产生多大的威能。”

周元闻言眼睛微亮，内心蠢蠢欲动。听夭夭这么说，他倒是很期盼将怨龙毒降服的那一天。只不过此事急不来，听夭夭的意思，那名为大降龙纹的源纹结界刻画起来并不简单，还需要搜集一些珍稀的媒介之物。好在此次怨龙毒的爆发被夭夭镇压了下来，短时间内应该没有大碍。

夭夭说完便舒展着修长的双臂伸了一个懒腰，曲线动人，然后懒洋洋地起身，看了一眼衣裙上的血迹，有些嫌弃地撇了撇红唇。

“夭夭姐，回头你将衣衫给我，我帮你清洗！”周元讨好地笑道。

夭夭美目微眯，旋即走到周元身旁，露出一个绝美的笑颜，令周元一阵失神。

紧接着他便感觉到耳朵一痛，只见夭夭伸出修长玉指，狠狠地拧了拧他的耳朵，冷笑道：“周元，看来这怨龙毒对你没什么威胁嘛，这么快就能口花花了，看来以后得让你多吃点苦头再出手救你。”

夭夭体内没有源气，肉身力量自然不强，这点痛感对周元而言完全可以忽略不计，不过他还是连忙出声讨饶。

夭夭出了气，然后轻哼一声，转身朝着小楼而去。

周元笑望着夭夭的倩影，声音真诚道：“夭夭姐，谢谢你，又救了我一命。”

夭夭莲步微微一顿，红唇似是轻撇了一下，然后迈开玉足，清冷的声音传来：

“先将你自己身上收拾一下吧。另外，沈万金在外面等你，似乎是有天级任务的消息了。”

第三百九十章 两位队长

洞府内的一座庭院中。

周元取过茶壶给面前的沈万金斟了一杯热茶，沈万金打量着这座紫源洞府，感受着其中充斥的精纯源气，不由得眼露艳羡。

“还是小元哥厉害啊，明明跟我们同时进入苍玄宗，如今你享受的身份待遇，我们不知道还要奋斗多久。”沈万金感叹道。

周元笑了笑，没有表露得意之色，只是岔开话题道：“天级任务有消息了？”

沈万金如牛饮一般将热茶一饮而尽，叫苦道：“小元哥，这些天为了第一时间给你打听这天级任务，我可是忙得脚不沾地啊。”

周元白了他一眼，道：“知道你有功劳，等我空下来，找个时间指点一下你最近修炼的那道小天源术。”

沈万金闻言顿时大喜，笑嘻嘻道：“那就先谢过小元哥了。”

得到了好处，沈万金这才慢悠悠道：“小元哥，在咱们苍玄宗，天级任务等级最高，而且数量很少，一年下来发布出来的屈指可数。你也知道多少有实力的弟子都眼巴巴地盯着。这一次我找了不少人暗中打听，还贿赂了一下任务堂的人，这才得到了一道有关天级任务的最新消息。”

周元的眼睛一亮：“说清楚点。”

沈万金道：“任务暂时还没有发布出来，具体情况我不知道。眼下唯一打听到的消息就是这道天级任务已经决定了两位队长。”

“都是谁？”周元饶有兴致地问道。

沈万金缓缓道：“队长李卿婵，副队长赵烛。”

“两位圣子……”周元眼神一凝。天级任务果然非同凡响，连领队的队长都要圣子级别。

李卿婵他算是熟悉，至于那个赵烛——之前紫带选拔中，剑来峰的弟子会联手围猎他，似乎就是此人在暗中推动，没想到这次冤家路窄地碰上了。

“这次的天级任务似乎需要十人，除了两位队长，还剩下八个名额。”

沈万金边说边咋舌，被这种阵容配置惊到了。他以往接的那些任务跟这比起来，简直就是渣渣。

“虽然这任务还没有发出来，但如今苍玄宗那些有实力的老牌弟子恐怕都听到了风声，暗中开始有所行动。据说，其他的队员都要经由两位队长同意才能入选，所以现在的李卿婵与赵烛更加炙手可热。”

沈万金耸耸肩，道：“不过这种事我就帮不上什么忙了，只能靠小元哥你自己了。”

他眼下只是一个黑带弟子，连跟李卿婵、赵烛这种圣子见面的资格都没有，更不用说想要去打点一下了。

周元轻轻点头，眉头微皱。天级任务数量稀少，每次发布必然会引得诸多紫带弟子抢夺，因为名额有限，争夺的场面可以说是非常惨烈。这一次，显然也不会例外。

说句不客气的话，这种名额稀少的天级任务，就算是徐炎那种级别的紫带弟子都稍稍差点火候。

“天功，真的不好混啊。”周元心中感叹道。

“小元哥，你真想去参加天级任务啊？”沈万金望着周元，欲言又止。虽然周元如今在苍玄宗内声名鹊起，俨然新一代弟子中的翘楚，但天级任务乃是苍玄宗内最高级别的任务，即便是眼下的周元，想要参加似乎都缺了些火候。这一点，光从两位领队都是圣子就能够看出。

周元点点头，他知晓沈万金想要说什么，但没办法，如果他得不到天功，那位玄老就有可能将他得到的太乙青木痕收回去。这一点，周元绝对不愿意。

这是他的一道大机缘，如果能够修成，未来在修炼道路上能够给予他无数裨益。

天予不取，反受其咎。

“真想去，也不是没办法。”

就在周元思考着应该如何得到一个名额时，一道清淡的声音从后方传来。

周元与沈万金皆抬起头看向后方，只见身姿修长的夭夭缓步而来。

她似乎刚刚沐浴过，先前沾染了血迹的青衣换成了一身白色衣裙，身姿玲珑，绝美的玉颜犹如发着光一般，令整个洞府都明亮起来。带点湿气的青丝披散着，令夭夭多了点慵懒的味道。

一如既往的惊艳。

沈万金胖乎乎的脸庞满是惊艳之色，不过他很快就回过神来，媚笑道："大姐头好！"

如今苍玄宗谁不知道夭夭这号人物，连周元跟她比起来都弱了许多。

周元不过是压制了剑来峰这一代的金带弟子而已，夭夭却几乎是凭借一己之力，生生将灵纹峰所有弟子包括叶歌这位圣子都压制得毫无脾气。

所以，跟周元比起来，显然是夭夭这个靠山更硬！可惜的是，这个大腿除了周元，他们都抱不到……

"你有办法？"周元好奇地望着夭夭。

夭夭带着淡淡的香风在一旁坐下来，懒洋洋道："队长不是李卿婵么，她之前打赌输给我好几次，也该还账了。"

周元的嘴角微微抽动，道："这行吗？"

夭夭没有理会他，而是看向沈万金，道："你去雪莲峰帮我找一下李卿婵，请她过来一趟，就说是我找她。"

"大姐头霸气。"沈万金佩服地竖起大拇指。能够将李卿婵这种级别的圣子叫过来，这种话周元也不敢说。当然，就算说了，恐怕李卿婵也不会理……毕竟现在的周元级别还不够。

沈万金看了周元一眼，眼神有些奇特，同时又蕴含着无比的羡慕。

小元哥，你这个软饭吃得可真香啊！

周元读懂了他的意思，当即没好气地将茶杯中的茶水对着他泼了过去。沈万金肥胖的身躯敏捷地避开，然后笑嘻嘻地闪身而出，直奔雪莲峰而去。

第三百九十一章
天级任务

日落时，李卿婵来到了洞府之外。

夕阳下的李卿婵白衣胜雪，绝美的容颜冷若冰霜，散发着拒人千里的气质，宛如一朵悬崖边上的雪莲，让人只能远观，无法触及。

她漫步走入洞府。对这座紫源洞府她没有表露出丝毫兴趣，她毕竟是圣子，居住与修炼之地不是周元这么一个刚刚晋升的紫带弟子可比的。

洞府内，她见到了等待在此的周元与夭夭。

“找我来有什么事？”她只看向夭夭，淡淡地问道。她能来到这里完全是因为夭夭的面子，不然光凭周元，可没资格让她亲自前来。

周元有点尴尬。这种走后门的事，真的有点难以启齿。

夭夭没有半点委婉，直白地道：“听说这次宗门发布了一个天级任务，你是队长，我要你把周元带上，去混一道天功。”

周元听得脸都红了。

李卿婵的美目忍不住瞪大，旋即轻咬银牙，有些暗恼道：“你还真是不客气。天级任务是宗内最抢手的，此次除了我与赵烛，就只剩下八个名额。如今各峰紫带弟子都抢破了头，你竟然想让我走后门给他一个名额？”

周元讪讪一笑。

夭夭的玉手撑着下巴，斜瞥了李卿婵一眼，道：“之前打赌输了不认账？”

李卿婵冷若冰霜的俏脸一红，旋即辩解道：“那可以用其他的方式啊。天级任务可不是去玩的，没有实力就算去了也是拖累，到时候表现不好，天功依然得不到。”李卿婵扫了一旁的周元一眼，道，“他在紫带选拔上的表现是还不错，但你要知道，这一次的天级任务恐怕连那徐炎都没资格。”

她的潜台词已经很清楚了，周元拼成那样，才和徐炎两败俱伤，如今徐炎都没资格，周元又怎么可能?

夭夭听完点点头，再度道："那你是要输了不认账？"

"砰！"

李卿婵上前两步，玉手重重拍在面前的石桌上，冷若冰霜的气质荡然无存，饱满的胸脯微微起伏，恼道："你就不能换句话?！"

一旁的周元暗暗咋舌，能够将这个苍玄宗出了名的冷美人气成这样，夭夭真有本事啊!

夭夭的玉手遮着红唇打了一个哈欠，道："周元没你想的那么中看不中用，带上他不会拖后腿的。你好歹是此次任务的队长，指定一个名额应该没什么问题。"

李卿婵平静道："中不中用不知道，中看么，也只能说凑合，苍玄宗内比他中看的弟子大有人在。"

周元闻言弱弱道："你们说归说，不要人身攻击行吗？"

然而无人理会他。

两大美人对视，看都没看他一眼。

李卿婵在一旁坐下来，纤细的柳眉紧锁。她知道夭夭既然开了口，想必不会轻易松口。

"早知道就不和她打赌了。"李卿婵有些懊恼。

她那光洁如玉的俏脸阴晴不定，半晌后方才无奈地叹了一口气，道："周小夭，你要知道天级任务可不是跟着混一下，完成了就能够得到天功。

"想要得到天功，必须得到大部分参加任务弟子的好评与认可。到时候就算我带着周元去混一下，但其他弟子不认同，归宗后跟长老一说，周元不仅得不到天功，还会被惩罚。"

夭夭从乾坤囊中取出一壶酒，给李卿婵斟了一杯，道："如果到时候周元的表现差成这样，就是他自己的事情了。"

虽说周元不过是一个新晋的紫带弟子，论起资历远远比不上那些老牌紫带弟子，但在夭夭看来，真要比起来，周元不比他们差多少。所以，如果周元到时候真的表现很差，只能是他自身的问题。

李卿婵闻言沉默了一下，最终螓首微点。

“好，看在你的面子上，我这次可以帮忙。不过，我所能做的就只有这些了，如果到时候在任务中他表现很差，惹得其他队员不满，我也帮不了他。”

“成交。”夭夭举起玉杯。

李卿婵也端起玉杯，与她碰了一下，一饮而尽。

“谢过卿婵师姐了。”周元见状笑道。

李卿婵略显冷淡地回应。即便周元在紫带选拔上表现惊人，但以李卿婵的眼光，他还远远无法和夭夭相比。所以在她看来，周元实在有点吃软饭的意思。

这让她有些不舒服。除了他们峰主外，夭夭是苍玄宗内唯一一个能够让她信服的女子，只要夭夭愿意，她会在苍玄宗内耀眼无比，而不是像现在这样，极为低调地待在周元这里，对其他任何事物都不感兴趣。

李卿婵很不理解，夭夭如此优秀，为何偏偏对周元这么特殊，甚至如今为了帮周元获得一道天功，主动找她办事。这让她感到有些不忿。

“不用谢我，你还是考虑一下在此次任务中怎样才能不拖后腿吧，不然归宗后事情传开，丢脸的只会是你。”李卿婵道。

周元能够听出李卿婵话语中的冷淡，他并不在意，只是点点头道：“卿婵师姐可否说说此次的任务？”

李卿婵沉吟了一下，道：“此次任务由我与剑来峰的赵烛领队，我是队长，他是副队长。

“此行任务一共十人，除了我们二人外，其他几人都是各峰紫带弟子中的佼佼者。

“具体任务是前往圣州大陆的黑炎州，那里最近有一座沉睡万载的火山爆发了，其中发现了炎髓的存在，应该是一座炎髓脉。

“这种炎髓颇为珍贵，对于修炼火属性源气的人而言，能够提升源气的品质。所以宗门将其评为六级源脉。”

周元眼神一凝。据说苍玄宗将源脉分为一到九级，一级最低，九级最高。一般说来，达到七级的源脉就已经价值极大，足以发动一场小型战争了。如今他们出动的任务竟然是一座六级源脉，难怪能够被评为天级任务。

“这座炎髓脉并不在六大巨头宗门的范围内，所以归属难定。现在消息已经传出去，据说圣宫、北溟镇龙殿、百花仙宫这三大巨头宗门都有意争夺，另外黑炎州本地的一些强横势力也有心染指，他们的实力虽不及六大宗，但毕竟是地头蛇，不容小觑。

“经过各方高层的博弈，最终确定由各宗派出门下弟子，前往黑炎州‘商议’这座炎髓脉的分配方式。

“所以我们此次的任务，便是为苍玄宗争夺那座炎髓脉的权益。”李卿婵语气平静道。

周元的瞳孔微微一缩。没想到此次的天级任务竟然还牵扯到圣宫、百花仙宫、北溟镇龙殿这三大巨头宗门，难度还真不是一般的高。

面对这种级别的战略资源，必然会有诸多争斗，而所谓的商议，恐怕到时也少不了冷酷带血的交锋。

天级任务，名不虚传。

李卿婵深深地看了周元一眼，道：“这次的任务很重要，如果可以的话，我其实并不希望你参与进来。”她还是觉得这种级别的任务，周元会是累赘。

周元自然知晓她的意思，只能苦笑一声，因为他的确需要这一道天功。

“卿婵师姐，我觉得我应该不至于拖大家的后腿。”周元认真道。

李卿婵闻言，红唇微撇，显然没有将他的话放在心中，只当周元在逞强。当即摆了摆手，径直起身，朝着洞府外而去。

“五日之后，我们将会动身前往黑炎州。如果你执意参加，我希望你不会让我失望。回到宗门后，我会将你的表现如实汇报，到时候你依旧得不到天功。”

第三百九十二章 赵烛反对

接下来数日，周元一直都在洞府中稳固因为晋升四重天而暴涨的源气。正如李卿婵所说，此次天级任务相当重要，周元想尽快将自身力量增强。

这几天，那道天级任务也被宗门正式公布出来，无疑在苍玄宗内引起了不小的骚动，无数弟子为之眼热。谁都知晓天级任务代表着天功，而天功在苍玄宗内的价值，即便圣子都无法忽视。

所以每一次天级任务出现，都会引得各峰顶尖弟子激烈抢夺。虽说天级任务也代表着危险，但在天功的诱惑前，没人能够忍得住。这一次同样不例外。当这道名为黑炎州的天级任务公布出来后，整个苍玄宗顶尖的紫带弟子一时间争抢得天昏地暗。

苍玄宗的紫带弟子数量众多，但此次天级任务仅仅只有十个名额，李卿婵与赵烛以队长身份占了两个，剩下的名额不过八个，可想而知那种争抢是何等激烈。

当那些紫带弟子在为名额激烈争夺时，周元却借着夭夭的面子，早已抢先搞定了名额，安心地留在洞府内修行。

很快，五日时间便过去了。

……

洞府内。

周元盘坐于悬崖边的巨石上，面前悬浮着一株株青木，这些青木类型不同，表面却同样有着岁月的痕迹。它们都是一些有年头的古木，充斥着乙木之气。

这些百年级的古木正是周元这些天辛辛苦苦从宗内的琳琅阁中换取而来，其目的便是用来修炼他刚得到的太乙青木痕。

“想要修成太乙青木痕，第一步便要在体内形成太乙纹，只有修成了此纹，才能够将古木之中的乙木之气烙印在肉身之中。”周元自言自语。

而想要在体内刻画出太乙纹，同样需要古木中蕴含的乙木之气。

周元深吸一口气，双目微闭，双手环拢，源气将那些古木尽数环绕，随后便见到一丝丝青色气流从古木中渗透出来，顺着周元的鼻息一缕缕涌入体内。

周元的神魂第一时间就将这些充满生命力的青色气流控制，然后小心翼翼地操控它们融入血肉中，留下一点点极为细微复杂的痕迹。

刻画太乙纹是一项极为繁复的工程，因为它几乎遍布周元肉身，而且与血肉相融，稍有差错便会导致失败。想要完成修炼这太乙青木痕的第一步，就不是什么简单的事情。

周元沉浸于修炼中，很快便是两个时辰过去。他的双目渐渐睁开，看向手臂，只见上面隐隐有青光闪现，最后渐渐收敛。

“苦修数日，这太乙纹不过才完成百分之一……”周元苦笑一声。他这几天也算是全力修炼了，然而取得的效果却颇为缓慢，看来光是在体内刻画出这道太乙纹就需要不短时间。

当然，导致这种结果的最重要的原因，还是乙木之气太过稀薄。

周元看了一眼面前那些古木，随着乙木之气被抽离，古木开始化为粉末。

这些古木顶天就百年左右，乙木之气不算旺盛，琳琅阁内想要找到千年级别的古木却有点困难。

周元叹了一口气，袍袖一挥，便将面前的粉末扫去。

“嗯？”

他神色忽地一动，身影略显虚化，化为一道影子疾掠而出，十数息后便来到了洞府门口。只见沈万金正抹着额头上的汗水等待着。

“小元哥，你修炼结束了？”瞧见周元出来，沈万金顿时喜道。

周元笑着点点头，道：“出什么事了？”看沈万金的样子，似乎一直等在这里。

沈万金肥胖的脸上浮现出一抹凝重，低声道：“据说明日就是任务出发的日子了，所以人选今天就得确切定下。这些天来，为了这八个名额，宗内各峰的顶尖紫带弟子都争得头破血流。

“现在名额基本确定下来了……小元哥，你的名字也公布出来了。”

沈万金犹豫了一下，道：“据说引起了不少的反对。”

周元的面色一片平静，对于这个结果他并不意外。不管怎么说，他都只是一个新晋的紫带弟子，跟那些顶尖的老牌紫带弟子相比还是差了许多火候。如今很多老牌紫带弟子都无缘于任务，偏偏他一个新晋的紫带弟子能够被选上，自然会引起反对。

在很多弟子的眼中，他这个名额就是靠走后门得来的，虽然……的确如此。

“这些反对的声音，卿婵师姐应该能压下吧？”周元说道。李卿婵毕竟是此次任务的队长，有举荐的权力。

沈万金苦笑道：“其他弟子的反对，卿婵师姐的确能够压制，但现在问题是那剑来峰的赵烛以副队长的名义强烈反对。赵烛同样是圣子，眼下反对的理由也极为正当，所以引来不少支持……赵烛说，必须将你踢出去。”

周元双目微眯，又是这个赵烛……

“一般宗内任务的人选都要经两位队长同意，现在队长和副队长起争执，令此事变得有些麻烦……”

沈万金看着周元道：“先前便是李师姐派我来，让小元哥你去一趟任务堂。”他有些担忧，现在任务堂汇聚了各峰不少紫带弟子，周元此去，一个不慎，恐怕保不住名额。

“小元哥，李师姐暗中说了，她会尽力保你，不过因为赵烛竭力反对，所以到时候你也得有所表现，不然……”沈万金缓缓道。

周元闻言面色淡然，并没有多少惊慌。

“我知道了。”他点点头。他没想到因为那个赵烛，会将事情搞得如此麻烦。李卿婵将他叫去，应该是打算让他显露一下本事，如果表现得还勉强可以，李卿婵也有理由强行保他。但如果他表现很差，就算是李卿婵出面，恐怕也顶不住那些压力。

“走吧。”

他双目微眯，抬起头，脚掌一跺，源气自脚下浮现，随即冲天而起。

想要吃掉他手中的名额……

真当他周元是好捏的软柿子吗？！

第三百九十三章 争执不下

任务堂位于苍玄宗西南方向，云雾缭绕的山巅上有巍峨的大殿矗立，漫长的石阶自山顶蔓延而下，颇为壮观。这里同样是苍玄宗的热门之地，每时每刻都有无数弟子脚踏源气而来，前往任务堂接取、交接任务。

而今日的任务堂，显得格外沸腾。

各峰诸多紫带弟子云集此处，吵吵闹闹，自然是为了明日就要正式开始的天级任务黑炎州。

“这次任务的名额选拔太不公平了，其他人也就罢了，那个周元不过一个刚刚晋升的紫带弟子，有何资格参加天级任务？！”

“没错，那周元虽然天赋还不错，但终归欠缺火候。天级任务，再等一两年他或许有资格，但现在么……恐怕还差了点。”

“嘿嘿，听说是李卿婵师姐推举的他。不知道这小子哪点好，竟能得到李师姐的青睐。”

“放屁，李卿婵师姐是何等人物，见过的天骄不知道多少，一个周元如何能入她的眼？这其中必然有原因。”

嘈杂的声音在任务堂所在的山峰传荡，其中不乏一些酸酸的声音。竟然是苍玄宗内出了名的冷美人李卿婵强力推荐了周元，苍玄宗内倾慕李卿婵的弟子不知道有多少，如今瞧得心中的女神如此推荐周元，自然满心的不服气。

山巅的一座侧殿内。房中有十道身影，上方的李卿婵俏脸冷若冰霜，其身旁坐着一名青年，双目狭长，一柄长剑放在腿上，修长的手指轻轻地敲击着。他的身上有极为凌厉的剑意若有若无地散发出来，隐隐间剑吟回荡。

此人正是剑来峰的第二位圣子，赵烛。

两人之下，立着数位气势不凡的年轻身影，仔细看去，赫然都是苍玄宗各峰中极为出名的紫带弟子，与他们相比，徐炎都要弱上一分。

“呵呵，李师姐，此次任务有多重要你应该清楚。我们前往黑炎州，将会面对圣宫、百花仙宫、北溟镇龙殿这三大巨头宗门，他们此行派出的必然也是门下精锐弟子，这对我们而言乃是不小的挑战。”

侧殿内的气氛有些压抑，赵烛微微一笑，开口道：“而现在李师姐执意要保这个周元加入队伍，会不会太儿戏了一些？”

赵烛的话一出，侧殿内的数道身影忍不住点点头。

李卿婵绝美的容颜布满冰霜，冷声道：“身为队长，我有这个权力，我认为他可以。”

“嗤。”

赵烛下方，一名弟子嗤笑出声。那人披散着头发，指甲尽数幽黑，散发着阴寒锋锐的气息。此人名为秦海，乃是剑来峰中名气极大的一位紫带弟子。

“李师姐，此行的任务我们是一个团队，如果到时候因为你执意带这个累赘而导致我们任务失败，无法获得天功，就算你是圣子，我们也不能接受。”秦海笑道。

“他少出的力气我帮他出便是了。”李卿婵冷淡地盯着秦海，道，“或者说，你质疑我的实力？”

面对李卿婵冷冽的视线，秦海表情一滞，干笑一声。他虽然在紫带弟子中名气不小，但要和李卿婵这种排名第三的圣子相比，还是差了许多。

“呵呵，李师姐，秦海并没有质疑你实力的意思。”赵烛见状微笑出声，缓缓道，“不过他先前的话也没错。我们是一个团队，所以绝不容许带一个累赘。

“那周元的确有些天赋，这点我不否认。但他毕竟只是一个新晋的紫带弟子，火候欠缺了不少，所以我建议由王磊师弟顶替他的名额。”

他的目光看向侧殿末座，只见那里有一名身材高壮如铁铸般的男子，一股凶横的源气波动自其体内散发出来。他同样是剑来峰的弟子。

好不容易遇见一个天级任务，赵烛显然想尽可能地将他们剑来峰的弟子塞进来。当然，他塞进来的弟子实力与名气都匹配，别人即便看出他的意图，也说不了什么。

李卿婵的眸光冷冽。

“赵烛师兄，此次任务虽然重要，但最后不一定所有人都会出手。李卿婵师姐此行连雪莲峰的弟子都未带多少，赵烛师兄可是已经让剑来峰的弟子占了四个名额。我觉得大家各退一步，早点将名额定下，到时候齐心将任务完成，不是最好吗？”

说话的是坐在李卿婵下方的一名女子，她一身黑衣长裤，娇躯颀长，特别是那长腿，在长裤的包裹下显得格外笔直修长。她模样秀美，放在身前的双手宛如白玉，泛着光泽。

此女名为白璃，乃是洪崖峰的紫带弟子，名气不小。虽然她也不明白为何李卿婵执意要带上那个周元，但她与李卿婵相熟，自然要开口为其解围。

她话中的意思是这一次为了保周元，李卿婵已经让步于赵烛，所以眼下这里才有好几位剑来峰弟子，可这赵烛偏偏还要咄咄逼人，实在有些过分。

赵烛的手指轻轻抚过剑身，淡淡一笑，道：“白璃师妹，我的所作所为并无私心，只是为了我们此行的任务着想。想必白璃师妹也不想任务失败，到时候大家空手而回吧？”

白璃默然。从理智上来说，赵烛说的不差，毕竟谁都不想带一个混天功的累赘。

赵烛见状，唇角带笑地继续道：“之前李师姐应该派人给那周元传话了吧？你看，我们等了半天，这位师弟却连面都没有露，完全将压力丢给李师姐扛，此举实在有点没胆魄。”

他此话可谓非常狠辣，连那白璃都秀眉一蹙有些不愉，也觉得周元这种行为没有担当，这种人李卿婵为何要力保？李卿婵推荐了他，如今他却连面都不敢露，想必是怕承受不住在场这么多人质疑的压力吧？

李卿婵俏脸冰冷，看不出情绪，但眼眸中掠过一丝烦躁。

就在她刚要说话时，侧殿外忽然传出喧哗声，然后他们便见到一道修长的年轻身影迈步而入，踏入侧殿。

“先前在修炼，所以耽搁了时间，还望诸位师兄师姐莫怪。”那道年轻的身影看向侧殿内，抱拳一笑，最后看向了李卿婵身侧的赵烛。

“赵烛师兄，不知要怎样才觉得我不会成为累赘？

“要不画条道出来，今日我周元接下便是。”

第三百九十四章
一招之约

侧殿之内的一道道人影此时抬起头来，虚眯着眼睛望向踏入殿内的年轻身影。对于这个人，他们并不算太陌生。不到一年的时间，这位初入内山的弟子已在宗内掀起了不小的动静。

赵烛的眼皮微抬，手指轻轻敲击着剑鞘，眼神淡漠地望着踏入侧殿的周元，道："这位就是周元师弟么？终于舍得露面了。我们这么多人为你争执了半天，你倒是躲得干净。"

众人望着周元，莫说是赵烛等剑来峰的弟子，就是其他峰的弟子也都神色有异。虽然他们碍于李卿婵的面子没有说什么，但打从心里对周元加入此次天级任务怀有异议。

周元望着各色目光，知晓李卿婵为了力保他承受着很大的压力，心中不由得微感歉然。

"若是有争执，那寻一个解决争执的方法就是了。"周元神色平缓道。

"呵呵，周元师弟倒是个明白人。"赵烛的嘴角带着莫名的笑意，他指了指一旁的王磊，道，"此次任务对我们苍玄宗而言颇为重要，周元师弟，我希望你能够将名额让给王磊师弟，不然到时候因为你的原因导致任务失败，不仅你会受到惩罚，连推荐你的李师姐也会受到责罚。

"你刚进宗门，还年轻，再打磨一两年，必然能够成为紫带弟子中的佼佼者，到时再来参加天级任务，想必也够资格，不会再有任何人反对。"

赵烛微微一笑，言语间有居高临下的指点之意。

"你觉得如何，周元师弟？"

侧殿内一片安静，众多目光望着周元，等待着他的回答。

在那些注视下，周元年轻的面庞露出一抹笑容，他摇了摇头，道：“实在抱歉，赵烛师兄，我觉得不怎么样……”

赵烛嘴角的笑意微微一凝。

“真是不知好歹！”侧殿末尾，那名为王磊的男子眼神冷厉地看向周元，嘴角掀起一抹讥讽之意，道，“周元师弟，莫要以为在紫带选拔上跟徐炎师弟拼了一个两败俱伤，你就有资格参与天级任务。赵烛师兄这是为了大局着想，你这般顽固，真的太自私了。”

周元的眼皮微垂，道：“那这个资格，王磊师兄觉得要怎么样才能够具备？

“或者说……要打败你吗？”

王磊闻言先是一怔，旋即嘴角的讥讽之意扩大，在场的其他弟子也皱了皱眉头，觉得周元实在是狂妄。

紫带选拔上，周元不过是因为徐炎轻敌，方才跟其拼得两败俱伤，如今在场的人，包括这个王磊，实力都要强徐炎一分，周元竟然大言不惭地说出这种话，真是狂妄得没边了。

赵烛摇了摇头，看了王磊一眼。

王磊嘴角掀起一抹森冷笑容，上前两步道：“虽然周元师弟年少轻狂，作为师兄，我却不想占你便宜。不指望你能够打败我，只要你能接我一招，我就承认你有资格。

“当然，若是连我一招都接不下来……那我奉劝你，不要去丢这个人！”

被剑来峰的人屡屡轻蔑对待，周元的双目微眯起危险的弧度。就在他刚要说话时，首席上的李卿婵终于开口道：“这个赌约，周元接下了。”

她的美目看向周元，冲他微微点头。

这个赌约算是对周元最有优势的，李卿婵担心周元年轻气盛忍不住不忿，方才率先开口应下。既然这王磊想要托大，那就趁机钻个空当。

周元闻言无奈地笑了笑。其实，他是想和这王磊真正地斗一场，不然，一路上顶着其他人的质疑去行动，也很让人不舒服。

不过李卿婵对他信心似乎不大，生怕他逞强将自己逼进绝路，所以抢先帮他应了下来。对于李卿婵因为力保他承担了不小压力，周元有些歉然，所以对她的决定他没再出言，保持默认。

王磊见状，与赵烛对视一眼，嘴角的笑容略显诡异。

“周元师弟还真是有胆魄，那就让师兄我领教一下吧！”声音落下的瞬间，王磊脚掌一跺，身形暴射而出，落在了侧殿外的广场。

周元见状，身形一动，也出现在广场上。

李卿婵、赵烛等人鱼贯而出，来到大殿前，望着前方对峙的两道身影。

任务堂本就是热门之地，今日各峰的紫带弟子都在此等待天级任务的最终人选确定，当周元与王磊对峙时，立即吸引了山巅上的众多视线。他们很快就知晓了周元与王磊对峙的原因，当即便有惊哗声响起。

“这周元真是太狂了，竟然敢跟王磊师兄斗……”

“据说只是一招之约。”

“就算只是一招，恐怕周元都接不下。王磊师兄的实力比徐炎还强一分，而这一招必然会倾尽全力，我可不觉得周元能胜。”

“嘿，接不下也好，那个名额本就不是现在的他能够染指的。”

“这次就让他长个教训吧。”

……

广场周围，越来越多的弟子汇聚而来，饶有兴致地盯着对峙的两人。

石阶之上，李卿婵表情清冷地望着场中，身旁的白璃眸子扫过周元与王磊，低声道：“王磊虽然性子傲了一些，但不是蠢货，他会说出一招之约，恐怕是有备而来。”

李卿婵沉默了。她如何不知晓这些，但这一次因为赵烛强烈反对，她又力保周元，本就引来了许多非议，所以只希望周元能够有所表现，这样她才能力排众议。

“周元也不是鲁莽的人，他会答应，应该也是有所准备。”李卿婵轻声道，“而且……如果他真的连王磊的一招都接不下来，那么参加这次天级任务想要获取天功，也不过是徒劳而已……”

她盯着场中那道年轻的身影，缓缓道：“就让我看看，我这么强力保他，究竟是对还是错吧……”

第三百九十五章
玄蟒金钟

侧殿广场上，诸多身影汇聚而来，一道道奇异的目光尽数投向场中对峙的两人。

这两人他们并不陌生。王磊乃是剑来峰极为资深的紫带弟子，名气比徐炎还大一分，而周元虽是新晋弟子，但最近大半年来不断显露出锋锐之气，大有成为苍玄宗这一代弟子翘楚之势，如今也算是苍玄宗内的一号人物。

如今两人对峙交手，自然颇有看点。

在众多目光注视下，王磊神色轻松地望着周元，哂然笑道："周元师弟，我知你天赋不错，不过路要一步步地走，好高骛远可不是什么好事。"

周元笑了笑，只是道："还请王磊师兄赐教。"

王磊见状，有些遗憾地摇了摇头，道："本不想让你当众出丑，你却偏偏要自讨苦吃，那就怪不得师兄以大欺小了。"

他的眼中掠过一抹凶气。

"轰！"

下一瞬，雄浑的源气自其天灵盖冲天而起，宛如千丈狼烟，一股股源气威压笼罩开来，令虚空都在微微抖动。

王磊一出手，便显露出不凡的源气底蕴，的确比那徐炎还要强上一分。

广场外，众多围观者发出低低的惊呼声。

王磊缓缓地伸出手掌。他的手掌略长，有些黝黑，似有雷光若隐若现，散发出一种凶悍的感觉。

"周元师弟，既然是一招之约，那我也不会留情……这一掌下来，你可能不会太好过。"王磊声音低沉道。

周元双目微眯，双手微合，体内的源气开始涌动。

王磊见状，嘴角掀起一抹讥诮之意，下一瞬他体内的源气猛然运转，掌间忽有源气汇聚而来，最后竟有雷霆跳跃，一股极为狂暴的波动散发出来。

雷光源气蔓延，王磊的手臂与手掌最后隐隐形成了一柄雷剑，剑锋融入掌心，锋利而狂暴。他脚下的地面直接崩塌、震裂。

广场周围，那些弟子瞧得这一幕，面色皆微微一变。

“竟然是剑来峰的‘剑雷掌’！”

“据说这剑雷掌在剑来峰中是出了名的刚猛。此术源气消耗巨大，攻击力强横，就算是七重天的实力，施展一次短时间内都难以恢复。”

“这王磊太狡诈了，什么一招之约……摆明是因为他施展出这剑雷掌后，就没了再攻之力。”

“这可是出了名的‘一板斧’源术……不是对方被一击摧毁，便是自身因为源气消耗过大而战斗力消退。”

……

众多弟子窃窃私语，总算明白了为何王磊会说出那所谓的一招之约。

台阶上，李卿婵的俏脸冷了数分，她看向赵烛冷笑道：“原来你们打的是这个主意。”

她先前还当是王磊托大才说了一招之约，故而想要周元趁机钻个空子，眼下来看，这分明是赵烛、王磊故意下的套子。以王磊的打法，恐怕不论对付什么人，都是一招的事。因为那一招之下，不是他占据优势便是被对方逼入窘境。

赵烛闻言淡笑道：“李师姐，如果和圣宫那些人对上，对方可不会清楚明白地告诉你，他会和你怎样战斗。”

李卿婵身侧，白璃望着场中气势惊人的王磊，摇了摇头。王磊如此刚猛的一掌，之前连徐炎都难以拼斗的周元，如何能接得下来？这场交锋，当王磊施展出剑雷掌时就有了结果。不过也好，周元若是输了，想必就没有脸面继续占着那个名额了，这样他们也少了一个累赘。

“轰！”

在他们心思各异时，广场中有雷暴声猛然响彻，只见那王磊大笑一声，脚掌一跺，身形冲天而起，居高临下地俯视着场中的周元。那闪烁着雷光的手掌缓缓抬起，眼神冷厉地锁定了下方的周元。

“剑雷掌！”

低沉暴喝响彻的一瞬间，王磊猛然一掌拍下，霎时间雷鸣响彻天地，璀璨的雷光自其掌间喷薄而出。

“嗤啦！”

一道约莫百丈的雷光掌印轰然呼啸而下，掌印之内隐有剑影成形，凌厉而刚猛。

那狂暴的掌印尚未落下，下方的广场地面已开始崩裂。

立于场中的周元抬起头，狂暴的劲风呼啸而来，衣袍猎猎作响。他望着在瞳孔中急速放大的雷光掌印，深吸了一口气。

“好刚猛狂暴的源术……”他的神色微凝，脸庞上并没有惊惶之色，反而出现了一抹跃跃欲试。

“正好用来试试我的通天玄蟒气……”

突破到太初境四重天后，周元的源气底蕴暴涨，而通天玄蟒气的玄妙也一步步被开发出来。

周元的双手缓缓合拢，双目微微闭上，体内气府中一千多颗源气星辰在此时爆发出璀璨光芒，滚滚的金色源气如洪流般奔涌而出，流淌在周元的四肢百骸。

“轰！”

金色的通天玄蟒气自周元体内冲天而起，隐隐有一头巨蟒仰天嘶啸，巨蟒浑身布满金色鳞片，俯冲而下，最后竟一圈圈盘踞在周元周围，隐隐间似乎化为了一座巨大的金钟。金钟古朴凝厚，固若金汤，无可摧毁。

“通天玄蟒气，玄蟒大金钟！”低沉的声音自周元嘴中缓缓吐出。

这道源术乃是随着通天玄蟒气的精进而衍生出的最新至强防御。

“轰隆！”

就在巨蟒所化的金钟成形的瞬间，剑雷般的狂暴掌印呼啸而至，最后在诸多凝重的目光中，狠狠地撞击到金蟒所化的金钟上。

“当！”

清脆的钟吟声响彻天地。

“呼！”

紧接着，狂暴无匹的冲击波肆虐开来，整个广场地面都塌陷下去，石板崩裂，烟尘弥漫。周围的弟子纷纷退避，而他们的视线依旧死死地盯着场中。

半空中，王磊脚踏源气而立，他望着下方的烟尘，为自己造成的破坏力感到满意。

“不知天高地厚的小子，还真敢硬接我这一招。”他森然一笑。周元硬接了这一招，必然会被重创，而接下来的天级任务自然也轮不到他。

轻风吹拂而来，卷起烟尘，广场中渐渐清晰。

诸多目光锁定着场中央，只见整个广场都呈现塌陷状态，巨大的裂痕蔓延开，那种可怕的破坏力让诸多弟子暗暗咋舌。剑雷掌不愧是剑来峰闻名的霸道之术。

“那周元也太托大了……王磊这一掌下来，徐炎那种实力都得受伤，更何况他……”

“恐怕王磊一开始就打着一掌重伤周元的主意，这样周元就无法参加此次的天级任务，名额自然就会作废。”

“说到底还是太激进了，他不过是新晋的紫带弟子，天级任务对他而言还是太远了点。”

……

诸多窃窃私语声传开。

这时，广场中的烟尘尽数散去，所有目光都看向了崩塌广场的中心，然后那些声音便戛然而止。

半空中，王磊脸庞上的笑容缓缓凝固，眼中有难以置信之色流露出来。

台阶上，李卿婵、白璃皆惊“咦”出声。

赵烛的瞳孔也微微一缩。

因为他们见到，随着烟尘消退，那崩塌的广场中心，有一处约莫数丈的地面竟然完好无损！

而周元便立于那完好的地面上。

此时的他双目微闭，周身金色巨蟒所化的金钟稳稳矗立着，厚重不可摧。

所有人都瞪大了眼睛，一脸震惊。谁都没想到，王磊如此惊天动地的一掌，竟然被周元毫发无伤地接了下来……

第三百九十六章 确定名额

一片狼藉的广场上，地面塌陷了足足数丈，巨大的裂痕蔓延开，将广场生生撕裂……

然而，在这被破坏得极为彻底的广场中央处，却有着数丈的区域完好无损，而立于其中的周元更是半点伤势都没有。

广场周围，所有人都瞪大眼睛望着这不可思议的一幕。

“这……”

就连台阶上的李卿婵与赵烛都愣住了，这个结果同样出乎他们的意料。

白璃怔了怔，旋即美目惊奇地盯着周元那由金色巨蟒所化的金钟，道：“这家伙施展的究竟是何种源术，为何防御力如此恐怖？！”

他们自然看得出来，周元能够抵御王磊这一波狂暴攻势，主要是因那巨蟒所化的金钟，此术的防御出人意料的可怕。

“的确是很硬的乌龟壳。”赵烛面色不太好看地说道，“不过光靠一道防御源术，也算不得什么本事。”

李卿婵扫了他一眼，红唇掀起一抹讽刺之意，道：“那赵烛师弟是不是还打算再换一个方式？”

赵烛表情一滞，旋即面色微冷，不再多言。

先前的一招之约是他和王磊的意思，然而他们准备周全却落了这么一个结果，如果再出尔反尔，他的颜面就保不住了。

在一道道惊愕的目光中，场中周元的身形微微一动，周身金光涌动，金钟消散开来，化为一道道金色源气，被周元一口吸入体内。

“好强的防御力！”

周元的眼中同样掠过一抹惊喜之意。他先前只是试验一下，结果这道由通天玄蟒气衍变而来的源术防御力出乎意料的强。按照周元的估计，此术的防御力恐怕堪称他所有手段中最强的一种。

有些遗憾的是，此术仅仅只能用来防御，而且每次施展后，得间隔一段时间才能够再次动用。

不管怎样，有了此术，周元的保命手段又多了一种。

他抬起头来看向半空中目瞪口呆的王磊，神色毫无波澜地说道："王磊师兄，承让了。"

王磊的面色青白交替，旋即眼中升起一道血色，咬牙道："我就不信，我破不了你这乌龟壳！"

"轰！"

雄浑的源气再度自其体内爆发出来，因为先前施展了剑雷掌，他此时的源气显然有些薄弱。

周元见状双目微眯，眼中掠过危险的光芒。对这王磊，他早已没了耐心，这个混蛋所谓的一招之约不过是一个陷阱，今日如果不是他有这道护身防御之术，恐怕真的会被其逼得手忙脚乱。如今输了还不认，那他真要好好跟这家伙碰一碰了。

"哼！"

就在周元体内源气运转起来，准备和这王磊真正相斗时，一道清冷的声音忽然响起，然后所有人都感觉到天地间的温度骤降。

半空中，王磊骇然见到周身的空气开始凝结成冰，一道雪白色的源气环绕在周围。极度冰寒源气令王磊身上寒霜弥漫，四肢瞬间被冰冻。

王磊艰难转头，只见台阶上的李卿婵眼眸冰冷地注视着他，玉手抬起间，极寒的雪白源气便自其掌心涌出。

"剑来峰的人都是输不起的吗？"李卿婵冷声道。

场中一些剑来峰的弟子面露羞愧之色。

赵烛的面色也有些不好看。他如何不知晓李卿婵这话是对着他说的，当即袍袖一抖，一道如长虹般的源气席卷而出，将被李卿婵困住的王磊救出，丢到一旁。

"王磊，既然输了，就不要再纠缠了。"赵烛沉声道。

王磊面色难看，羞恼到了极点。要知道，他的实力比起徐炎都要强上一分，当日周元在徐炎的手中被逼得那般狼狈，他以为今日只要出手，必然是手到擒来。哪料到才短短不到一个月，周元的实力竟然提升得如此迅猛，还修成了一道防御力如此惊人的源术。之前与徐炎交手时，周元显然还没有练成。

广场周围，诸多弟子都眼神惊异地望着周元的身影，同样察觉到了此时的周元这道源术比之前与徐炎交手时更强了。

台阶上，李卿婵看向赵烛，淡淡道："如今王磊已输，周元有资格参与天级任务了吗？"

赵烛的双臂抱着长剑，眼眸微垂，道："李师姐执意如此，我们自然没意见。不过还是得奉劝师姐一句，凭借一道乌龟壳，可不见得他就不会拖后腿。"

"若是因为周元导致任务失败，我自会领罚，不劳费心。"李卿婵冷声道。

她上前一步，美眸扫视开来，看向众人，清冷的声音在广场上传开："经过最终商议，周元将成为此次天级任务的最后一个人选，你们可还有异议？"

广场上汇聚在此的大多都是各峰的紫带弟子，他们来这里的目的其实就是因为周元那个有争议的名额。眼下周元与王磊的交锋显露出了他的实力，至少那道如乌龟壳一般的防御源术，在场的弟子还真没多少信心能够将其打破。如今再加上李卿婵的力挺，周元这名额算是无法动摇了。

想通了这一点，诸多弟子对视一眼，只能失望地叹息一声……

广场上，无人应声。

李卿婵见状，这才螓首微点，平静道："既然如此，那么我宣布，此次天级任务名额已满。"

广场上其他弟子见状，都摇摇头，各自散开。

赵烛等人的面色不太好看，没有多留，转身而去。

李卿婵没理会他们，她走下台阶来到周元面前，道："还不错，总算没让我把脸丢光。"

李卿婵身旁，白璃好奇地盯着周元，白玉般的小拳头握了握，道："你这乌龟壳真硬，能让我打几拳吗？"

周元望着她咧咧嘴。他知晓，这个看上去娇躯清瘦的女孩是出自外修一脉的洪崖峰，这一拳下来恐怕比刚才的王磊还恐怖……

所以他没有回答，只是看向李卿婵，抱拳道："此次真是谢过师姐了。"

如果没有李卿婵竭力保他，恐怕这次的天级任务他真没戏，毕竟那个赵烛针对他。

李卿婵看了他一眼，道：“明日我们就会动身出发黑炎州，你做好准备吧。另外，不要因为修成了一道防御源术就沾沾自喜，此次任务我不指望你能有多大的建树，但也希望你不要成为大家的累赘。”

声音落下，她不再多留，青丝一扬便转身而去，留下一个窈窕曼妙的倩影。

周元望着她那美好的倩影，耸耸肩膀：“真是冰山一般的师姐啊……”

旋即他又一笑，眼中有些跃跃欲试浮现出来。

“天级任务么……倒是有些期待呢。”

翌日。

周元整装待发，夭夭抱着吞吞望着他，道：“原本打算让吞吞跟着你，不过它之前为了帮你压制怨龙毒损耗了精血，如今正在休养期。所以这次外出，只能你独自前往了。”

她怀中的吞吞哼唧了一声，亮晶晶的兽瞳扫向周元时还有点幽怨，想来之前帮周元压制怨龙毒的确损耗不小。

周元不在意地笑了笑，道：“放心吧，我好歹走南闯北这么多年，也算经验丰富了吧？”

夭夭红唇微撇，显然对他这个所谓的“经验丰富”保持怀疑。

“你体内的怨龙毒刚刚爆发过，之后就不要再试图用这种伤敌一千自损八百的手段了。”夭夭告诫道。

周元闻言，神色微凝地点点头。他很清楚怨龙毒爆发的后果有多严重，此行夭夭不在他身旁，如果怨龙毒再度爆发，恐怕真的会有殒命之危。好在他现在已突破到太初境四重天，实力有所提升，保命的手段也有不少。

“另外……”夭夭顿了顿，清冷空灵的眸子扫了周元一眼，道，“你这次的名额，可是我拉下脸找李卿婵走后门得来的，所以，你最好别给我丢脸。不然……”话虽未尽，但言语间的威胁之意不言而喻。

周元打了一个寒战，旋即干笑着点点头。

“去吧，大降龙纹所需要的珍稀材料，这段时间我会帮你留意，你自己在外面也可找寻一下。”夭夭红唇微启道。

大降龙纹可以真正压制怨龙毒，并能化为己用，但其所需的诸多材料都相当罕见，想要凑齐必会消耗不少的力气。

周元闻言，心头有暖意淌过。夭夭虽然对其他人冷漠，但经过这些年的相处，孤身一人的她显然已渐渐地将他当作最亲近的人。

“夭夭姐……你放心吧，等我真正强大起来，一定会带着你一起去找寻师父。未来不管是谁要伤害你，我都会站在你的身前。”周元望着眼前那绝美的玉颜，轻声说道。

夭夭怔了怔，眸子深处那常见的冷漠似乎在此时微微融化，旋即她眸子微垂，道：“就你啊？还差得远呢。”

周元的脸微红，尴尬道：“你也得给我一些时间啊。”

夭夭望着面前身躯修长的少年，道：“你自己还有大武王朝那个麻烦在身呢。”

被她戏谑两句，周元有点羞恼，硬着脖子道：“你等着看吧！”他转身便走，脚下金光源气升起，然后又顿了顿，转过头望着夭夭认真道，“我说到就一定会做到。”

随后不再多言，金光源气载着他升空而起。

当初通过他们大周皇室的祖地，周元在神秘之地遇见了苍渊与夭夭，虽说那时候是苍渊师父将夭夭托付给他，但这些年来，周元最清楚不过究竟是谁在照顾谁……

如果没有夭夭在身旁，周元不知道自己究竟能不能走到今天。对夭夭，他内心深处有着深深的感激。

他欠了夭夭太多情，眼下他的确没有资本去还。但他相信，未来等他真正具备那种力量时，不管夭夭面前的敌人有多强，他都会义无反顾地站到她的身前。

夭夭抱着吞吞站在洞府前，沐浴在晨晖下，青丝轻舞，纤细的身段玲珑有致，宛如神女一般。她望着周元远去的身影，以往漠然的清澈双眸中有着微微的笑意，以及复杂神色。

她可以说是亲眼看着这个曾经孱弱的少年一步步从那小小的大周王朝走出，如今即便是在这苍玄天内巨头般的宗派中，也算是站稳了脚跟，声名鹊起。她知晓，这个少年有着异于常人的地方，不然当初黑爷爷也不会选中他……

或许未来，这个从那个小小王朝中走出来的少年真的能够强大到让人惊讶的地步。

不知为何，她有一种莫名的预感，那未来之时，她反倒不想牵扯到周元。

第三百九十七章
夭夭出山

苍玄宗外。

一座山峰上，周元脚踏金色源气从天而降，此时的山头上有九道身影早已等候在此，为首一人最为惹眼，自然是冷若冰霜的冰美人——李卿婵。

今日的她依旧白衣胜雪，浑身散发着拒人千里的冷淡。她的这种冷与夭夭有些不同，夭夭乃是发自骨子里的一种对万事万物的漠不关心，李卿婵的冷则只是为了规避自身容颜气质所带来的一些麻烦。

李卿婵后方，站着双目狭长、周身散发着凌锐之气的赵烛，他抬起头淡淡地扫了周元一眼便收回了目光。

他没说话，站在其身后名为秦海的青年却皮笑肉不笑地道："周元师弟，虽然你此行作用不大，但让这么多师兄师姐等你一人还是有些过分呢。"

此次任务，包括赵烛在内，共有四位剑来峰的弟子，秦海便是其一。

秦海身旁还有一位剑来峰的女弟子，模样算是娇俏，但眉眼间有掩饰不住的傲气。她扫了周元一眼，似笑非笑道："昨日之后，宗内的弟子都说周元师弟有乌龟壳般的源术，此行任务，自保应该是没问题的。"

这些剑来峰的弟子对周元并不友好，言语间暗讽意味极浓。赵烛却不管束，双目微眯，犹如未闻，显然是故意纵容。

周元的眉头微微皱了皱，还不待他说话，李卿婵微冷的目光便投向剑来峰众人，道："既然已同行，那便是同伴，谁若是故意使坏，休怪我不讲情面。"

见到李卿婵动怒，秦海等人方才讪讪地住嘴。

李卿婵冷哼一声，玉手一扬，只见一道光华暴射而出，旋即迎风暴涨，转瞬间便化为了一座数十丈的飞舟。飞舟之上铭刻着诸多源纹，整体流线纤细，有些别样的美感。

“黑炎州距离我们苍玄宗不近，只能以飞行源宝代步。以这‘柳叶舟’的速度，十天左右我们应该就能到达黑炎州。各位，登船吧。”

她声音落下，身旁的白璃等人率先掠出，落在了宽敞的飞舟上。而赵烛神色慵懒地扫了周元一眼，带人上了船。

李卿婵走到周元身旁，道：“此行出去，你只需少说少做，若遇见强敌，自有我们出手。”虽说昨日周元那一道防身源术让众人惊讶，但在李卿婵他们看来，还是显得有些被动，只能说周元在这种任务中有了一些自保之力。

她声音一落，便掠上了飞舟。

周元见状，无奈地耸耸肩。昨日虽然展露了一些实力，但似乎还不够，都怪那个王磊，没事搞什么一招之约，好好地打一场不就好了么……

没出息。

周元腹诽了一句，然后掠上飞舟，寻了个位置坐下。

随后，飞舟之上有源气光芒汇聚而来，下一瞬间飞舟化为一道光虹破空而出，数个呼吸就已消失在天际。

洞府内。

夭夭用一卷青布包裹着长发，打理着花圃中她亲自栽种的各种绿植。许久后方才轻轻擦了擦脸颊，直起身来。

花圃外，吞吞懒洋洋地趴伏着。

周元离开后，洞府内似乎显得格外冷清。

夭夭望着空荡的洞府，似是感到缺少了一些什么。现在的周元，应该还在前往黑炎州的路途上吧。

她微微沉吟，走出花圃，抱起吞吞直接前往任务堂。

周元离去的这几天里，夭夭时不时前往任务堂，因为有的任务会透露出一些极为珍稀源材的信息，其中或许就有周元刻画大降龙纹所需之物。

山巅的大殿内人来人往，极为热闹。

夭夭走进来时，她感觉到诸多充满惊艳之色的炽热视线若有若无地投射而来。如今的夭夭早已闻名苍玄宗，不论容颜还是本事，都足以让她的人气在短短半年内追赶上原本的第一美人李卿婵……

对于这些目光，夭夭却丝毫不在意，甚至连眼神都未波动一下。她径直来到大殿中央，这里有一面巨大的源气光镜，光镜内时不时有色泽不同的卷轴浮现——是新发布的任务。

苍玄宗的任务分三等——天、地、人。天级任务是金色，最稀少；地级任务是银色；而人级任务是青色……

光幕内绝大部分的任务都是青色，时不时会有一两道银色卷轴出现，每当这个时候，就会引来诸多弟子哗然、哄抢。

夭夭并没有接任何任务，她只是盯着那些卷轴上面流动的信息，这些信息会简单地介绍任务以及奖励等各种资料。

她观看了许久，最终摇摇头，显然今日依旧没有看见任何有用的东西。她打算转身离去。

“轰！”

就在她转身的那一刻，大殿内忽然爆发出异响，诸多弟子眼神炽热地望向光幕，窃窃私语。

夭夭微怔，抬起俏脸看向源气光镜，然后她便见到一道金色卷轴浮现出来。

“天级任务？”夭夭有些惊讶，没想到周元他们刚离去没多久，宗内又出现了一道天级任务。

夭夭凝眸看去。

“宗内最新消息，于圣州大陆西域蛮荒州发现一座遗迹，人手不足，特向宗内发起支援。”

“名额两位，需圣子级别。”

注：遗迹之中，有疑似龙属源兽骸骨，被奇木镇压。

“哇，竟然又有天级任务出现了。”

“可惜，竟然要圣子级别才能够接取，看来这任务不容易啊……”

“若是容易的话，也不配叫作天级任务了。”

诸多声音传入耳中，夭夭没有理会，她的眸子只是盯着最后一行字。

“疑似龙属源兽骸骨……被奇木镇压？”夭夭喃喃自语，旋即眸光微亮，心道，“难道是……镇龙木？”

这镇龙木，正是刻画大降龙纹必需的源材之一。

夭夭快步上前，来到源气光镜下，那里有一位宗内的执事。她的玉指直接指向那道天级任务，道：“这任务要圣子级别才能接？”

那执事看了她一眼，点点头。

“那我能接不？”夭夭问道。

那执事愣了愣，他显然也认识夭夭，犹豫了一下后嘴唇微动，似乎是在传音询问任务堂当值的长老。

夭夭见状也不催促，就地等待着。

半晌后，那名执事停止了传音，看着夭夭点点头，道：“经过评测，你虽然不是圣子，但宗门认为你拥有圣子的实力，所以有资格接取。”

夭夭在灵纹峰上展露实力，几乎以一人之力压服了整个灵纹峰的弟子，她的实力自然不言而喻。

夭夭螓首微点，道：“那这道任务我接下了。”

“这道任务，明日就得出发，明早请到离宗峰集合。”那名执事说道。

夭夭点点头，没有再多说便转身而去，也不理会大殿内因她而起的一片轰动。

……

第二日一早，夭夭抱着吞吞来到了那座离宗峰。

当她来到这里时，见到山顶上已有一道人影。那道人影转过身来，露出了一张熟悉的面庞——赫然便是灵纹峰的叶歌。

他身穿如道袍般的衣衫，脸上有着和煦灿烂的笑容，身躯挺拔修长，倒是一副帅气逼人的模样。

这叶歌的外貌气质其实相当不错，笑容很容易让人对其产生好感，在苍玄宗内还是很有人气的，特别是对于某些女弟子。

当夭夭看见他的时候，美眸却微眯起危险的弧度。

“你也接了这道任务？”夭夭的声音有些不善。

叶歌察觉到夭夭言语间的不欢迎，连忙解释道：“夭夭师妹，如今宗内的圣子大多都在外出任务或者修炼，人不好凑呢，我也是被强行拖来充数的！”

其实他最近正在闭关中，昨天突然接到消息说夭夭将会参加一道天级任务，于是他强行破关而出，把白眉峰主气得够呛。

夭夭面无表情地看了他一眼。

“别在我这里浪费时间。”夭夭语气冷漠。她何等聪慧，一眼就看穿了叶歌的心思。

叶歌愁眉苦脸地叹了一口气，旋即忍不住道：“我比周元那小子也不差什么吧？”

夭夭光洁的玉颜毫无波动。

“唉，以往那么多师妹对我情有独钟，我却冷淡以对，没想到如今我也有这一天，真是报应。”叶歌见状，帅气的面庞更苦一分，在一旁仰天长叹，唏嘘万分。

夭夭沉默了一会儿，道：“如果不想在进行任务时死在外面，我觉得你最好保持安静。”

叶歌眼神幽怨地看了她一眼，旋即不再玩笑，面庞微凝道：“夭夭师妹，此次的任务恐怕并不容易，你我得多多小心。”

说起正事，夭夭倒是微微抬眸：“哦？”

叶歌见状，精神顿时一振，再度神神秘秘道：“你可知道，这次的任务是谁发的？”

“谁？”夭夭淡淡问道。

“那个家伙向来喜欢吃独食，这次却忽然向宗内发起支援，显然遇见了大麻烦……能够让那个家伙都感觉麻烦的事，自然不会简单。”叶歌笑了笑，道，“夭夭师妹能猜到他是谁吗？”

夭夭微微沉吟，然后红唇微启，吐出两个字来：

“楚青。”

她还真没想到，这次的任务竟然会是苍玄宗那位圣子之首发出的。

看来，的确是有点麻烦呢。

镇龙木是刻画大降龙纹的主材之一，所以，就算此行不容易，她也得前去……

第三百九十八章 遇到熟人

黑炎州坐落于圣州大陆东南地域，此州地域广阔，论面积几乎抵得上寻常大陆的一半，由此也能够看出圣州大陆之广袤无垠。难怪都说，这苍玄气运圣州占六分，如此底蕴，的确是其他大陆难以企及。

因此，当周元他们一行从苍玄宗赶到黑炎州时，已过去将近十天……

浩瀚无尽的天空上，一道流光疾掠而过，流光内是一艘纤细的飞舟，飞舟之上闪烁着诸多源纹，光芒凝聚，速度极快。

飞舟的舱内，周元紧闭双目，他的面前悬浮着一株株古木，乙木之气散发出来，被他尽数吸收。

即便是赶路，他也在抓紧时间吸取着乙木之气，完善体内那一道太乙纹。

许久后，他睁开双目，面前悬浮的诸多古木已化为粉末飘散开，其身体表面隐有碧绿光芒闪烁而过，然后内敛下去。

感受着体内再度完善了一分的太乙纹，周元微微点了点头，想要修成太乙纹不是朝夕的事，还得一步步地来。当然最关键的是，手中的百年古木不多了。

“各位，黑炎山脉要到了。”就在此时，李卿婵清冷的声音从外边传来。

周元出了船舱，只见众人都已在外。他抬头向着远处眺望，便见到地平线的尽头有黑色的山脉出现。

这里的天地仿佛都呈现炽热气息，犹如火焰山一般。

“我们会在黑炎山山脉外的黑火城落脚，如今各方势力的人马都在此处。我们苍玄宗还派了一位长老在此坐镇，以应对其他势力的高层。我们先在黑火城与这位长老碰头，了解一下情况。”李卿婵清冷的眸子看向众人，说道。

众人自然没有异议，纷纷点头。

李卿婵见状不再多说，飞舟速度陡然加快，半炷香后便出现在了黑炎山山脉外。在那远处，一座巨大的城市轮廓若隐若现。这座城市人气鼎沸，四面八方源源不断有光影掠来，落入城中。

“因为那座炎髓火山爆发，最近黑炎州变得极为热闹，很多散修都想来此碰碰运气。”李卿婵在说话时已收起了飞舟，一行人脚踏源气落向城中。

黑火城内极为繁华，宽敞的街道四通八达，人流如织，各种各样的店铺充斥其中。

李卿婵没有过多停留，直接带着众人前往城中心。这里，一座奢华大气的楼阁矗立，门口有一个木牌，上面写着“太初境下不可入”。

周元望着那一排字有些无语——这地方还带歧视的……

“这里如今是各大势力的落脚点，若是没点实力，进去了也是自讨苦吃。”李卿婵看了他一眼，然后率先走入楼阁内。

周元他们紧跟上去。楼阁内极为宽敞，只是人气爆棚，诸多喧哗、吵闹声混杂一起。看得出来，每一道人影周身都有源气涌动，显然有些实力。

当他们一行人踏入楼中时，李卿婵的气场以及容颜气质，令原本嘈杂的楼阁内顿时一静，诸多炽热的目光汇聚而来。当这些目光在见到周元等人腰间挂着的苍玄宗令牌时，便知晓了他们的身份，当即都缩缩脖子，目光不再放肆，原本还想口花花的人更是直接将嘴中的话给吞了回去。

身为苍玄天的巨头宗门之一，苍玄宗的威名显然还是鲜有人敢挑衅。

李卿婵绝美的容颜一片冰冷，根本没有理会那些目光，直接上楼。

“啧，这不是苍玄宗第一美人李卿婵么？怎么这次竟然派你出来了？”就在他们上楼时，忽然有一道戏谑的女子轻笑声传来。

李卿婵微冷的目光顺着声音看去，然后眼神一凝。

只见在那高层楼阁上，众人聚集，居中的位置是一名身穿鲜花长裙、显得极为娇艳的女子，正笑盈盈地望过来。女子周围大部分都是女子，而且个个俏美动人，引得楼中无数狼一般的目光偷偷看来，只不过没人敢来骚扰。

因为这些女子，来自百花仙宫。

那为首的鲜花长裙女子名为冯莹，是百花仙宫中的圣子，地位相当高。

“冯莹？百花仙宫这次竟然是你领队。”李卿婵望着那娇艳欲滴的女子，语气有点讶异。她与对方算是认识，之前曾经因为一些宗内的任务打过交道。

“要赏脸过来坐坐吗？”冯莹似笑非笑道。

李卿婵闻言，没怎么犹豫便迈步走了过去。

“呵呵，原来还有赵烛兄，真是好久不见……”冯莹的一对眸子扫见了后面的赵烛，当即嫣然一笑，道。

赵烛微笑道：“冯莹师姐倒是越来越漂亮了。”

冯莹笑盈盈道：“有你们苍玄宗第一美人在这里，我可谈不上漂亮。”

在他们说话时，秦海等人的目光也扫视着这群人，然后他们便忍不住看向了这群莺莺燕燕中的一道倩影。

在那群百花仙宫的娇俏女弟子中，有一位身穿黑裙的少女，少女肌肤白皙如玉，容颜生得极美，竟不弱于李卿婵。而且最惹人注意的是少女水汪汪的桃花双眸，一股娇媚之气散发出来，当真是绝世尤物。

这般娇媚的气质最吸引男人的目光，在李卿婵未来之前，整个楼阁中绝大部分的目光都汇聚在她的身上。

秦海等人的目光也被她所吸引，旋即他们便见到在黑裙少女的身旁已簇拥着不少男子的身影，个个看上去都颇有气度，其中一名面带微笑的白袍青年最为突出。

那青年模样俊朗，嘴角挂着温和的笑意。当秦海他们看见他腰间的令牌时，眼神却是一凝。

那是圣宫的令牌。

“没想到这里还有圣宫的人。”李卿婵盯着那白袍青年，淡淡道。

白袍青年微微一笑，抱拳道：“圣宫杨玄。”随后顿了顿，又道，“呵呵，李卿婵师姐是圣子，若是有疑问，可以去找咱们圣宫此次派来的王离、曹金柱两位师兄。我这一个无足挂齿的小人物，就不劳烦李卿婵师姐费心了。”

他温和地说完，便将目光转向了身旁的黑裙少女，轻笑相谈，丝毫没有因为李卿婵、赵烛两位苍玄宗圣子的注视而有所怯场。

那黑裙少女绝美的小脸上始终带着盈盈笑意，看似亲近有礼，却总让人感觉到有距离，难以接近。

冯莹冲着李卿婵耸耸香肩，道：“这位杨玄师弟虽然并非圣子，在圣宫中却名气不小。他可不是我邀请来的，他是冲着咱们小师妹而来……”

李卿婵的美眸看了看那位黑裙少女，那种娇媚动人的气质连她都忍不住多看了两眼。

黑裙少女微微抬起小脸，水汪汪的眼睛看向苍玄宗一行人，眸光跳动着，最后一怔，看见了站在众人最后的周元，那双眸子便微微亮起。

此时的周元笑了笑，让他意外的是，眼前的黑裙少女竟然是老熟人——左丘青鱼。当初她与绿萝一起进入了百花仙宫，没想到竟然会在这里碰见。

他乡遇故知，周元笑着抬起手，对着左丘青鱼扬了扬。

他这个动作引起了众人的注意，秦海等人一开始的注意力就放在左丘青鱼身上，眼下瞧得周元竟然如此招摇，当即撇撇嘴：小子，你真当自己魅力无限啊，没看见圣宫那小子赔笑半天，这个少女都无动于衷吗？

李卿婵、冯莹也看了周元一眼。

冯莹戏谑道："你们这位小师弟倒是有趣呢。"她显然已将周元当作一个想要以这种方式引起左丘青鱼注意的迷途男子了。

李卿婵的俏脸不太好看，瞪了周元一眼。这个家伙，大庭广众下也不怕丢脸。

左丘青鱼自然也看见了周元的动作，她却没什么反应，只是淡淡扫了一眼便收回了目光。

周元的手一僵，有点尴尬。身旁的秦海等人忍不住暗笑一声。

周元悻悻地摸了摸鼻子。

"扑哧！"

就在此时，神色淡然的左丘青鱼忽地莞尔一笑，然后转头看向周元，玉手托着香腮，笑盈盈的神色灵动可人，显得极为魅惑。

她瞧着周元，眼如月牙，笑得宛如一个小狐狸："嗨，周元，好久不见了啊……"

望着左丘青鱼脸颊上生动美丽的笑颜，冯莹、李卿婵都一怔。身为女子，她们如何看不出来左丘青鱼此时的笑容不再是之前那种礼貌的敷衍，而是一种发自内心深处的欢喜。

秦海等人面色微僵，而那位杨玄嘴角温和的笑容也微微收敛，眼神略显幽深地盯着站在众人后面的周元……

一下子成为焦点，周元望着左丘青鱼那如小狐狸般狡黠的笑容，嘴角微微抽搐。他如何不明白，他又被左丘青鱼耍了一通……

这个小妖女，还是一如既往让人恨得咬牙啊！

第三百九十九章
再见青鱼

嘈杂的楼阁上，原本无人注意的周元，因为左丘青鱼笑盈盈的眸光看来，一时间成为了焦点，诸多目光不断投射而来。

“你们认识？”冯莹有些惊讶，旋即目光打量着周元。

她先前还当周元也如同左丘青鱼身旁的那些家伙一样，想要博得美人青睐，但看左丘青鱼的反应，显然两人很熟。

左丘青鱼尖俏的下巴点了点，笑道：“冯莹师姐，周元和我来自同一座大陆，当初可是我们那里年轻一辈中最优秀的人呢，连我和绿萝都比不上他。”

冯莹望着左丘青鱼小脸上的笑容，饶有兴致地看了周元一眼，道：“看来你们那苍茫大陆虽然小，倒是很出人才呢。”

他们百花仙宫这一代的新人中，左丘青鱼与绿萝算是极为出色的两个苗子，宫内的诸多长老都对两人赞叹不已，而她们都来自那个叫作苍茫大陆的偏僻大陆。没想到眼前这个周元也是出自苍茫大陆。

“呵呵，那座苍茫大陆我也听说过……不过那种层次的选拔并没有什么意义，归根到底还是得看日后。”

“很多人都是偶然表现出彩一下，之后便泯然于众人。”

“青鱼小师妹天赋卓绝，未来必然会是咱们圣州大陆年轻一辈中闻名的人物，所以不必自谦。”

左丘青鱼身旁围绕着一些颇有气度的青年，他们乃是黑炎州本土顶尖势力中的骄子，地位极高。之前他们一见到左丘青鱼便惊为天人，然后如闻见花香的蜜蜂一般簇拥过来。

不过，不论他们如何笑谈讨好，眼前的左丘青鱼都只给予浅浅的笑容，礼貌而疏远，这让他们有些挫败感的同时却又更加心动。

眼下看到左丘青鱼在面对周元时那脸颊上展露出来的生动欣喜的笑容，他们心头有些不舒服，于是纷纷出言，言语间不乏贬低之意。

虽说苍玄宗是巨头宗门，他们所在的宗派无法与之相比，但在场的这些年轻人在各自宗派中的地位可不寻常，即便面对出自苍玄宗的周元，也没有多少忌惮，毕竟他只是苍玄宗的弟子，并不是如李卿婵这般的圣子。

左丘青鱼听得众人的话，小脸上虽然依旧笑盈盈，但眸子深处却掠过一些厌烦。这些苍蝇，真是讨厌。

坐在一旁的杨玄没有参与这些人对周元的贬低，他依旧神色温和，因为他并没有将周元当作威胁。

周元对于这些言语只是一笑置之，没有生出什么愤怒。

反倒是李卿婵冷眸扫过，看向那些出言嘲讽之人，淡淡道：“周元进入我们苍玄宗不过半年时间，如今已是最年轻的紫带弟子，甚至未来成为苍玄宗的圣子也并非没有可能。他天赋如何，自然不用他人质疑。”

虽说李卿婵因为夭夭和周元的关系而对他有些意见，但在她看来，周元在苍玄宗内的表现，在场的这些骄子怕是没几个人能比得上。

听到李卿婵此话，那些青年的笑声一滞，然后眼神有些惊疑不定地望着周元，有点难以想象：这个站在最后不起眼的家伙，竟然能有这等本事？

左丘青鱼也好奇地望着周元，红唇小嘴噙着一抹笑意。这个家伙，就算到了苍玄宗那种地方，也不是一个安生的人。

倒是那杨玄的眉头微微一挑，盯着周元的眼神似乎深邃了一点。

周元同样有些讶异地看了李卿婵一眼，有点没想到这一路而来都对他冷冰冰的李卿婵竟然会在这个时候帮他说话。这让他有些意外，虽然对于这些无关紧要之人的看法，他并不在意。

那冯莹捂着红唇轻笑道：“看来我说得没错，最近这苍茫大陆的人才的确出得不少呢。”

李卿婵没有多说，与其稍微交谈了一下，便打算先行离去。

“晚上这里有一场交易会，若是无事，倒可看看。”冯莹见状笑道。看她的样子不像是来完成任务，倒像是来游玩一般。

李卿婵随意地点点头，转身而去。

周元的目光与左丘青鱼交会了一下，微微点点头，然后跟了上去。

望着他们离去的身影，左丘青鱼身旁有百花仙宫的女弟子看向冯莹，问道：“冯莹师姐，李卿婵说的是真还是假啊？那个叫作周元的小子，源气修为似乎并没有想象的那么强啊！”

冯莹微微沉吟，看了一眼也将明眸投来的左丘青鱼，道：“从我的感知来看，这周元恐怕顶多太初境四重天。”

听到此话，其他那些百花仙宫的娇美女弟子们顿时纷纷嗤笑出声。她们这里的人除了初入宗门的左丘青鱼外，最起码是六重天，周元一个太初境四重天，对于她们而言实在是低了点。

一旁黑炎州本地势力的各个骄子们也露出笑容，摇了摇头，暗自松了一口气。还真以为那个小子能耐很大呢，搞半天原来只是太初境四重天而已……这个实力，就算他是苍玄宗的弟子，对他们而言也没什么威胁。

左丘青鱼的小脸上没有什么波动，因为她很清楚，周元的真正战斗力从来都不能以表面情况来评估。当初在圣迹之地时，同样谁都没想到，明明看上去实力最弱的周元，偏偏最终连武煌都败在了他的手中。

冯莹抬起美眸，望着跟在李卿婵他们后面的周元，摇了摇头，下了最后的定论：“这李卿婵平常冷冰冰的，没想到为了维护师弟，倒是很会说大话嘛，差点就真被她唬住了……瞎唬人可不好，到时候进了黑炎山脉，可是会彻底暴露的……”

第四百章 分配任务

灯火充斥的房中，李卿婵、赵烛、周元等人分位而坐。

“乌长老。”李卿婵看向首位，那里有一名头发花白、身穿灰袍的老者端坐。老者面庞冷肃，不苟言笑，显得有些严厉。

这位老者名为乌霖，正是苍玄宗派往黑炎州主事的长老。

“没想到这次是卿婵你带队。”乌长老冲着李卿婵微微点头。面对这位苍玄宗的圣子，即便严厉如他，神色都有些缓和。

他的目光依次扫过众人，最后停在坐在最后位置的周元身上，当即一怔，旋即眉头紧皱，道：“怎么还有一个太初境四重天？这是哪峰的弟子？这种任务是你这种级别能够插手的吗？真是胡闹！”

这位乌霖长老常年在宗门外主持事务，一年回不了几次宗门，对于进入宗门才不过半年时间的周元自然极为陌生。

赵烛见状微微一笑。这位乌霖长老性格严厉，眼中揉不得半点沙子，最讨厌滥竽充数之辈，这一次周元正好碰到他的手里，算周元倒霉了。

在一旁，秦海等人也暗自幸灾乐祸。

李卿婵连忙道：“乌长老，这是圣源峰的新晋紫带弟子周元。他虽然刚进宗门半年，战绩却极为出色，不仅是选山大典第一，之前的紫带选拔同样取得了魁首。他如今虽然只是太初境四重天，但论起战斗力，并不逊色于七重天的弟子。”

“哦？”乌长老眼神有些怀疑地看了周元一眼。

“就算如此，他终归只是新晋的紫带弟子，跟秦海这些老资历的紫带弟子比还是缺了些火候。”

乌长老还想斥责一番，最终无奈地叹了一口气，瞪了周元一眼，道：“罢了，既然来了，那就好生学习一下，尽量不要拖了后腿。”

周元心头哀叹一声，面上只能点头应是，免得这老头继续喋喋不休。

乌长老摇摇头，收回目光，显然只是将周元当作一个来混天功的弟子，并没有给予太大期望。

“乌长老，此次的事，情况究竟如何？”李卿婵赶紧将话题岔开，毕竟周元是她带来的，她怕乌长老一怒之下将他剔掉，如此一来，周元就白跑一趟了。

说起正事，乌长老便不再理会周元，沉吟道：“此次黑炎州出现的炎髓脉价值不低，所以连圣宫、北溟镇龙殿、百花仙宫这三大巨头宗门也被吸引了过来。

“而这黑炎并不在我们四大巨头宗门任何一方的辖地中，所以炎髓脉的归属难分。”

李卿婵等人点点头。如果黑炎州是他们苍玄宗的地盘，其他宗门若是想要来染指，那就要跟他们苍玄宗开战。可眼下炎髓脉在黑炎州，严格说来，应该是当地宗门所有，但他们显然不够实力独占，面对四大巨头宗门的插手，他们也只能忍痛让出。顶多到时候四大宗派吃肉，给他们留点汤水喝。

这个世界本就是如此，多大的实力，吃多大的肉。

“在你们来之前，我已经和圣宫、北溟镇龙殿、百花仙宫以及本地的一些顶尖势力商讨过这座炎髓脉的分配问题。”乌霖缓缓道。

“哦？已经分配了？”李卿婵有些讶异地问道。

“哪有那么容易，这些家伙谁舍得松口？”乌霖冷笑道，“经过一番商讨后，最后定下的方式还是靠各自的本事。”

乌长老袍袖一挥，一道源气涌出，在周元他们面前形成了一幅巨大的地图。

“这就是炎髓脉的地图，其地底深处极为辽阔，开采价值极大。”乌长老指着地图道，“我们最后定下的方式很简单，三天之后各方势力派遣弟子进入并分割炎髓脉。”

他屈指一弹，十道光芒射向李卿婵等人。

李卿蝉等人接过，只见光芒内竟是一面巴掌大小的小旗，上面有源纹若隐若现。

“每一面旗子插下便可辐射百里，只要能够护得旗子一日不被破坏，那么这百里的区域便归插旗者所属势力所有。”

李卿婵、赵烛等人都饶有兴致地望着手中的小旗。此次炎髓脉的争夺倒有些意思，这面旗子犹如象征，谁插下去谁就占领了这块地盘。当然，前提是一日之内要解决掉区域内的所有麻烦。

“每个人只能占据一面旗子的地域？这样岂不是我们顶多只能占十个百里区域？”赵烛问道。

“能够占据十个百里区域已经是大胜了。”乌霖无奈地摇摇头，道，“这片中心区域总共就三千多里，若是四大巨头派来的弟子都能占一块，哪里够分？最后必然会面临僧多粥少的局面，到时候争斗厮杀就会来临……”

李卿婵、赵烛等人的眼神微微一凝，可以想象那时候为了抢占这些区域，必然会爆发激烈大战。

不管是圣宫还是北溟镇龙殿、百花仙宫，或者那些本地的顶尖势力，谁不想多占一块区域？毕竟未来开发出来的价值可不是什么小数目。

“这座炎髓脉之前已被我们初步勘探过，其中遍布着天炎蜥，这是一种四品源兽，你们进入炎髓脉后要小心它们。

“另外，我们发现这座炎髓脉最有价值的区域是这一片……”他手指划过，地图中央区域的一大片渐渐变得赤红。

“因为能够占据的区域有限，所以我们必须尽可能地争夺炎髓脉丰富的区域。”

乌长老指向赤红区域最中心的地方，道：“李卿婵、赵烛，你们二人实力最强，这中心地带要迅速抢占立足。

“秦海、白璃……你们便争夺紧邻的这些区域。”乌长老吩咐着。随着他的手指不断地点下，那片赤红区域被分割成一小块一小块。显然，乌长老是在分配各自的任务。

转眼，便只剩下周元一个人还没被分配。

“那我呢？”周元见状，主动问道。

乌长老扫了他一眼，叹了一口气，想来是在为这个拖油瓶感到头疼。毕竟这种争夺中，各方势力派出的人都不是省油的灯，周元的太初境四重天实在有些刺眼。即便听李卿婵说他战斗力不弱，但谁知道这里面有多少水分。

乌长老沉默了一下，最后指向赤红区域之外，道：“这块区域就交给你去争夺，务必要得手。”

望着那块区域，秦海等人的面色顿时变得玩味起来。那块区域已经脱离最核心地方，想必炎髓脉不会太丰富。显然，乌长老并不觉得周元有在核心区域争夺的资格，为了安全起见，只是敷衍地给他安排了一个简单区域，那里应该不会有太多厉害的角色。

李卿婵见状连忙道：“乌长老，周元的实力并没有您想的那么弱，他……”

这天级任务完成后，会按照表现来论功的，如果周元只是这么被敷衍地安排，最后说不定连天功都得不到。

乌长老摆了摆手，打断了李卿婵的话，道：“我必须为门下弟子的安全负责，多大的能力吃多大的饭，到时候逞强出了事，我也难辞其咎。此事不必多说，如果他真有本事，夺取这一块区域自然问题不大。”

乌长老语气坚决，直接将此事彻底定下。

“你等众人，就依我先前的布置，待得三日后争夺开始，就尽全力占据所选中的区域。”

听到乌长老声音严厉，众人立即应是。

周元望着地图上他被分配的那片区域，无奈地笑了笑。他没做无谓的争辩，既然已经给他定下任务，那就先将那块区域占了再说吧……不管如何，天功，他可是要定了。

第四百零一章
夜赌炎石

夜幕笼罩，整个黑炎山脉都处于黑暗中，而山脉边缘的黑火城则依旧灯火通明，一片鼎沸。

如今整个黑炎州有头有脸的势力都派遣了精锐弟子赶至黑火城，所为的自然便是那座尚未定主的炎髓脉。虽说他们知晓炎髓脉的大头必然会落入四大巨头宗派的手中，但这种级别的矿脉，他们只需要分得一点，对于他们而言也算是一份不小的收获。

所以，诸多势力蜂拥而来，令这黑炎山脉边陲的黑火城变得格外热闹与复杂。

“嘎吱。”

周元推开房门，来到走廊上，居高临下地看下去，巨大的楼阁中有些沸腾。

他靠着栏杆，饶有兴致地看着。说起来到圣州大陆这么久，他还从未出来过，一直都在苍玄宗内修炼，眼下算是他第一次真正见识到圣州大陆的风情。

就在周元望着楼阁中的众生相时，忽有一道细微的破风声陡然传来，隐隐有着尖锐的劲风狠狠地对着周元的背心暴刺而来。

周元的双目在这一瞬间微眯了一下。

他的身躯陡然虚化，脚步一错，那道劲风便贴着身躯掠过。周元反手一掌对着后方某处拍去，源气滚滚，隐隐有空气撕裂的声音响起。不过，让周元微微惊讶的是，他这凌厉一拳轰出却落在了空处，然后他嗅到一股幽香之气。

“不错嘛，半年多没见，实力提升很大呢。”一道银铃般的娇媚笑声传来，周元抬头一看，一个黑裙少女坐在旁边的栏杆上，修长的玉足轻轻摇摆，雪白的小腿晃得人眼花——正是左丘青鱼。

“你这速度……很厉害。”周元的眼中同样掠过一抹惊诧之色，左丘青鱼躲避那一掌的速度丝毫不比他这大成的化虚术慢。看来，在进入百花仙宫后，左丘青鱼也有些际遇。

“战斗力没你这么变态，总要精修一样保命吧。”左丘青鱼笑盈盈道，娇躯轻盈一跃，便出现在周元的身旁。

“看来你在苍玄宗混得还不错嘛，这种任务都能混上。”

虽然不清楚苍玄宗的规则，但类似黑炎州争夺炎髓脉这种任务，必然都是宗内的精英出动。周元能够在进入苍玄宗不到大半年的时间就达到这种程度，显然在苍玄宗内混得风生水起。

“还凑合吧。”周元笑了笑，道，“这次的任务……大家都只当我是个混子。”

左丘青鱼将手臂搁在栏杆上，玉手托着香腮，娇躯微微前倾，盈盈一笑，道：“那看来最后你又能让所有人大吃一惊了。”

“这么相信我？”周元忍不住有些好笑。其他人甚至连李卿婵恐怕都没对他抱太大期望，只想着他不要拖后腿就行了，没想到大半年没见的左丘青鱼却会这么说。

“捧你场而已，你还真信啊。”左丘青鱼戏谑地笑道。

周元只得翻了个白眼。

“你和绿萝在百花仙宫怎样？”他问道。

“挺好的，绿萝那丫头在宗内可是很受欢迎的。”左丘青鱼红唇微翘，有些骄傲地看向周元，道，“虽然在圣迹之地时让你拔得头筹，不过可别太得意，说不定在这圣州大陆，你就会被我们超越。”

周元笑着点点头，他知晓眼前少女的内心可是极其骄傲。

“对了，夭夭在苍玄宗怎么样？”左丘青鱼追问。

周元叹了一口气，道：“当然比我好一万倍了。”

夭夭如今在苍玄宗虽然不是圣子，但地位不比圣子差，比起他这种参加一个天级任务都被屡屡嫌弃的人简直好太多。

左丘青鱼拍了拍周元的肩膀，安慰道：“不用伤心啦，这不是很正常的事情吗？难道你还想跟夭夭比？脑子秀逗啦？”

周元的嘴角抽搐了一下，有你这么安慰的吗……

一番相谈，两人越来越熟络，大半年不见的生疏也尽数散去。

左丘青鱼伸了一个懒腰，展现出动人的曲线，微微侧头，道：“下面有一场交易会呢，你要去看看么？说不定能瞧见什么好东西呢。”

看她那水汪汪的眸子中闪烁的雀跃之色，周元苦笑一声。这女人就算是小妖女，看来也免不了这些俗……

“走吧。”他知晓左丘青鱼那爱好热闹的性子，自然没有拒绝。

两人结伴而行，沿途的目光不断汇聚而来。主要是左丘青鱼这小妖女太吸睛了，娇媚而性感，活脱脱一个绝世尤物，让人难以移开目光。

楼阁下极为宽敞，无数人影穿梭其中，一些摊子随意地摆放，时不时会有惊呼声传出，似乎有什么不错的东西被发现。这里的人气相当火热。

左丘青鱼饶有兴致地游荡着，宛如一尾青鱼，周元无奈地跟在她身后。

两人一路游走，最后在一个人气极高的摊子前停了下来。这里摆放着无数约莫人头大小的黑色石块，隐隐散发着热度。

“这是什么？”周元好奇地问。

“赌石的一种吧。就是花钱买石，然后破开看其中的炎髓是什么年份的。你应该知道，炎髓分十年、百年、千年甚至万年级别……如果运气好，只要开出来是百年级的炎髓，就算是大赚了。

“据说这些黑色石块乃是从黑炎山脉深处挖掘而出的，天生能够屏蔽神魂感知，所以谁也不清楚内在情况。唯有一些经验极为丰富的大师才能够从石头纹理上看出端倪。”左丘青鱼说道。

周元点点头。难怪这里人气这么高，原来都想要以小博大，如果博出百年、千年级别的炎髓，可就算是价值翻百倍、千倍了。那种源材如果卖掉，起码价值上千万源晶。

他观看了一会儿，有很多开石的，不过绝大多数开出的只是普通的炎髓，偶尔开出十年级的，就已经能够引来阵阵惊呼声了。

“不知道破障圣纹能否窥探？”周元望着这一幕，心头微动，想起了眼中的圣纹。

就在他打算试试时，一道突兀的笑声从旁传来，一个人影直直地插到了周元与左丘青鱼之间。

“呵呵，青鱼小姐对赌炎石有兴趣么？要知道我就早点带青鱼小姐来玩玩了。在这黑炎州，这种赌炎石的产业几乎都在我们炎鼎宗旗下。”

周元眉头微皱，扫了一眼，只见来人是一位身穿紫红衣衫的青年，其身后跟着不少人，气势十足。

这青年面带笑容，眼睛灼灼地看向左丘青鱼，对于一旁的周元倒是未曾在意。

左丘青鱼的柳眉微蹙了一下。眼前的青年她认识，也是她来到黑炎州后遇到的一只狂蜂浪蝶。不过此人背景不小，乃是炎鼎宗的少宗主，名为苏锻。而这炎鼎宗，则是黑炎州本地顶尖势力之一。

“要回去吗？”周元看向左丘青鱼。

听到周元的声音，那穿紫红衣衫的青年方才转过身来，冲着周元微微一笑，道：“原来是苍玄宗的朋友……在下苏锻，炎鼎宗少宗主，刚刚有所忽视，真是抱歉……敢问朋友是苍玄宗哪位圣子？”

他盯着周元的目光中隐有敌意，显然是因为左丘青鱼。这些天来，他对左丘青鱼可算是死缠烂打，但依旧难以进一步发展。他先前瞧左丘青鱼跟周元那熟络的动作，自然是心生警惕，赶紧上前。

苏锻面带笑容，看似客套的言语却别有深意。他明显知晓周元并非苍玄宗圣子，偏偏点了出来，潜在之意便是既然你不是苍玄宗的圣子，那他这位炎鼎宗的少宗主可就没必要对你太过在意了。苍玄宗弟子那么多，炎鼎宗虽然比不上苍玄宗，但他好歹是少宗主，在没什么恩怨的前提下，他总不至于忌惮一个普通弟子。

周元看了苏锻一眼，双目微眯了一下。

对于他的目光，苏锻却并不在意，反而针锋相对地看回来，然后指了指眼前的赌石场，笑眯眯地说：“这位朋友也对赌炎石感兴趣？有没有兴趣与胆量玩两把？”

他将双手放在身前，衣袖被轻轻挽起时露出一只手串。那手串似木头，只是不知是何木，看上去有些斑驳，显得极为古老。

周元的神色一直都很淡然，之前即便面对苏锻带有敌意的目光，眼眸也没什么波动。而在他的目光掠过那似木非木、似金非金的手串时，眼神却忽地一凝。

那一瞬间，他感觉到体内未曾完成的太乙纹震动了一下，散发出某种渴望的波动……

周元微垂的眼中有精光掠过。

好浓郁的乙木之气，这家伙的手串起码是千年级别的珍稀古木……

真是……瞌睡来了就送枕头啊。

第四百零二章
彩头手串

吵闹的环境中，苏锻面带微笑望着周元。他双手交叠，手腕上的黑色手串斑驳古老，在灯光下色泽深邃。

周元的目光只是在那手串上停顿了一下，便不着痕迹地收了回来。

苏锻的到来，摆明就是为了争风吃醋，想要在喜欢的女孩面前出风头，最后再顺便敲打一下他这位潜在的对手。

对左丘青鱼这小妖女，周元只保持着欣赏的态度。苏锻的这种争风吃醋，周元并没有太大的兴趣。

所以当他问出那句话的第一时间，周元本来是感觉无聊地想要摇头拒绝，直到看见苏锻手腕上的手串……

“自从看见你这手串，我就知道你这个‘朋友’交定了……”周元在心中默念了一句。

他如今修炼太乙纹的速度极为缓慢，追根究底便是因为乙木之气稀薄，那种上了年月的珍稀古木并不好找。眼下苏锻手中的古木手串显然年份不低，那种浓郁的乙木之气远比周元之前吸收过的所有古木加起来都强。若能够得到，应该可以让他的太乙纹更加完善。

周元的目光微微闪烁，陷入思索。他该怎样才能不着痕迹地表达出对这手串的想法，但又不会引起苏锻的警惕呢？若是表现得太过强烈，对方必然不会轻易让他如愿。

周元沉默间，苏锻以为他有些露怯，当即眼中闪过一抹轻蔑。他其实早已知晓周元，也知道周元来自一个偏远的大陆。说起来，如果不是因为苍玄宗弟子的身份，在苏锻眼中，这种乡巴佬恐怕连与他说话的资格都没有。

面对其他大陆的弟子时，圣州大陆的人总是有一种优越感。

苏锻的脸庞上露出一抹笑意，道："周兄尽管放心，只是玩玩而已，而且在这里赌石的费用我全部都包了。若是周兄开出了高年份的炎髓，也归你所有。"他潇洒地笑道，"看大家兴致这么高，只是凑个乐子而已，输赢并不重要。周兄好歹是苍玄宗的弟子，名门大派，总不至于连这点胆魄都没有吧？"他盯着周元，眼带戏谑。

两人的对峙，再加上一旁娇艳无比的左丘青鱼，顿时令这里成为焦点，无数道视线投射而来。与此同时，一拨气势不凡的身影拥到了苏锻后方，笑眯眯地望着这一幕。

"周兄与苏兄这是要玩两把吗？哈哈，那倒是不错，正好让我们开开眼。"

"看样子周兄似乎有些不太敢呢。"

"说什么话呢，周兄好歹是苍玄宗的弟子，怎会缺少胆魄？"

这些人并不陌生，周元刚来时就见到他们簇拥在左丘青鱼周围，都是黑炎州本地顶尖势力的骄子，如今抱团在一起，枪口显然直接对准了周元。

周元与左丘青鱼的关系让他们感觉到了威胁，而且在他们看来，周元明明只是一个来自外大陆的乡巴佬，却偏偏能够进入苍玄宗，让他们感到不屑的同时又有些嫉妒。所以眼下见到苏锻挺身而出，要挫挫周元的颜面，他们自然支持。

想一想能够将苍玄宗这种巨头宗派的弟子踩下去，他们心头有些兴奋，毕竟他们没有勇气去挑衅苍玄宗的圣子，眼下实力只有四重天而且还来自外大陆的周元，无疑是最好捏的软柿子。

左丘青鱼望着这些人不断地怂恿，娇媚的脸蛋微微一沉，刚要呵斥，却见到周元抬起头来，视线与她交会了一下。仅仅一瞬间，古灵精怪、聪慧至极的左丘青鱼就知晓了周元的想法。于是下一刻，她娇美的小脸上便有着甜美动人的笑容浮现出来，似是饶有兴致道："开炎石吗？倒是挺好玩的呢。"

见到左丘青鱼竟然有兴趣，苏锻顿时一喜。其他青年俊杰见状，有些嫉妒地看了苏锻一眼：这个家伙误打误撞竟然还真的让左丘青鱼提起了兴趣。

左丘青鱼笑盈盈道："这种赌斗没有彩头，也没什么意思。"

苏锻闻言一怔，道："青鱼小姐说的是，的确该有点彩头，你觉得什么合适？"

左丘青鱼微笑道："随便拿一样随身的东西就行了吧……"她眸光扫了苏锻

一眼。在她这般注视下，苏锻微微挺身，面带笑容。

左丘青鱼的目光最终停在了苏锻的手腕上，眸子中似有一点探寻的味道。

苏锻见状举起手，只见手腕上有一串幽黑斑驳的手串，他微微犹豫，旋即笑道："这是家父给的一件源宝，以千年的'碧玉松'炼制，佩戴在身上，即便肉身被重创，也能渐渐恢复。既然青鱼小姐说要彩头，那我就用此物当作彩头吧。"他大气地摆了摆手，面带微笑地望着周元道，"若是周元兄能赢我，此物就送予你。"

话音落下，他又在心中暗道："当然，也得看你有没有这个能耐了，乡巴佬。"

周元望着被苏锻拿出来的手串，目光掠了一旁的左丘青鱼一眼，心中暗道一声佩服。他先前的目光只是在看见苏锻手腕上的手串时有瞬间的变化，便被左丘青鱼察觉。这女人的心思真是细腻，而且演技也很完美，看似随意间便让苏锻毫不怀疑地将手串掏了出来。

"我这彩头已经拿了出来，不知道周元兄要拿什么出来？"苏锻握着手串，忽然问道。

不待周元回答，他便将微热的目光看向左丘青鱼，似是玩笑般道："如果我能够侥幸获胜，不如青鱼小姐明日就给我个机会宴请一场当作彩头，如何？"

其他那些骄子顿时"哦"了一声，这个苏锻总算暴露了目的。

左丘青鱼笑意盈盈，狭长的眸子中仿佛蕴含着水光，略显妩媚，令人难以移开目光。她扫了周元一眼，然后矜持地点点头。

苏锻脸庞上的笑容顿时变得无比灿烂。

在他未察觉间，左丘青鱼将目光投向周元，眼神有些凌厉，红唇微启，无声地传向周元："如果你输了，看本小姐怎么收拾你！"

为了帮这个家伙，她这次可算是牺牲了色相！

第四百零三章 我会作弊

宽敞沸腾的交易场内，当周元与苏锻定下彩头时，顿时令这赌石之处成为全场最热门的地方，诸多身影都拥了过来。

谁都看得出来，眼下的局面是最经典与俗套地为了美人大打出手，只是这两位主角让很多人兴趣大增。

一个是苍玄宗的弟子，另外一个是炎鼎宗的少宗主。

平日里的苍玄宗高高在上，在苍玄天内威名赫赫；苏锻地位不低，炎鼎宗虽然不及苍玄宗，但他好歹是少宗主，地位也算显赫。如今这两位对碰到一起，倒有些意思。越来越多的人围拢而来，此地顿时成为最显眼的所在。

当交易场因为这里的争风吃醋而沸腾时，二楼处同样有一些目光居高临下地看过来。这里并不嘈杂，跟下面的拥挤相比显得颇为幽静，因为能够来到这里的皆不是寻常之辈。

李卿婵、赵烛以及百花仙宫的冯莹等人正好在此处。

在李卿婵他们的对面还有数道人影，其中以两人为首，模样年轻，却自有一股威势散发，显然并非寻常之辈。即便是李卿婵在看见这两人时，美眸中都掠过一丝忌惮，因为他们正是圣宫此次派来的两位圣子——王离、曹金柱。

其中身着红衣的男子便是王离，他面庞略显阴柔，嘴角噙笑，只是目光显得极为锋锐，手中盘着两颗赤红的铁球，散发出足以融化金石的可怕温度，却被他随意地握在手中。曹金柱身躯壮硕，宛如铁塔一般，眼神凶狠如野兽，令人毛骨悚然。两人身侧，白日里所见的那位杨玄也面带微笑。

另外一侧还有数道人影，以一位身材枯瘦的青年为首，别看他貌不惊人，熟悉的人便会知晓那枯瘦的身体中蕴含着多么惊人的战斗力。这位正是北溟镇龙殿派来的圣子，实力同样强悍。

这小小的交易场二楼，竟云集了四大巨头宗门中的各大圣子，规格不可谓不高。

四方人马汇聚一处，泾渭分明，彼此戒备忌惮，气氛自然谈不上多友好。就在这种略显对峙的气氛中，他们察觉到了下方的沸腾气氛，一道道目光便投射而去。

“嘻嘻，卿婵，你们苍玄宗这位小师弟还真是性情中人，这是要为了青鱼和炎鼎宗的苏锻比开炎石吗？”冯莹率先轻笑出声。

李卿婵自然也看见了周元的身影，当即微微一怔。

赵烛眉头一皱，有些不满道：“真是胡闹，若是输了，他丢人现眼就罢了，可别丢了我们苍玄宗的颜面。”说着，他便将秦海招来，打算让他将周元拎上来。

“赵烛师弟，这是他自己的事，没必要管这么多吧？”李卿婵见状，淡淡道。

赵烛眼眉微垂，淡声道：“卿婵师姐，炎鼎宗旗下产业最大的便是赌炎石，这苏锻精于此道，故意怂恿周元与他比试，无非是想在人前扫他的面子。偏偏这周元不知天高地厚，以为顶着一个苍玄宗弟子的名号，人人都会让着他吗？”

李卿婵平静道：“那是他自己的选择，丢也是丢他的脸，我苍玄宗的颜面恐怕还不是这种场面能够丢得起的。”

赵烛有些失语，最终冷笑道：“那就看着吧。”

白璃站在李卿婵身旁，望着下方的场面，低声道：“这小子真是能拈花惹草，才刚出来，就跟人混得火热。”

听得出来，她对周元略微有些不满，既然来混天功，那起码要做出个努力的样子，结果一来就为了一个百花仙宫的女弟子跟人争风吃醋。

“我跟你说啊，如果他这次在炎髓脉中的表现真的不行，回宗后，我可是会如实跟长老禀报，到时候你的面子也不好使。”

听到白璃的话，李卿婵没有说话，但内心轻叹一口气，清冷的眸子扫过场下的周元，眼神深处掠过一抹失望之色。或许，这次执意力保周元出来，的确是一次错误的举动吧。在她看来，周元这种姿态行为，完全是因为乌长老对他的不重视而破罐子破摔。

……

身处场下的周元自然没有察觉到来自二楼的注视，在见到苏锻将古木手串取出来当作彩头时，他的嘴角有一抹笑意忍不住浮现出来。

“苏兄想怎么玩？”周元的声音此时仿佛变得温柔了许多。

苏锻笑眯眯地盯着周元，然后指着面前的赌石场，道：“还是正常规矩吧，各自在这众多炎石中挑选五块，然后当众开石，谁开出的炎髓年份更高，就谁获胜，如何？”

说到此处他顿了顿，看向左丘青鱼，颇有风度地一笑，道：“算了，这样会被旁人说我欺负你。这样吧，我选五块炎石，你可以选十块。”

周元笑了笑，刚要说不用，然而苏锻已挥了挥手，不容他拒绝地说道：“就这样说定了。”

苏锻面带玩味笑容，因为他想要赢得彻底，不给周元任何辩驳的机会。同样他也打算体验一下，将这位来自苍玄宗的弟子踩在脚下是种什么感觉。

身为炎鼎宗的少宗主，苏锻并不算纨绔，对于赌炎石，他也极为老练，经验丰富，不逊色于一些精于此道的大师，所以从一开始，他都未曾想到自己会输。

苏锻周围，那些黑炎州本地的诸多骄子纷纷起哄，为他展现出来的风度喝彩。他们都想看周元在左丘青鱼面前颜面大失，让美人不再青睐。

望着看上去很有魄力的苏锻，周元无奈地笑了笑，最后点点头道：“既然苏兄这般有气魄，那就如此吧。”

苏锻微微一笑，没有再多说，在无数道目光的注视下，率先走入赌石场，目光在无数漆黑的炎石上扫来扫去。

周元望着他充满自信的背影，笑了一下。没有人知道，他瞳孔中的圣纹已暗中运转，接着他看见了赌石场中那一块块炎石之中升腾的赤红之光。

正如他所料，这些炎石能够屏蔽感知，但屏蔽不了破障圣纹的窥探。如今这满场的炎石，在周元的眼中就跟一簇簇大小不一的火苗一般清晰明显……

面对这种情况，周元只能轻叹一口气：

“你就算真的精于此道，经验丰富如大师……可也顶不过我会作弊啊……”

第四百零四章 大放烟花

炎石场外，诸多人影汇聚而来，将这里围得里三层外三层，气氛沸腾。

一道道的目光望着走入炎石场的周元与苏锻，窃窃私语：

“那个苍玄宗的弟子实在有些愚蠢，竟然敢和苏锻比赌炎石，也不打听一下这炎鼎宗旗下最大的产业是什么？”

“是啊，这苏锻可以说从小就和各种炎石打交道，经验极为丰富，完全不逊色于一些专精此道的大师。”

“呵呵，真以为凭借着苍玄宗弟子的身份，人人都会让他一分吗？”

“毕竟年轻气盛。”

……

窃窃私语声不断传开，落入了走进场中的苏锻耳中。他面带从容笑意，两眼余光掠过周元的身影，眼神深处有一抹轻蔑浮现：一个不过太初境四重天的乡巴佬，如果不是因为苍玄宗的背景，也有资格跟他炎鼎宗的少宗主玩赌石？

“这一次要你颜面扫地，让你知道，乡巴佬就算攀上了苍玄宗的高枝，也还是乡巴佬！”

苏锻冷笑一声，然后开始看向眼前摆放的诸多炎石，手掌摸上去，感受着炽热的温度以及石头表面的复杂纹理。

他的神色变得认真起来。旁人说得没错，他浸淫在炎石一道上这么多年，论起经验，绝不逊色于宗门中的那些大师。这些在外人眼中看上去极为复杂并且毫无规律的石头纹理，却让他能有一些概率探测出内部炎髓的年份。当然，也会有失误，毕竟炎髓有可能因为其他原因出现损坏，但苏锻有自信，借助自身的经验将这种失误控制到最低。

在一道道目光的注视下，苏锻神情虔诚而认真地端详着面前的每一块炎石，往往要数息方才移动脚步。

看苏缎这种认真的模样，任谁都不会怀疑他在这上面的水平，同时对他获胜的信心也大大增加。

反观周元那边，走入炎石场的他就如同乡巴佬进城一般，眼神好奇地望着这些炎石，还伸出手掌摸了摸。他的动作很生涩，甚至还用手指敲了敲石头。

一些对赌炎石有所造诣的围观者见状都撇了撇嘴。周元的这些行为，丝毫不像精通此道的人。

周元并不理会这些目光，他的手掌从诸多的炎石堆中扫过，最后随意抓起一块，轻轻地抛了抛，丢在一旁的篮子中。

“这就选好一块了？”有人忍不住笑出声来。苏锻那边还在摸索纹理，仔细检查，周元这边就完成了选择，那种随意的态度就如同在街边买菜一般。

“这小子输定了。”

绝大多数人都摇了摇头，已经确定眼前这个来自苍玄宗的年轻弟子今天是打算自取其辱。就连左丘青鱼望着这一幕，红润小嘴都轻轻抽了抽，旋即小手紧握起来：“这个家伙不会真的乱来吧？我可不想和那个混蛋一起吃饭！”

炎石场外虽然吵闹，但苏锻已经彻底屏蔽，现在的他完全沉浸在复杂纹理的世界中。随着时间的流逝，他缓慢而坚定地取出一块块炎石，放入身旁的篮子中。

苏锻从那种认真的状态中清醒过来，眨了眨有些干涩的眼睛，嘴角掀起一抹充满自信的弧度。此时他身旁的篮中已经有五块精心挑选的炎石。

他抬起头，见到前方周元正无聊地打着哈欠，身旁的石台上，十枚炎石整齐地摆放着。

“等你半天了。”周元的确感到有些无聊。他并不觉得这种赌石有什么好玩的，偏偏这个苏锻还一脸虔诚。

“你并不懂赌石之道。”苏锻轻蔑地看了周元一眼。来自偏远大陆的乡巴佬恐怕根本就没有接触过赌炎石吧。不过也对，炎髓这种珍稀的源材，那种偏僻大陆可能都不曾有。

“准备开石吧。”

苏锻在无数道目光的注视下，走到另外一处石台，将五块漆黑的炎石摆了上去。他从石台上取过专用的器具——一柄锋利的小刀，刀刃顺着炎石纹理轻轻划过，有细微的声音传出。

“咔！“

小刀一转，炎石便缓缓裂开。

所有的视线眨也不眨地看过来，即便是二楼那些人的目光都带着一点饶有兴致的意味，显然好奇最后的结果。

炎石中，赤红的光芒散发出来。

所有人都见到赤红的火苗升起，其中有红色的液体在流淌，一股炽热散发出来，充斥着精纯的火属性天地源气。

“这种色泽应该是五十年份的炎髓。”场中不乏识货的人，当即惊讶出声。五十年份虽然不算太高，但其价值已经远超一颗炎石本身，寻常人若是开出来，算是小赚一笔。

苏锻的神色从容平淡，因为这只是开胃小菜而已。他的目光看向第二块炎石，锋利的小刀再次划过。

接下来短短数息，苏锻直接将剩下的四块炎石尽数打开。所获得的，是满场一浪高于一浪的喝彩声。

第二块炎石，百年炎髓。

第三块炎石，两百年炎髓。

第四块炎石是一块废石。

不过没人嘲讽，因为谁都知晓，就算是经验再丰富的大师都会有走眼的时候，毕竟石头纹理并不能精准地表现出石头的内部。

这一切都没有动摇苏锻脸庞上的信心，因为当他将最后一块炎石打开的时候，满场惊呼声如雷鸣般响彻起来。

一道赤红的火苗陡然自炎石中升腾而起，约莫半丈！

那是五百年炎髓！

这道炎髓若是卖掉，起码价值百万源晶，一颗炎石的价格也不过一万源晶……在场不少人的眼睛都有点红了。

“不愧是炎鼎宗的少宗主，这般眼力与经验真是让人叹服啊！”更多的人忍不住地感叹，看向苏锻的眼神中充满着佩服。

挑选五块炎石，只出了一块废石，其余四块都颇有收获，特别是那五百年炎髓，更是难得一见。由此可见，苏锻在这上面的造诣相当精深。

面对满场喝彩，苏锻谦逊地笑了笑，擦了擦手掌，然后对着左丘青鱼露出潇洒的笑容："真是献丑了。"

左丘青鱼不得不承认，这个家伙在炎石一道上让人很服气。只是，她看向周元的目光不免有些担忧起来。

苏锻的目光在此时带着戏谑与玩味投向一旁仿佛被他的操作所震撼的周元，微微一笑，似是玩笑一般道："周兄莫非打算认输吗？"

看似玩笑，却是在逼周元继续下去。

周元没有理会苏锻别有用心的话，只是看了一眼他面前那些炎髓，眼中若有所思。

"原来……五百年份的炎髓，火苗只有这么小……"

他自言自语着，然后没用任何工具，而是紧握起拳头，直接在一道道目瞪口呆的视线下，一拳一拳狠狠拍下。

"啪啪啪！"

拳头飞快落下，十块炎石就这样被周元蛮横地尽数砸裂开来。

"真是……粗蛮！"望着他这种举动，不少人气得吹胡子瞪眼。

苏锻也摇了摇头，嘴角的轻蔑更甚，看这样子就知道，周元以前根本就没有玩过赌石，乡巴佬就是乡巴佬！

不过，满场的嘘声只持续了数息。

因为下一刻，破碎的炎石中，赤红的火苗宛如火柱一般，一道道猛然喷发而出，整个交易场内温度瞬间炽热。

赤红的火柱倒映在无数瞳孔中，嘘声戛然而止。

一张张面庞在此时渐渐凝固，在火花的照耀下显得异常滑稽。近乎呢喃的声音在不少人的心中响起：

"呵……你他娘的……这是在放烟花吗？"

第四百零五章 全场通杀

一道道炽热的火柱自石台破碎的炎石中暴冲而起，火花四溅，宛如一场烟花。

原本嘈杂的交易场陡然间死寂下来，数息之前还一副副看好戏的面庞在此时尽数凝固，近乎呆滞地望着升起的火柱——这是他们在赌石场中从未见过的盛大场面……

谁见过开个炎石结果开出一场烟花的？！

火柱持续了好半晌方才渐渐消落，炎石中赤红如血般的液体缓缓流淌着，释放着惊人的温度。

火柱落下，无数呆滞的目光终于渐渐回神。下一瞬，他们的心脏便疯狂地跳动起来。因为他们发现，那十块炎石中竟然有三块是百年炎髓，四块五百年炎髓，还有两块达到了七百年……

最恐怖的是最后一块，那如黏稠血液般的色彩赫然是千年级别的炎髓！

整个交易场都轰动了，无数修炼炎属性源气或者源术的人都眼神炽热而贪婪地望着这些炎髓，这对他们而言可谓奇物。

那些目光转向周元，眼中满是震撼。他们从未见过有人能够一次性开出这种级别的炎髓，而且每一块炎石都未落空！这显然不是单纯的运气！

一些目光灼灼地望着周元。既然不是运气，那就只有一个可能，这个周元在炎石上的造诣达到了一种难以想象的地步，堪称宗师级别。

“不可能！”

一道嘶吼声突然响起，只见苏锻目瞪口呆地望着周元面前的炎髓，旋即面庞扭曲，眼睛赤红：“你一定是使诈！你怎么可能每一块炎石都能开出高年份的炎髓？！”他先前的从容在此时荡然无存，任谁见到这一幕，恐怕都保持不了淡定。

周元的神色颇为平静，面对苏锻赤红的眼睛，说道："这些炎石都是从你们这里拿出来的，你是想说你们炎鼎宗旗下的赌石不可能开出高年份的炎髓吗？"

苏锻一滞，这砸他们炎鼎宗招牌的事，他怎么敢说？

原本为苏锻呐喊助威的本地势力的骄子们讷讷无语，看向周元的眼神有些惊惧。他们先前还当周元是个根本没见过赌石的乡巴佬，哪想到他竟然如此深藏不露……这种炎石造诣，就算是炎鼎宗内的大师都做不到。

左丘青鱼那紧握的小手在此时松开来，绝美的小脸上有着笑颜绽放。这个家伙，果然有些本事啊。她对周元颇为了解，这个家伙以前应该没怎么接触过炎石，能够做到这一步，必然是使用了某些不为人知的手段。

"这场比试有结果了吗？"周元笑问道。

苏锻面色铁青，他原本想要在赌石上羞辱周元一通，没想到反被周元狠狠地打了一耳光，可谓颜面扫地。

"你！"苏锻的眼中有杀意掠过，不过最终还是被他按捺下来。周元不是寻常人，他是苍玄宗的弟子，如果周元输了赌石，苏锻可以肆意羞辱他，可如果他要恼羞成怒地对付周元，恐怕苍玄宗那些圣子不会容许。

周元望着苏锻眼神深处的阴狠，不在意地笑了笑。他走上前来，伸出手握住苏锻的手臂，安慰性地拍了拍。然后便在苏锻冒火的目光中，将他手腕上的古木手串轻轻地撸了下来。

"呵呵，谢谢了啊。"周元温和地笑道。

苏锻嘴角微微抽搐，强忍着暴起动手的冲动，森然笑道："周元兄弟藏得可真深啊。"

周元把玩着古木手串，感受着澎湃的乙木之气，心头相当畅快，随口笑道："下次少宗主还有什么宝贝的话，欢迎来找我赌石。"

听到此话，苏锻差点一口老血喷出来。

周元没再理会他，走回石台，在诸多惊惧的目光中指了指上面的炎髓，笑道："你刚才说，开出来的炎髓也是我的？那就真是太谢谢少宗主了，做人真大气。"

周元竖起大拇指，直接袍袖一挥，将炎髓尽数收起。这些炎髓对他大有作用，因为他所修炼的天阳神录同样是炎属性的源术。他那一口天阳火如今只是小成，如果能够将这些炎髓吸收炼化，想必威力会有所提升，成为他有力的攻击手段。

苏锻心头滴血地望着周元收走那些炎髓，这些源晶加起来，价值怕有上千万，可不是什么小数目。

周元将好处捞尽，这才意犹未尽地看了一眼赌石场。这里的炎石数量起码上万，可惜的是，其中高年份的炎髓已经被他全部取走，剩下的基本是一些烂货了。

“剩下的这些炎石，也没什么价值了。”周元望着无数赌客微微一笑，然后不再多留，直接拉着左丘青鱼的皓腕，穿过人群，径直而去。

苏锻气得冒火地望着周元携美而去的身影。周元最后那句话更为恶毒，看似随意而言，但从他先前展现出来的本事来看，恐怕真不会再有人来赌石了。毕竟好的都被挑走了，剩下一些烂货，众人已经没有了以小博大的心思。所以，这上万炎石基本就要烂在他们手中，足以导致他们炎鼎宗损失数千万的源晶。

“周元！”

他眼神赤红，盯着周元背影的目光中狰狞涌动。

……

当交易场中还在因为周元先前的举动沸腾时，二楼已是寂静了好久。

“哇，卿婵，你们苍玄宗这位小师弟太厉害了吧。”冯莹率先回过神来，惊叫出声，俏脸上满是惊叹之色。“下次我也去玩两把，你让他给我指点指点啊！”冯莹兴致勃勃道。她对赌石有些兴趣，时不时会玩几把。

李卿婵冷若冰霜的俏脸上同样有几分愕然出现，这个结果出乎了她的意料。随即她便恢复如常，看了一眼旁边的赵烛、秦海等人，道：“看来他并不需要我们指手画脚。”

赵烛收回目光，嘴角扯了扯，没什么话说。周元这次的确让人感到震惊，谁都没想到，他在炎石上面还有这般本事。如此看来，那苏锻出现的第一时间，这个所谓的赌石之约就是一个坑。只不过，之前他们以为是苏锻挖坑，现在方才知晓，苏锻在挖坑时，根本没注意他自己已经站在了周元挖的更大的坑中……

“走了。”

李卿婵清冷的目光看了一眼对面的王离、曹金柱等人，起身径直而去。赵烛、白璃、秦海等人随即跟了上去。

见到李卿婵他们离开，冯莹以及北溟镇龙殿的那位圣子也各自散去。

王离手中赤红滚烫的铁球轻轻转动着，他的目光扫了一眼先前周元离开的地方，淡笑道："这个苍玄宗的小子倒有点意思。"随即他便不再关注。一个四重天的弟子根本没有任何威胁，即便他在炎石上有点本事，但终归只是一点游戏小道而已。

王离的目光望着先前李卿婵他们坐的地方，随后转过头，看向一旁面带微笑的杨玄，道："这次见面，对方的实力也有了预估。这一次的炎髓脉中，我们圣宫要占据最好的区域，如果苍玄宗想要跟我们争，那就把他们打跪下吧。"他望着杨玄笑道："怎样？"

杨玄笑着点点头，屈指轻弹，细微的破风声响起："没什么难度，除了李卿婵和赵烛外……其他人都只是废物。"

他微微偏头，看向周元携左丘青鱼离开的方向，嘴角微弯，带着一抹戏谑。

"而这个周元……

"他这么喜欢玩赌石，我会让他在炎髓脉里跪着给我玩个痛快……"

第四百零六章
闭关冲刺

出了交易场，周元拉着左丘青鱼拐到一处僻静之地。

“你第一眼就看中那家伙手中的古木手串了吧？”左丘青鱼似笑非笑地盯着周元，红唇微启道，“我怎么感觉像是被你利用了呢？”

“这话多难听。”周元义正词严，“我们这是路见不平，联手打土豪。”

说着，他手掌一抬，一道道炎髓在掌心升起，被一道道源气包裹，限制了温度的散发。

周元笑道：“挑一点吧，好歹是你我合作搞来的，我总不能一人独吞。”

左丘青鱼美眸流转，扫了一眼这些炎髓，旋即轻笑一声，也没有拒绝，玉手一扬，便取了两道炎髓。

一道百年的，一道五百年的。两道炎髓加起来，也能价值上百万源晶。

左丘青鱼把玩着两道炎髓，笑吟吟道：“看在你这么识趣的份上，那我也给你透露一点消息……”

“什么消息？”周元一怔。

左丘青鱼桃花般的双眸微眯，轻声道：“此次炎髓脉中，你要小心圣宫那个叫作杨玄的家伙。”

“杨玄？”周元脑海中掠过一张面带温和笑容的英俊面庞，正是白日里坐在左丘青鱼身旁的那个青年。

“这一次炎髓脉之争，我们百花仙宫与北溟镇龙殿都只派了一位圣子来，并没有占大头的想法，只是想要随便分杯羹。但你们苍玄宗和圣宫恐怕不是这么想的，不然也不会派出两位圣子，而且还是排名不低的圣子……双方的圣子实力都很强，能够互相制约，总体看来，两边似乎不分伯仲，但我从杨玄偶尔说的话中能够感觉得到，他并没有将你们放在眼中。”

听完左丘青鱼所说，周元的眉头微皱了一下。那个杨玄并非圣子，他在圣宫中的地位应该就跟秦海、白璃他们这些资深的紫带弟子差不多。从白日的接触中看，他感觉杨玄的实力在七重天左右，跟秦海、白璃他们相差无几，那么，他的信心从何而来？

他的眼中掠过思索之色，但最终没有答案。他冲着左丘青鱼点点头，道：“我知道了，我会小心的。”

左丘青鱼见状，方才点点头。

两人再度细说了一会儿，便各自散去回了房。

周元回房后的第一件事，便是将那古木手串取了出来，眼神炽热地看去。这道手串斑驳古老，充斥着浓郁的乙木之气，材质显然是某种珍稀的千年古木，木珠上隐有源纹浮现，显然是被炼制成了一道源宝。

只要佩戴在身，就算是肉身被重创，都能以极快的速度自我修复，如果是在与人激烈交手时，会占据不小的好处。从某种意义而言，也算是护身的宝贝了。

如果不是周元要完善太乙纹修炼太乙青木痕，他还真有些舍不得将其吸收……

心中感叹一番，周元在床榻上盘坐下来，双手上下交叠，金光源气散发出来，令手串悬浮在其掌心间。源气微微一震，手串便断裂开来，十余颗斑驳的珠子缓缓旋转着。

周元的双目渐渐闭拢，珠子在他的掌心间旋转，一缕缕碧绿色的气息被剥离抽取，最后顺着掌心涌入他的身体。

“好浓郁精纯的乙木之气！”

当第一缕碧绿气息涌入体内时，周元便察觉到与以往吸收乙木之气不同的感受。这一次极其精纯，那种浓郁的生命气息令周元的肉身在此时微微泛着光泽。

这般感觉让周元的心中充满欣喜，珍稀的千年古木果然不是他之前所吸收的那些古木可比，两者所蕴含的乙木之气，不论是雄厚度还是精纯度，都有巨大的差距。

欣喜持续了一会儿，周元便恢复镇定，开始控制那些充满着生命气息的乙木之气一点点融入血肉中，同时以神魂操控，令它们在融入的一瞬间形成了一道道奇妙的痕迹。这半个月以来，周元早已熟练这种操作。

之前周元在完善太乙纹时，总会因为乙木之气的稀薄而不断终止修炼，即便能够勉强维持，速度也是相当缓慢。半个月下来，他体内太乙纹的完善进度还不到十分之一……

而这一次，随着源源不断的乙木之气涌入，他终于感觉到停滞许久的太乙纹开始以一种之前从未有过的速度被一点一滴地完善……按照这种速度，恐怕要不了几天，他体内的太乙纹就会有重大进步。到时，即便太乙纹没有被彻底完善，想必进度也能超过一半，这已是极为迅猛的提升。到那一步，太乙青木痕的玄妙应该也能窥见一番了。

一想到此，周元心中泛起了一丝激动之意。

“看来这三天时间，要全力闭关冲刺了……”

周元在交易场内搞出的动静，令他的名气第二天就传遍了整个黑火城。来自各方势力的骄子都知晓了一个叫作周元的弟子在赌石场内一口气开出了十道炎髓，甚至有一道千年份的……连炎鼎宗的少宗主苏锻都输给了他。

这事成为一时奇谈。不管怎样，周元这个名字被各方势力开始知晓。

当第二日苍玄宗的乌长老召集李卿婵、赵烛等弟子商议炎髓脉中的争夺事宜时，发现周元缺席。

“周元说他要闭关三天。”李卿婵说道。

“昨晚那么能折腾，现在是闭关躲风头吗？还是说，准备最后三天，临时抱佛脚，再提升一点实力？”赵烛淡淡道。秦海等其他几位剑来峰的弟子低笑出声。

乌长老的面色有些不悦，昨晚周元的事他自然已知晓。在他看来，那种赌石之乐不过是小道而已。周元自身实力不怎样，偏偏在这玩乐之道上很擅长，看来也是一个纨绔之辈。虽然他对周元本就没抱任何希望，但这种不作为的姿态，实在让人有些恼火。

最终他还是没多说什么，只是摆了摆手，淡淡道：“随他吧，自身不争气，也怪不得谁。”

在他的心中，对周元的评价已再度降低，他甚至考虑，等此次炎髓脉争夺结束后，是不是要给周元一个差等评价。

“开始商议吧。”

时间便在各方沸腾中以及越来越火爆、混乱的黑火城中悄然而过。

不知不觉，三日已至。

第四百零七章 太乙初显

第三日来临时，整个黑火城陷入某种躁动中，如今这里不知道汇聚了多少黑炎州的势力，显然都是为了那座炎髓脉而来。

虽说这座炎髓脉在苍玄宗的评定中只是六级矿脉，但这是相对于苍玄宗这种大门大户而言，若是换作炎鼎宗这一类黑炎州中的顶尖势力，光这一座矿脉就能够将他们吃撑。

这种矿脉一旦有了巨头宗门插手，他们这些寻常势力基本就没资格染指。但此次情况不一样，因为这座炎髓脉并不在任何巨头宗门的管辖范围内，属于无主之物。而且四大巨头宗门因为互相制衡，谁都不想让对方占优，反而便宜了他们这些寻常势力，不然在四大巨头宗门之下，他们真是连汤水都没得喝。

即使如此，眼下这座炎髓脉最为富裕的区域已经被四大巨头宗门占据。但他们可以退而求其次，只要能够占据一些外围的炎髓脉，对他们而言已是巨大收获。

所以短短三日内，黑炎州内几乎九成势力都派出了麾下的精锐人马赶往黑火城，等待炎髓脉争夺开启的这一天……

……

房间中。

周元盘坐于床榻上纹丝不动，双掌上下叠合间，他的面前有一颗颗斑驳而深邃的木珠缓缓旋转着，一缕缕精纯的乙木之气不断被吸取而出，涌入周元的体内。在他身躯表面，碧绿的光点不断闪现着，仔细看去，就能发现这些光点存在于血肉深处，显得颇为玄妙。

丝丝气息升腾，充满着生命的味道。

“咔嚓！“

突然间，细微的破碎声响起，周元双掌间的那一颗颗木珠竟出现了裂痕，光芒开始迅速黯淡，最后化为粉末……这是其中蕴含的乙木之气被尽数吸收的缘故。

周元紧闭的双目在此时缓缓睁开。

他望着飘落下来的粉末，眼中掠过惋惜之色，随着乙木之气被他吸收，这件源宝也报废了，不过好在并不是平白损失……

周元低头，看着自己的半个身躯，绿色的光点若隐若现，此时这些光点交相呼应，光线蔓延间，竟将它们尽数连接起来，隐隐看去仿佛一道极为古老晦涩的纹路，只不过看上去并不完整。

“太乙纹，完善了一半……”

周元既遗憾又惊喜，遗憾的是即便将那炼制手串的千年古木吸收，依旧没有将太乙纹彻底完善；惊喜的是即便只完善了一半，太乙青木痕也开始展现玄妙之处了。此时周元能够清晰地感觉到体内涌动的生命气息，在那种气息的感染下，身体的每一个部位都在迸射着巨大的活力，甚至连体内的源气都变得更为悠长。

周元那被一半太乙纹覆盖的左手缓缓紧握，目光微闪间，取出一柄锋利的匕首，寒光自刃上缓缓游走掠过，带起血痕，随后只见周元的手臂上出现了一道狰狞的血痕，深可见骨，鲜血流淌。

不过血痕刚刚出现，周元血肉中便有碧绿的光点闪现，浓郁的生命气息传递而出，随后就见到鲜血在顷刻间被止住，而那深深的伤痕也在缓缓地蠕动，肉芽生长着，不过数息就将那道伤痕尽数修复……

周元望着这一幕，眼中的喜色再也掩饰不住。

即便如今太乙纹还没有彻底完善，但这太乙青木痕的能力已经开始显露出来，至少现在，周元的肉身恢复能力恐怕已经不比那些专门以源气蕴养肉身的外炼者差多少。待得太乙纹彻底完善时，这种恢复能力想必能够再度暴涨。

最为恐怖的是这只是开始……当太乙纹成形后，周元便能够将吸收的乙木之气彻底化为太乙青木痕。待得此术真正大成时，恐怕周元真的会拥有一具……不死之身。

那时候，只要不是那种锉骨扬灰的毁灭攻击，不管再重的伤势，周元都能够自我恢复……这会令他与人生死对战时拥有巨大的优势。

周元满意地点点头。这三日闭关也算是有所收获。

“哒哒。”

此时，门口传来敲门声，周元连忙下床打开房门。

门口处，李卿婵俏然而立，绝美的脸上一如既往地冷若冰霜。她看了一眼开门的周元，淡淡道：“你若是再不出来，我们就打算动身了。”虽然语气轻淡，但不难听出其中的微微不满。

自从来到黑火城后，周元除玩了一场赌石外，便直接躲在房中不出来，这种态度实在是消极得很。此次周元的名额是她力保而来，如今就连乌长老都对此颇有微词，如果不是看在她这个圣子的面子上，恐怕连她都会被斥责一番。

周元闻言有些尴尬，只能连忙道歉。

他知晓，虽然说是在闭关，但在其他人看来估计只是借口，三天时间能有多大的提升？只是临时抱佛脚罢了。而他也不会将太乙青木痕暴露出来，所以只能道歉，并没有过多解释。

李卿婵听到周元的道歉，只是微不可察地轻叹了一声，摇摇头道：“走吧，炎髓脉争夺战要开始了，我们也要动身了。另外，你此次虽然被分配到核心圈之外，但也莫要心有怨言，将分配给你的那片区域占领下来也算是一份功劳。”李卿婵告诫道。

所谓的核心圈，自然便是炎髓脉中矿脉最为富裕的区域，那里的争夺极其激烈，也是四大巨头宗门交手的地方。周元没有被安排进去，只是被乌长老安排到核心圈外，这里的区域是黑炎州那些势力争夺的地方，激烈程度自然不及核心圈内，当然最后论功时也就不及其他人了。

周元闻言微微点头，神色颇为平静。

李卿婵见状，不再多说，转身而去。周元紧紧跟上。

顶楼上，周元与李卿婵来到时，只见乌长老、赵烛、白璃等人都已在此等候。

“呵呵，周元师弟闭关三日，想必大有收获吧？”秦海笑眯眯地望着周元，戏谑道。

周元看了他一眼，并没有理会。

乌长老的目光在周元身上停留了一会儿，忍不住叹了一口气，想来也是为周元的存在感到头疼。将周元放到核心圈外，也就意味着他们要放弃其中的一块区域。没办法，周元这种实力根本没资格去和其他人争。

乌长老袍袖一抖，十道光点飞出，落向周元等人。

周元等人接过，只见那是一枚拇指大小的小小玉石，光芒闪烁，有源纹若隐若现。

“这是传音石，千里之内可短暂传音，你等各自佩戴一个，进入炎髓脉后可凭此稍作联系，以便知晓各自情况。”乌长老说道。

李卿婵、赵烛他们点点头，然后将玉石塞入耳中。

乌长老见状，袍袖一挥，源气自其脚下散发出来，仿佛云朵般将李卿婵、赵烛、周元等人囊括进来。

“动身吧。”声落时，源气云朵已载着众人冲天而起。

同一时间，巨大的黑火城内，无数道源气光影冲天而起，宛如蝗虫一般铺天盖地地向着远处的黑炎山脉呼啸而去。

这场波及整个黑炎州的炎髓脉争夺战，终于拉开序幕。

第四百零八章
入炎髓脉

黑炎山脉深处。

一座极为巍峨的巨山矗立，山顶凹陷，形成内陷的火山口，炽热无比的温度令整个天地间的空气都异常灼热。方圆数百里内，所有树木都化为灰烬，光秃秃的极为刺目。

这座火山口正是炎髓脉的入口处。

“咻！咻！”

此时，无数道光影从天而降，落在火山口四周，那浩浩荡荡的姿态，显露出规模之盛。

现出身来的那些身影，目光偶尔对碰间，皆有凶光浮现——只要一进入炎髓脉中，其他势力的人都是竞争者。

一道源气从天而降，落在距离火山口最近的地方。源气散去，正是乌长老率领的李卿婵、周元、赵烛一行人。

苍玄宗的人露面后，圣宫、百花仙宫、北溟镇龙殿的人也很快出场，屹立在距离火山口不远的地方。

周元的目光扫了一眼百花仙宫，只见左丘青鱼俏立其中，她察觉到周元的视线，冲他狡黠地眨了眨眼。显然，左丘青鱼同样会进入炎髓脉。

周元回以淡笑，又看了一眼圣宫的方向。对方领头的也是一位老者，自然是圣宫的长老，长老身后便是王离与曹金柱，他们身侧是一身白衣的杨玄。

周元看过去时，发现杨玄也正瞧着他们，两人的视线对碰在一起。杨玄微微一笑，只是那双眸中没有任何波动，那种感觉很像丛林中的虎狼在扑食猎物之前所展露出的无声残酷。

“诸位，这场炎髓脉之争现在开始？”圣宫的那位长老笑眯眯地看向乌长老以及另外两巨头宗派的长老。

乌长老他们皆面无表情地点点头。

圣宫长老见状，目光扫视开来，掠过在场诸多蠢蠢欲动的势力，然后手掌举起，轻飘飘落下。

“诸位，能在炎髓脉中得到几分资源，就看你们各自本事了。

“开始吧。”

“轰！”

就在他声音落下的瞬间，天地间的气氛猛然暴动，无数道身影暴射而出，铺天盖地地射向那巨大的火山口，最后呼啸而下，破风声响彻不断。

“我们也动身吧。”李卿婵的美眸看向众人，视线在周元身上顿了顿，道，“进入炎髓脉后，各自按照地图前往分配好的区域。”

众人点头，下一刻，所有人源气爆发，冲天而起。

他们的身影出现在火山口上方，炽热的波动从中散发出来，却被他们周身的源气尽数隔绝。

“走！”

十道身影呼啸而下，冲进了深不见底的火山口。

火山口深入地底，其内赤红一片，李卿婵、周元他们足足下沉了数刻，眼前的视野方才开阔起来。

出现在眼前的是一望无际的赤红大地，地面偶有岩浆冒出，令此地显得极为酷热。这里俨然形成了一个独立的地下世界。

无数道光影顺着火山口降落，下一瞬便朝四面八方飞掠而去，狂暴的源气波动开始自周围爆发开来。显然，争斗已经开始。

李卿婵辨认了方向，然后带队直奔炎髓脉最中央的地带。

一行人急速飞掠，如此约莫一炷香后，他们见到脚下的大地变得愈发赤红，远处的地面上甚至有巨大的矿脉冒出来，赤红的炎髓自矿脉中流淌而出。

周元的速度渐渐变缓。再往前就是核心圈，他被分配的区域，已经不再和李卿婵他们在一个方向。

“周元，小心。”李卿婵看了周元一眼，提醒道。

赵烛、秦海等人则眼带嘲弄，这家伙执意要跟来参加此次的天级任务，眼下也算是自取其辱。

周元冲着李卿婵笑着点点头，没有多说，身形一转，朝着另外一个方向疾掠而去。

望着他消失的身影，李卿婵轻叹一口气。她知晓现在不是分心的时候，进入核心圈后，他们会面对另外三个巨头宗派，到时候争夺必然极其激烈。

于是，她玉手一挥，带着众人冲向了核心圈。

燥热的赤红大地上，周元疾驰而过，他手持一份地图，找寻着他被分配的那片区域。此时这里已开始有其他势力的人马赶来，偶尔接近时都心怀戒备。

当这些人见到周元时都愣了愣，认出了这位前些天在黑火城大出风头的苍玄宗弟子，只是感到疑惑苍玄宗的弟子不都去核心圈争夺了吗，怎么还跑到这里了……

对那些疑惑的目光，周元没有在意。他在探寻了约莫半炷香后，终于找到了他被分配的区域。

只见下方的大地上有赤红的矿脉升起，宛如形成了一片片山丘，只不过山丘内部尽是赤红的炎石。这片区域虽然跟核心圈内资源无法相比，但在核心圈外，已经算是一片富矿了。

周元从天而降，落在一座高地上，然后取出一面旗帜。源气灌注间，旗帜顿时迎风暴涨，化为数十丈。他将旗帜重重地插入地面，源气涌动，一道光柱自旗帜顶部冲天而起，最后呈环形扩散开来，足足百里。

这是一种标志，表明方圆百里区域已是有主之物。其他人若是看见这道标志还是执意闯入，那就说明有争斗之意，一场激战自然在所难免。

周元站在旗帜旁边，面色平静地望着天空。

虽然遭遇了一些不平等的对待，他也没有怨天尤人。既然眼下这里是交给他的任务，那就先将这里守好吧。

只是……终归还是有点不爽啊，被小瞧成这样。

他的手掌握着旗帜，手指有节奏地轻轻敲击着旗杆，眼睛微垂，有冷光掠过。

从现在开始，方圆百里就是他的地盘了，谁若是要闯进来……

那就准备尝试一下……他这憋了一路的火气吧。

第四百零九章 进化之兆

乱石遍布的赤红山丘中，有一对赤红的眼瞳自裂缝中扫出来，带着狂暴之气锁定了山丘上方盘坐的一道年轻身影。

它在乱石阴影中悄然潜行，靠近那道身影，最后猛地露出赤红獠牙，身形如电般暴射而出，腥风涌动。

“嗤！”

硬接它的是一支锋利的笔尖，雪白的毫毛合拢，宛如枪尖，其上源气流动，连空气都被撕裂开来。

“噗！”

锋利的笔尖上源气萦绕，瞬间洞穿了巨兽的脑袋，鲜血流淌，巨兽还来不及发出惨叫，便一命呜呼。

周元转过头，望着身后的巨兽，那是一头全身披着赤红甲壳的巨蜥，一股炽热而狂暴的波动从其体内散发出来。这是一头天炎蜥，炎髓脉中生出的四品源兽，实力不弱于太初境的高手。不过对周元而言，它并不具备什么威胁。

周元起身，从天炎蜥的额头中挖出一枚赤红晶石，晶石内隐隐可见一头巨蜥的虚影——正是兽魂晶。

周元随手将这枚四品的兽魂晶贴在天元笔上，光芒闪现，晶石内的巨蜥虚影被强行扯出，吞入了天元笔内，那枚晶石立即黯淡下来，然后破碎。

出乎周元意料的是，当天元笔吸收了这颗兽魂晶后，斑驳深邃的笔杆似乎变得明亮了一些，隐隐间有着细微的嗡鸣震动传出，一股无比渴望的感觉忽然从天元笔内散发出来。

周元察觉到这股异动，先是一怔，然后眼中浮现出一抹狂喜之色。

“这是第五纹将要觉醒的征兆！”周元忍不住欢喜出声。

天元笔觉醒第四纹后，周元依旧保持着每日给天元笔以兽魂晶温养的习惯，但那第五纹迟迟没有反应，没想到今日却有了动静。

一般来说，每日天元笔只能吸收有限的兽魂晶，唯有到了要觉醒的那一刻，它就会变得犹如饥渴了许久的凶兽，开始无节制地吞食兽魂晶，积累力量。

“如今的天元笔乃是上品玄源兵，如果能够觉醒第五纹，那就会真正开始蜕变，晋为天源兵！”

周元眼神灼灼地盯着手中的天元笔。对源兵而言，天源兵是一种质的飞跃，每一柄天源兵所具备的威能都远非上品玄源兵可比。想当初在大周王朝，齐王攻城时，苏幼微便凭借着体内那道天源兵的力量，生生越级斩杀了一位太初境二重天的强者，而当时的苏幼微不过只是养气境罢了。

当然，天源兵威能惊人，其价值也极为昂贵，就算在苍玄宗，能够拥有天源兵的弟子都极其稀少。如果此时天元笔能够晋为天源兵，对周元的战斗力无疑是极大的提升。这也是周元察觉到这一点后如此欣喜的主要原因。

“随身备用的兽魂晶已经消耗殆尽……”周元站起身来，灼热的目光看向面前的百里区域，手掌紧握天元笔。好在这炎髓脉中有不少天炎蜥，他可以从它们身上获取兽魂晶用以温养天元笔，令其完成这一次极为重要的蜕变与进化。

“正好眼下闲来无事，那就借你们的兽魂晶一用。”周元自语道。虽说如今这炎髓脉中各处都在爆发激烈的争斗，但他这里暂时还相安无事，正好可以用这些时间来猎杀百里范围内的天炎蜥。

想到就做，周元眉心神魂震动，感应蔓延开来，下一瞬间，便在不远处的地底察觉到了一些狂暴的源气波动。

“就从你们开始。”

他的身形冲天而起，下一瞬犹如炮弹般从天而降，重重地跺在大地上，地面龟裂，数头天炎蜥暴怒着咆哮冲出，对着周元噬咬而去。

“嗡！”

天元笔震动，雪白毫毛上源气流转，毫不畏惧地与那数头天炎蜥重重碰撞在一起。

在接下来的一炷香里，周元宛如一尊杀神，将他所在的百里区域来回杀个遍，即便是躲在地底深处的天炎蜥都被他找了出来。如此，他收获了数十颗四品兽魂晶，最终被天元笔尽数吸收。

让周元头疼的是，即便吸收了这么多兽魂晶，天元笔依旧散发着那种无比渴望的波动。想要进化到天源兵，需要的力量超出周元的想象。

“麻烦啊……”

周元望着手中不断绽放着光芒的天元笔，笔身上第五道古老源纹的光芒时强时弱，是在为接下来的进化做最后的积累。

“真是个无底洞啊……”周元苦笑一声。如今他所在的百里区域内的天炎蜥几乎被清除干净，想要猎杀更多，恐怕就得离开这里。但一旦他离开，这里必然会被其他势力抢夺，周元有些难以脱身。

周元沉吟半晌，还是下定了决心。

“再将这百里区域扫一遍，然后去其他区域猎杀天炎蜥，若是有人敢抢占这里，待我将天元笔成功进化后再杀回来便是。”

有了主意，周元不再犹豫，身形再度暴射而出。

半炷香后，周元将这百里区域扫荡过半，收获的兽魂晶才仅仅十来颗……这种结果让他无奈地摇摇头。

“看来扫荡完毕后，只能去其他地方了。”周元轻叹一声，旋即他的眼神忽地一凝，抬起头见到远处的天空忽有数道光影暴射而来，最终闯入他这百里领空。

周元双目微眯，脚踏源气缓缓升空，将他们阻拦下来。

“此地已有主，诸位请退去吧。”周元望着那数道光影，缓缓道。

数道光影现出身来，显然属于同一个势力。他们看了一眼周元，眼神惊疑地掠过他腰间的令牌：“原来是苍玄宗的周元兄……”

他们对视一眼，旋即抱拳笑道：“是我们误入了，实在抱歉，这就离去。”然后身形一动，直接掉头离去。

周元望着他们果断离去的身影，眉头微微皱了皱，隐隐感觉到有些不对劲，略一思索，跃起落在数十丈高的旗帜处，准备静待一会儿。

百里之外一座山头上，数道光影落下。

“苏锻兄，前方这片富矿区的确是那个苍玄宗的周元在镇守。”那数道人影看向山头上，那里有一道负手而立的身影，赫然便是前些天与周元赌石的炎鼎宗少宗主——苏锻。

苏锻微微点头，面庞上露出一抹冷笑，道："苍玄宗的其他人都在核心圈内争夺矿脉，这周元反而被调到这里来，看来真的是实力不济啊。"

"苏锻兄，你真打算谋夺这片富矿？那周元虽然不济，但他毕竟是苍玄宗的弟子，若我们夺了他的地方，可就是在给苍玄宗难看，到时候他们的圣子怕是不会善罢甘休。"一道人影迟疑道。

"哼，如今苍玄宗的圣子正被圣宫的圣子缠住，自顾不暇，哪里腾得出手来管这外边的事。"苏锻冷哼道。他也不是无脑之辈，双目微眯，微微沉吟，笑道："而且真要对付这小子，哪还需要我们亲自动手……"

"你的意思？"

苏锻袍袖一抖，一个玉瓶出现在手中，他轻轻抛了抛，道："这是'炎蜥涎'，对炎髓脉中的天炎蜥有极大的吸引力。你们将此物投入周元所在的区域，然后我们去引动天炎蜥，到时候附近这些天炎蜥会疯狂拥来这片区域，不用我们动手，凭周元那四重天的实力，能够抵挡得住这种兽潮吗？

"他只能狼狈退走。等他退走后，我们就可以出手清除兽潮，占据这片区域……到时候，可就不是我们从周元的手中抢夺地盘了，而是从天炎蜥的嘴中……如此一来，就是周元无能没本事，就算是苍玄宗也怪不得我们，只能斥责周元无用。"

其他人闻言，眼睛顿时明亮起来，忍不住对苏锻竖起大拇指，笑道："还是苏锻兄手段高超，周元此次怕是要吃个哑巴亏了。"

听到众人的吹捧，苏锻轻笑一声，双目微眯，眼神阴冷地望着远处。

"周元……你在交易场内扫了我的颜面，今日我得让你给我尽数还回来！

"你是苍玄宗弟子又如何，要收拾你，本少宗主有的是手段！"

第四百一十章 青鱼示警

一面巨大的旗帜矗立于赤红的大地上，光柱直冲云霄，辐射开来的光环波及周围百里。旗帜旁边，左丘青鱼慵懒地伸了一个腰，曲线动人。

她有些无聊地四处打量着，虽说如今四大巨头宗派在核心圈内激烈地争夺着，但她并没有参与进去。自己毕竟只是宗内的新弟子，跟周元相比，她此次前来才真正是混个经验……所以百花仙宫的长老也没有让她进入核心圈去争夺，而是如周元一般，将她安排在核心圈外。对此，左丘青鱼没什么不满，毕竟以她的实力的确暂时没资格去核心圈争夺。

她这片区域算是上等，当然和周元那里相比还是有些差距。乌长老给周元安排的那片富矿，虽说相对核心圈要差许多，但放在核心圈外绝对算是最顶尖的。

正因为如此，左丘青鱼这里还算安静，再加上她本身是个千娇百媚的小美人以及百花仙宫的名头，其他势力的人即便看见她独自一人，也没有前来骚扰的意思。为了一座百里左右的上等区域，还犯不着得罪百花仙宫这种巨头宗派。

种种原因导致在别的地方激烈争战时，她这边却一片和谐，甚至和谐得有点想睡觉。

左丘青鱼的小手捂着红润小嘴打了一个哈欠，忽然神色微动，小手搭在眼帘上，眺望着远方。在那个方向，她察觉到一点波动。

左丘青鱼微微沉吟，玉足轻轻一点，其身影如鬼魅般疾掠而出，犹如足踏轻风。短短数息，她便出现在一座山丘上，目光朝着前方望去，只见那里有两道人影。让左丘青鱼疑惑的是，这两人来到她这片区域，竟没有来与她争斗的意思，反而手持一个玉瓶，瓶中有异样的香气散发出来。

“轰轰！”

左丘青鱼见到大地之下震动着，竟冒出了一头头赤红的天炎蜥。这些天炎蜥饥渴地望着那两人手中的玉瓶，如疯了般追击而去。那两道人影见状，直接掉头就跑，后面跟着一大群赤红的天炎蜥。

左丘青鱼有些发懵地望着这一幕：这些人跑进她的地盘不来招惹她，反而还好心地帮忙将这里的天炎蜥引走？

“这么好心？”左丘青鱼嘀咕道。

她还是隐隐感觉到有些不对劲，沉吟了一下，娇躯便掠出。她的速度极快，悄然无声地跟上了那两道人影，而那二人未曾察觉。

跟随了一会儿后，左丘青鱼隐隐听见了他们的谈话，终于知晓了他们的目的。

她的身影躲在一块巨石后，望着远去的大批天炎蜥，小脸凝重。这些家伙竟然是要将这些天炎蜥引到周元所在的地方。

“原来是那个苏锻在搞鬼。”左丘青鱼的柳眉微蹙，旋即玉足一跺，足踏源气冲天而起。

“必须快点去通知周元。”

听那两个家伙的对话，他们还有人去其他地方引动天炎蜥，阵仗必然不小，到时候周元一人若是陷入兽潮，定会有危险。至于她的地盘，就先丢在这里吧，反正这么一块区域，百花仙宫也不是太看得上眼。

当左丘青鱼踏入感应区域时，周元第一时间察觉到了她的气息，当即有些疑惑地起身，望着从远处疾掠而来的这道青色倩影。

“你跑我这儿干吗？”周元疑惑地问道。

左丘青鱼落下来，酥胸轻轻起伏着，长长地吐了两口气，方才急声道：“快走，苏锻盯上你了，他们现在在到处驱赶天炎蜥，想要组成兽潮来对付你！”

周元闻言顿时一愣，眉头微皱。他想起了先前碰见的那数道身影，当时就感觉对方的眼神有点不对劲，眼下看来恐怕是探子……

“驱赶天炎蜥？他们有这手段？”他并不惊慌，反而在意起左丘青鱼先前的一句话。

“我看他们手中有什么东西，似乎对天炎蜥很有吸引力。”左丘青鱼瞧见周元一点都不急，连忙道，“你这笨蛋还愣着干吗，快走啊！”

在她看来，现在的周元不过是太初境四重天，此次任务恐怕跟她一样，只是来混个经验而已。而那些天炎蜥都是四品源兽，实力不弱于太初境，数量优势下，就算是七重天的实力都只能避其锋芒，周元若是陷入其中，必然极其危险。

周元的目光微微闪烁，旋即面色有些古怪地摸了摸下巴。

“天炎蜥兽潮么……”

他低头望着手中的天元笔，那第五道古老的源纹若隐若现，饥渴的感觉不断散发出来，似乎催促着他赶紧喂食，但他这百里之内的天炎蜥已被他杀得干干净净了。

他刚刚还在头疼如何喂饱此时如无底洞一般的天元笔，如果放弃这里到别处猎杀，必然会极其麻烦，说不定还会和其他势力有所冲突。哪料到……一份大礼，便这样从天而降。

天炎蜥形成的兽潮虽然的确麻烦，但对他而言，却并非不能对付……而且，那么多天炎蜥，总能满足天元笔的进化吧？

“这个苏锻……”周元咂咂嘴。

“嗯？”左丘青鱼看向他。

“真是个善解人意的好人，我觉得，他可能就是那种传说之中的贵人。”周元深有感触道。

他修炼太乙青木痕需要乙木之气，苏锻就送来了一串千年古木手串，眼下他的天元笔进化需要兽魂晶，苏锻就想尽办法为他驱赶来兽潮……面对这种全心全意为你着想的人，周元觉得有点小小的感动。

“周元！”左丘青鱼嗔怒地盯着周元。

“呵呵，放心吧，我心中有数。”周元笑道。

左丘青鱼狐疑地看了他一眼，显然不明白他这太初境四重天的实力究竟哪里来的信心，不过出于信任，她终归没有再多说。

周元站起身来，舒展了一下身子，笑道：“多亏你赶来提醒，既然他们想要送我一份大礼，那我也准备准备，好好迎接这位贵人吧。”

他冲着左丘青鱼眨了眨眼。

“既然苏锻兄这么好客，我总不能让他失望……”

第四百一十一章 兽潮袭来

周元所占区域之外，一座山峰上，苏锻负手而立，目光眺望着远方，神色从容，嘴角带着一丝玩味，有一种局面尽在掌握之中的气度。

“咻！”

数道光影从远处的天空疾掠而来，落在山峰上。

“苏锻兄，附近的天炎蜥都被我们引来了。”一人说道。

他们的声音刚落，大地仿佛微微震动起来，然后苏锻见到一股赤潮自天边涌来，赤潮中尽是天炎蜥，看这般数量怕是近千。

面对这种规模的兽潮，就连苏锻等人都面色微凝。虽说这些天炎蜥的实力大多相当于太初境一二重天，但数量累积起来就显得极为可怖。如果陷入其中，就算是他们，都会含恨殒落。

“好！”

苏锻微微惊惧后，眼中便有喜色涌现出来。天炎蜥数量越多，他的计划成功的把握就越大，周元不过是区区太初境四重天而已。

“辛苦你们了。我先前已经派人潜入，将炎蜥涎偷偷洒在其内，接下来，我们就等着看一场好戏吧。”苏锻微笑道。

其他几人闻言也笑了起来，眼中带着浓浓的幸灾乐祸。

“轰轰！”

他们说笑间，由天炎蜥所化的赤潮已奔腾而至。正如苏锻所说，这些眼神充满着狂暴的天炎蜥根本就没有理会山顶的几人，而是将赤红眼瞳投向了眼前那片地域，最后带着轰隆隆的震动声呼啸而过，冲进了那百里区域内。

苏锻等人见状再度笑出声来，然后身影冲天而起，悄悄跟在那些兽潮身后远处。

“来了……”

巨大的旗帜下，周元忽然睁开双目，他望着远处，大地的细微震动已经被他察觉。苏锻等人已经成功将兽潮引来。

身旁，左丘青鱼迷人的桃花双眸中依旧有些担忧。

“放心吧，如果情况不对，我会立即撤离的。”周元笑着安慰道。

左丘青鱼螓首微点，道：“我留在这里，如果你出了问题，我可以立即带你走。”她的速度极快，虽说真正的战斗力或许不及周元，但如果要逃，周元不见得比她快。

周元笑着点点头，没有拒绝左丘青鱼的好意。

两人再度静待了片刻，然后便见到一抹赤潮自视野尽头出现，赤潮内尽是一头头身披赤甲、眼神狂暴的天炎蜥。

望着这一幕，左丘青鱼的玉手微微紧握，有些紧张。周元的神色颇为平静，眼眸深处甚至有渴望之色涌现出来。

这么多的天炎蜥，总应该足够天元笔完成这一次的进化吧？

“轰隆隆！”

天炎蜥所化的赤潮携带着惊人的气势奔腾而来，数十息后终于接近了周元所在的区域。

后方远处，苏锻等人遥遥望着这一幕，嘴角的笑容愈发浓烈。

“这下子，看这小子究竟逃不逃……”

周元立于山头，手持天元笔，望着迅速接近的赤潮估算着距离。当绝大部分天炎蜥进入某个界限后，他手中的天元笔忽地重重一跺。

“嗡！”

仿佛有无形的波动自其脚下散发开来，只见这片大地上的一些岩石处散发出微微的光芒，仔细看去，竟是一道道复杂的源纹，光芒交织。

就在这些源纹被激活的瞬间，气势汹汹而来的天炎蜥忽然变得骚动混乱起来，如无头苍蝇般四处乱窜。

周元望着这一幕，知晓先前布置的源纹有了效果。虽然不能对天炎蜥造成太大伤害，但能够屏蔽它们的感知，令它们在短时间内变成聋子与瞎子……如此一来，天炎蜥便无法联合起来对他进行攻击，兽潮的威力自然就降到了最低，接下来只需要直接猎杀就可以了。

在这边兽潮变得混乱时，躲在后方的苏锻等人也察觉到了变化，当即面色微变。

“这个家伙，竟然早有准备！”苏锻眼神阴沉地说道。

“想必是我们招引天炎蜥的动静太大了。”有人说道。

“现在怎么办？”

苏锻的目光微微闪烁，旋即冷笑一声，道：“不用担心，他应该是用什么手段扰乱了天炎蜥的感知，就算如此，也只是暂时的，除非他能够彻底解决这些天炎蜥，不然等它们渐渐恢复，依然会聚集在这里形成麻烦。”

众人闻言暗暗点头，此地的天炎蜥成百上千，凭周元一人想要杀光，简直就是做梦。

与此同时，左丘青鱼望着眼前混乱的一幕，忍不住道：“虽然你隔绝了它们的感知，但要怎么解决它们呢？难道真要一头头地杀啊？”这么多天炎蜥，就算周元耗尽源气都杀不完吧？

周元闻言露出神秘的笑容，并没有回答。他的身影在左丘青鱼疑惑的目光中暴射而出，旋即迅速虚化，犹如化为一缕青烟，冲进了混乱的兽群中。

周元的身影如鬼魅般穿梭在兽群中，手中的天元笔微微震动，只见笔尖雪白的毫毛摆动，肉眼无法察觉的毫毛飘落而出，隐隐有光芒闪烁。

这些毫毛顺着轻风而动，所过之处便悄无声息地顺着天炎蜥粗暴的呼吸自它们鼻息间拥入，侵入它们的身躯。周元穿梭在兽群的每一个角落，手中的天元笔时不时微微甩动。

面对这种数量的兽群，周元当然不会蠢得一头头去猎杀， 那样太消耗源气，所以他采取了最干脆利落的手段——天元笔的侵蚀之纹。

他先前布置的源纹能够屏蔽这些天炎蜥的感知，其实最终目的并非让它们陷入混乱，而是在压制它们的感知后，让天元笔的毫毛能够悄然侵入。

“那小子在干什么？跳大神吗？”苏锻等人望着周元虚化般的身影如鬼魅般到处穿梭，面面相觑。因为这般动作看在他们的眼中，根本没有出手猎杀的意思，此时的周元跟无头苍蝇一般到处乱跳，滑稽得很。

苏锻有点无语，旋即冷笑道：“装神弄鬼而已。他今日若真能将这些天炎蜥解决掉，我就直接把这些尸体吃了！”

其他人纷纷点头，以周元的实力，想要清除这么多的天炎蜥，显然是不可能完成的任务。

在他们讥讽的目光中，周元的身影足足半炷香后方才飘掠上一座山头。此时的他，额头上微微见汗，手中天元笔原本雪白的毫毛笔尖都变得黯淡起来——脱离出那么多的毫毛，消耗极大。

左丘青鱼望着远处，天炎蜥依旧还在混乱地窜动，生机旺盛，并没有半点遭遇攻击的模样。于是，她眼神古怪地看向周元，道："这就是你的手段？"

面对她狐疑的目光，周元神秘地一笑，然后握住天元笔，猛然重重一跺。

"接下来……是时候表演真正的技术了。"

第四百一十二章 源兵进化

“嗡嗡！”

就在周元声音落下的一瞬，天元笔剧烈震动起来，仿佛在召唤着什么，此时，周围诸多天炎蜥忽然爆发出凄厉的惨叫声。

“嗷！嗷！嗷！”

左丘青鱼连忙看去，只见那些天炎蜥疯狂翻滚着，竟有鲜血从窍穴中流淌出来，短短不过数息，她便震惊地见到一头头原本生机旺盛的天炎蜥成片成片栽倒下来……

仿佛死亡之风刮过，所有的天炎蜥都在此时瞬间死亡……原本因为嘶啸声而嘈杂的赤红大地也在这一刻变得一片死寂。

远处，苏锻等人目瞪口呆地望着这一幕，眼神犹如见鬼般充满着惊骇欲绝之色，只因那些天炎蜥死得太过诡异。

他们因为距离远，再加上天元笔毫毛肉眼难察，自然不明白周元刚才做了什么，从他们的角度来看，似乎周元只是绕着转了一圈，然后天炎蜥便开始成群成群死去。一般说来，这种源兽的生命力颇为顽强，眼下却死得极为痛快，仿佛全部在同时遭遇到致命的重创。

这种诡异的情景，看得苏锻等人毛骨悚然。

“这小子究竟干了什么？”有人哆嗦着问道。

苏锻的面色阴晴不定，下一瞬间他的瞳孔忽然一缩，失声道：“那是什么？”

众人望去，只见那些死去天炎蜥的尸体忽然颤抖起来，一道道纤细如牛毛般的光线自其中缓缓升起。每一道雪白的毫毛上都卷起了一颗兽魂晶，漫天光华闪烁，极为华丽。

“是这些如牛毛般的东西！”苏锻目光闪烁，终于明白了那些天炎蜥为何会成片死去。

“好狡诈的小子！他在那片地域布置源纹干扰了天炎蜥的感知，然后再让这些雪白毫毛悄悄侵入天炎蜥的体内，等他一发动，那些毫毛便在天炎蜥的体内大肆破坏，那种致命的伤势，天炎蜥的生命力多顽强也顶不住。”苏锻咬着牙道。

其他人恍然，心头一片惊奇，但不再惊惧，毕竟未知的东西才最可怕，眼下搞清楚了周元的手段，自然就不怕了。而且周元这种手段虽然诡异，但也就用来对付源兽好使。

他们这边惊怒时，山头上的周元眼神炽热地望着满眼的光华，雪白毫毛收回时，顺手将兽魂晶尽数带来。

眼前估计有近千颗兽魂晶。

“想必应该足够天元笔进化了吧？”周元的手掌握着天元笔，轻轻一跺，那无数道雪白毫毛顿时卷着兽魂晶呼啸而来。

“叮咚！叮咚！”

那些兽魂晶一碰触到天元笔笔身，便直接破碎开来，其中的兽魂瞬间被天元笔所吞噬。

一道道光芒不断在天元笔上爆发，叠加后越来越璀璨，最后竟宛如一轮大日，将周元的身躯也笼罩了进去。

左丘青鱼的娇躯迅速后退，美目惊疑地望着前方的光团，她能够隐隐感觉到似乎有一股极为强大的源气波动在其中孕育着。

“这家伙似乎在用手中的笔吸收着那些兽魂晶。”左丘青鱼惊讶地低声道。

此时她方才明白，为何周元在听见苏锻驱使兽潮对付他时不仅不慌，反而表现得极为迫切，看样子他似乎正需要这些兽魂晶 ...

远处，苏锻等人同样瞧见了这一幕，面面相觑，面色渐渐难看起来，此时终于开始明白，他们费尽心机招来的兽潮反而成了福利，被周元尽数接收……

“他娘的！”

这个时候，就算是苏锻这个炎鼎宗的少宗主都忍不住骂了一声，一拳愤怒地轰在面前的巨石上，巨石顿时崩裂开一道道裂痕。

他感到非常羞怒，之前还在为自己这番完美手段微微自得，眼下残酷的事实却告诉他，他所谓的完美手段，简直就是肉包子打狗，有去无回……

“呜呜！”

在苏锻心头羞恼无比时，天地间的源气仿佛在此时变得狂暴许多，他感觉到所有源气都朝着周元所在的方向呼啸而去，宛如形成了巨大的漏斗形，上大下小，声势惊人。

“这小子在做什么？”苏锻身旁几人被这种动静吓了一跳，他们同样察觉到，似乎有一股极为强横的源气波动在孕育着。

“这是天源兵成形的征兆！”苏锻毕竟是炎鼎宗少宗主，见识不低，一眼就看出了眼前的动静。

“不过……一般的天源兵成形时虽然会有异象，但怎么也不会是眼下这种情况啊！”苏锻死死地盯着那浓烈的光团，眼中升起一抹贪婪之色。

“这绝非寻常的天源兵！”虽说他是炎鼎宗少宗主，天源兵也见识过，但眼前这种景象显然不是普通的天源兵成形！

贪婪之余，他又感觉到有些心痛。看眼下这情形，如果不是他们费尽心机帮周元引来这么多源兽，让他得到如此之多的兽魂晶，恐怕周元还不可能令那天源兵成形！一想到这般杰作有他的一份力，苏锻就有种吐血的冲动。

“呼呼！”

天地间的异动持续了好一会儿，最后笼罩着周元身躯的璀璨光环终于渐渐散去，天空上的漏斗形源气风暴呼啸而下，尽数没入了周元身旁静静悬浮着的一支斑驳深邃的黑笔之内，巨大的动静悄然平息。

周元望着身旁悬浮的天元笔，缓缓伸出手掌，握住笔身。然后，他便感觉到天元笔内涌动的那股庞大力量，脸上有一丝激动浮现出来。

这道曾经的圣源兵，在落入他的手中数年后，终于在今天进化到了天源兵的层次……

第四百一十三章 天源兵现

赤红的山头上，周元静立，身旁漆黑斑驳的天元笔静静地悬浮着，笔身隐有光芒流转，一股若有若无的强横波动散发出来。

周元激动地望着它，他能够清楚地感觉到此时的天元笔与之前相比有着多么巨大的变化。

天源兵与玄源兵，一字之差，却是天壤之别。

手掌缓缓摊开，天元笔的笔身迅速缩小，最后化为一道光线径直冲进周元的体内，又顺着他另外一只手掌射出。晋升为天源兵，天元笔已经不必被周元时刻挂在腰间，而能被直接收入气府内，时刻以体内源气蕴养。届时，两者之间的链接将会更上一层楼。

当周元握住天元笔时，他能感觉到自身的战斗力也在此时随之暴涨。

此时的天元笔应该是下品天源兵，但论起威能，恐怕一般的中品天源兵都不一定能超过天元笔。毕竟，天元笔曾经是圣源兵。

“搞了半天，原来你是想用这些兽魂晶帮你晋升天源兵！”左丘青鱼见到余波落下，美目白了周元一眼。亏她之前还在担心，恐怕看见兽潮时，周元心里不知道有多开心。

周元笑了笑，然后双目微眯看向远处，道：“既然兽潮已经解决，那也该解决一些其他的麻烦了。”

早在苏锻等人靠近时，他就感应到了他们的存在。他的神魂感知远超在场所有人，知晓这兽潮的源头便是苏锻。

虽说这家伙引来兽潮反而帮了他一个大忙，但周元可不是坐视别人算计却不反击的人，既然苏锻已释放出了敌意，自然就是他的敌人。

“被发现了。”

周元的目光看过来时，苏锻等人也察觉到了，其他人互相看了一眼，最后看向苏锻。

苏锻的目光带着一丝贪婪遥遥望着周元手中的天元笔，冷笑道：“发现了又能如何？一个太初境四重天也敢在我们面前这么嚣张？”

虽说之前周元灭掉兽潮的手段的确让人心惊，但知晓了缘由后，苏锻等人的忌惮也减弱了下来。周元那种手段用来对付灵智不高的源兽还行，用来对付他们的话，却没多大的作用。

“可他毕竟是苍玄宗的弟子……”有人担忧道。万一到时候惹恼了苍玄宗的李卿婵与赵烛，他们杀出来，倒霉的反而是自己。

“苍玄宗的人现在恐怕都自身难保。”苏锻撇撇嘴道，“而且这炎髓脉之争，本就是各凭本事，周元如果在这里被打败，苍玄宗怕是没脸来找我们这些小辈的麻烦，反倒周元回去了定是难逃惩罚。没了苍玄宗的威胁，他一个四重天的实力，又算什么东西？”

听完苏锻的话，其他人点点头，眼中的忌惮消退，再度看向周元时已有些轻蔑。的确，除了苍玄宗这层虎皮，周元这种实力还没有入他们眼的资格。

他们虽然没办法和李卿婵、赵烛这种圣子相比，但实力也达到了六重天左右，特别是苏锻，更是踏入了七重天，就算在苍玄宗的紫带弟子中也是佼佼者。他好歹是炎鼎宗少宗主，得到的修炼资源并不会比苍玄宗的紫带弟子少。

苏锻见状满意一笑，不再隐藏，身形一动，直接冲天而起，脚踏源气慢慢接近周元。

“周元，你的本事还真是不小呀……竟然连兽潮都奈何不了你。”苏锻居高临下地望着周元，道。

周元望着现身的苏锻，微微一笑。虽然已经将对方认作敌人，但一想到苏锻为自己带来的好处，他还是忍不住保留一丝温和。

“苏兄这份大礼可不轻，不然今日我真的要大费功夫了。”

苏锻的嘴角抽搐了一下，眼中透出恼怒之色，道：“牙尖嘴利！周元，我劝你现在就识相地自己滚出这片区域，这里我们占了！”

周元笑着摇摇头：“那可不行。”

“现在的你可没有说不的资格！”苏锻的嘴角泛起一抹狞笑，手掌猛地举起，寒声道，“动手！”

“轰！”

忽有一道道狂暴的源气在其后方冲天而起，宛如洪流奔腾，所过之处连地面都崩裂开来。这是隐藏着的人发动了攻击。

他们没有半点留手，也完全没有以多打少的负担，直接联手发动攻击，打算一个照面就将周元彻底击溃。

“周元，小心！”左丘青鱼见状，俏脸微变，欲施展身法救援。出手的数人都是太初境六重天的实力，联手发动的攻势更是凶悍异常，而周元只是太初境四重天，正面对抗必然一触即溃。

就在左丘青鱼的倩影刚刚掠出时，却见到周元伸出手指轻轻打了一个清脆的响指。

“啪！”

声音刚落，周元身旁悬浮的天元笔便暴射而出，宛如一抹光虹，径直与那一道道狂暴的源气洪流碰撞在一起。

“狂妄！以为有了一柄天源兵，就有资格和五位六重天硬碰了？！”苏锻见状，森然笑道。

“嗤啦！”

声音刚落，便有细微的破碎声响起，然后苏锻的瞳孔微缩，便见到那五道狂暴的源气洪流竟在一瞬间就被那支漆黑斑驳的黑笔洞穿撕裂……那种感觉，如同只是穿透了一层弱不禁风的纸一般。

“怎么可能?！”出手的五位六重天高手面色皆是一变。

在他们的感知中，那黑笔仿佛有一种奇异的力量，任何源气在它面前仿佛都极为脆弱。

“唰！”

就在他们变色间，天元笔如鬼魅般接近他们，笔尖雪白的毫毛分开，化为五道雪白的匹练。

“嗤！”

毫毛匹练洞穿空间，如五条白蟒环绕捆缚在五人周身。五位六重天的高手见状，体内源气猛然爆发，试图将那匹练震散。毫毛匹练却视那些源气防御如无物，猛然勒紧，下一刻，五人的身躯便被捆得严严实实，动弹不得。

他们疯狂地挣扎，但不论他们如何催动源气，雪白毫毛都无动于衷，并且越来越紧，令他们的身躯嘎吱作响。

周元屈指轻轻一弹，雪白匹练舞动起来，在空中带起巨大的弧度，然后在一阵惨叫声中，五道人影被狠狠地摔砸在地面上。

“轰！”

整个大地都颤抖着，一个巨坑出现，五道人影满身鲜血地躺在其中，不知死活。

雪白毫毛迅速收回，一个闪烁，天元笔出现在周元面前，笔身微微摆动，似在炫耀一般。

半空中的苏锻眼角微微抽搐地望着这一幕，谁能想到，周元都没出手，他面前那支神秘斑驳的黑笔便在一个照面间，击溃了五位六重天的高手……

一般的天源兵，哪有这等威能？！

第四百一十四章 第五纹成

谁都无法想象，十数息前，巨坑内生死不知的五道身影，皆是实力达到太初境五重天的高手……此时，他们却被一支笔解决了。

周元望着悬浮在面前的天元笔，面容虽然平静，眼神深处却掠过一丝惊叹与欣喜。天元笔展现出来的威能超出了他的想象。

周元伸出手掌，缓缓握住笔身，眼中微现炽热。这柄曾经的圣源兵在落入他手中数年后，如今终于开始显露出些许峥嵘。有了此物，对他而言，无疑是如虎添翼。

半空中，苏锻望着不知死活的五人，眼皮跳动，沉默片刻，然后将森然的目光投向周元。他没想到针对周元总是诸事不顺，这让他心头邪火大冒。

“我就不信，我堂堂炎鼎宗少宗主，今日还制服不了你一个苍玄宗的普通弟子！”

“轰！”

苏锻的冷喝声响起时，雄浑的源气便如狼烟一般自其天灵盖冲天而起，那股源气威压远比之前数人都要强横。

苏锻的面色冷厉，双手缓缓贴近。

“熊熊！”

炽热而狂暴的源气在掌心疯狂地压缩凝聚，最后形成一团约莫人头大小的火球，内部隐隐有一座鼎影。

“炎鼎术！”

“熊！”

火球升空而起，陡然炸开，那座燃烧的炎鼎迎风暴涨，化为百丈左右大小，夹杂着狂暴的力道，当头狠狠地朝着周元镇压下去。

苏锻出手毫不留情，炎鼎术乃是他们炎鼎宗闻名的上品小天源术。

炎鼎带着炽热呼啸而下，但周元的眼神毫无波动，他手握天元笔，雪白的笔尖忽然浮现出点点幽黑纹路。短短数息，原本雪白的笔尖变得漆黑如墨。

周元手持天元笔，笔身一震，长枪如龙，漆黑笔尖带起深邃之光，洞穿了空气，选择最强硬的姿态，与呼啸而下的炎鼎撞击在一起。

“当！”清脆的声音响起。

苏锻见状，嘴角掀起一抹冷笑，手印一变：“爆！”炎鼎上顿时有极端狂暴的波动绽放。

就在炎鼎将要爆炸的一瞬间，犹如一抹黑光掠过，苏锻嘴角的冷笑随即凝固，因为他见到当黑笔落下时，炎鼎竟然直接一分为二，生生被那幽黑的笔尖斩裂开来……

“怎么可能……”苏锻的瞳孔紧缩，骇然失声。他那炎鼎乃是以纯粹的源气所化，极端狂暴，稍稍碰撞便会爆炸开来，造成更强的破坏力，眼下怎么会被周元一笔斩裂？

那种感觉犹如他的源气所化的炎鼎，在周元笔尖之下极其脆弱……

“我不信！”

苏锻的面庞扭曲了，一声厉喝，双手合拢，赤红源气席卷而出，竟在其面前形成四座炎鼎，每一座炎鼎都散发着狂暴的波动。

“给我砸碎他！”

四座炎鼎接连呼啸而下，尚未落地，地面已崩裂出一道道裂痕，可见苏锻这般攻势之凶悍。

热风呼啸，掀动着周元的头发。

他抬头望着急速落下的炎鼎，神色依旧没有波澜，手中天元笔划起寒光，笔尖的毫毛漆黑深邃，闪烁着奇异的纹路。

“当！当！”

天元笔划起黑芒，犹如化为四道残影，几乎是同一时间，重重点在呼啸而下的四座炎鼎之上。

“嗤！嗤！”

四座炎鼎仿佛在一瞬间凝滞。

然后，黑色的笔尖带着闪烁的黑芒，从炎鼎中笔直捅穿，黑芒如电流般蔓延，四座炎鼎在此时被悄然分解、崩裂……

左丘青鱼望着这一幕，忍不住捂住小嘴。她没想到，苏锻如此狂暴的源术攻势在周元的面前脆弱得如纸一般。不知道为何，周元似乎对这些源气攻势有独特的破坏力。

半空中，苏锻的眼神有些呆滞，他引以为傲的攻势却被周元如此轻易地破解，对他的打击着实不小。

“怎么会这样?！”他喃喃道。以往与人交锋，根本没人敢近距离接触他的炎鼎，因为炎鼎术最可怕的就是最后的爆炸。但先前炎鼎与周元碰撞时，仿佛有一股奇异的力量，直接将狂暴的源气压制下来，最后再悄无声息地将其化解。

“是那支黑笔！”苏锻心头一震，目光死死盯着周元手中的天元笔，笔尖上闪烁着诡异的黑芒。

似乎正是这些黑芒，轻易撕裂了他的源气攻势。

周元抬头望着面色铁青的苏锻，淡淡一笑，掌心猛然一震，手中的天元笔化为一道流光冲天而起。

“唰！”

天元笔化为一道黑芒，闪电般对着苏锻暴刺而去，速度之快，仅在虚空留下若有若无的残影。

锋锐无匹的劲风扑面而来，苏锻嘴巴一鼓，下一瞬间，赤红源气喷吐而出，宛如滚滚火焰，迅速在面前形成了一面厚厚的源气之盾。

“嗤！”

漆黑的笔尖重重地撞击在源气之盾上，黑芒闪烁，然后，苏锻瞳孔紧缩地见到，黑芒之下，他的源气防御竟犹如被侵蚀般渐渐碎裂开来。

似乎那黑芒面对任何源气都有独门的破坏之力。

“唰！”

这个念头闪电般掠过心中，旋即苏锻的头皮一麻，身形暴退。就在这一瞬间，源气之盾爆裂开来。

丈许的黑笔迅速缩小，化为正常形态，但其速度却快到一种极其惊人的地步，就连苏锻都只能见到一道模糊的影子掠过。

“好快的速度！”

苏锻骇得不轻，这种速度已经快到超出他的感知。

下一瞬，还不待他有任何反应，便感觉到一股寒气直冲咽喉，暴退的身形瞬间凝固，不敢再有丝毫动弹。

冷汗从额头上流下，此时在他咽喉前半寸的位置，纤细的黑笔静静地悬浮着，笔尖处黑芒若隐若现。

下一刻，这支黑笔就能洞穿他的咽喉。

死亡的气息萦绕心头。

苏锻咽了一口唾沫，面庞露出干涩的笑容，微微颤抖道：“你赢了，这里是你的地盘，我们马上退出去。”

他的双眼微带惧意，望着下方那道修长的身影，此时哪里还不明白，眼前这个看上去只是四重天的周元，就是一头披着羊皮的狼！四重天不过是为了掩人耳目！

听到苏锻的话，周元露出温和的笑容，手掌一招，天元笔倒射而回，落入手中。

他的手指轻轻地摩挲着斑驳的笔身，抚过那第五道古老的源纹，眼中同样掠过一抹惊艳之色。

苏锻所有的源术攻势都被他以一笔破之，最主要的原因，便是这第五道源纹。

天元笔，第五纹，号——破源！

第四百一十五章
圣宫动手

所谓破源，便是能够破除天下源气，面对任何源气攻势，这道破源纹都会展露出一种专门的克制力与破坏力。简单来说，任何源气面对破源纹，其威力都会被削弱，这也是苏锻全力以赴的攻击在周元面前如此脆弱的主要原因，在破源纹面前，他所有的源气攻势以及防御都没多大作用。

这就是天元笔第五纹——破源。

当然，并非任何源气攻势与防御都对周元没了效果，破源也有极限，而那种极限便取决于周元自身的实力，他越强，破源纹自然就越强。

如果他面对的是实力远超于自己的敌人，破源纹就只能起到削弱对方源气的作用，虽然这一点从某种角度来说已经很不凡，但并不会如先前那波攻势般摧枯拉朽。

在破源纹的协助下，这场来自苏锻等人的挑衅很快结束，最终结果便是苏锻带着他那几个不知死活的朋友狼狈逃出了周元所在的这片区域，留下了满地兽尸以及狼藉。

周元没对苏锻怎样，虽说后者屡屡想用小手段来恶心他，但其实这种层次的人现在已入不了他的眼。即便没有天元笔的进化，他要收拾苏锻也费不了多少手脚。对于没有威胁的事物，他还是比较宽容的。

赶走了苏锻，周元手中的天元笔化为一道流光钻进掌心，最后静静悬浮于气府中，吞纳源气。

左丘青鱼轻迈玉足走上前，水汪汪的美目惊奇地盯着周元，道："看来我是白担心一场了，苏锻根本不是你的对手啊。"

她的内心有点震惊，苏锻虽然只是刚刚踏入七重天，但周元也才太初境四重天而已，可即便如此，苏锻在周元的手中竟没有半点抗衡之力。那周元的战斗力得多强悍？她之前还担心周元进入苍玄宗后泯然于众人，这种巨头宗派的天才实在太多，周元能够在他们苍茫大陆脱颖而出，可这种战绩放在苍玄宗只能说是普通。

不过如今来看，她的担心多余了。眼前这个家伙，不管到了哪里，似乎都与众不同。

周元闻言笑了笑。

“好了，既然你这边麻烦解除，那我也得去守着我那一亩三分地了。”左丘青鱼的小手轻轻拍了拍，笑盈盈道。

“多谢了。你那边如果有问题，就来找我。”周元笑道。双方算是熟识，他也没过多客气。

“嘁，只会用打架解决问题的蛮子……我这般漂亮，论起威力可比你那天源兵还要强。”左丘青鱼红唇微撇，小手捧着如玉般的精致脸蛋，骄傲道。

周元哑然，没法辩驳。对很多男人而言，左丘青鱼的容颜还真有无法抵御的魅力，拜倒在其石榴裙下，被迷得神魂颠倒，是很正常的事，从某种角度而言，还真不是一般的天源兵能够相比的“武器”。

“走啦。”

左丘青鱼玉手一摆，娇躯疾掠而出，如百花在轻风中飘扬，身影优雅动人，但又令人无可琢磨，短短一会儿，便消失在周元的视野中。

望着左丘青鱼离去，周元在巨大的旗帜下盘坐。如今天源兵成功进化，他不用再四处去猎杀天炎蜥。而经过苏锻他们的败北，想来其他势力也不太敢来打他这里的主意。接下来一段时间，他这里应该会极为清静。

“那便继续修炼天阳神录吧……”

周元自语，然后袍袖一挥，一道道赤红如血般的岩浆升起，赫然是前些天在赌石场赢来的炎髓。这些炎髓能够提升火属性的功法或者源术的威能，天阳神录正属于此。

天阳神录修炼出的那一口天阳火如今只是小成，大成的天阳火会由白色化为深青色，若是能够修至圆满，则会从深青化为暗金色，到那时候，一口天阳火喷出，真的是拥有着焚山之力。

周元得到炎髓后，便开始修炼天阳神录，如今白色的天阳火已经比之前变得更为霸道强横，想要踏入大成还需要进一步努力。

周元的目光盯着眼前缓缓流淌的炎髓，微微一吸，一缕缕血红的火线升起，顺着鼻息涌入他的体内。顿时，炽热的气息在体内散发，周元的身躯变得极为滚烫。

周元神色不动，忍受着那种灼痛感运转天阳神录，白色的火苗在体内升起，将那一缕缕血红的火线不断地吸收炼化……随着这般炼化，白色的火苗中开始有点点青光浮现。

赤红大地上，周元的身影静静盘坐，面前的炎髓流淌，释放着高温。

时间流逝，很快便是将近半日过去。

周元面前的那一道炎髓逐渐黯淡，已被吸收殆尽，化为火苗，最终消散开来。

周元紧闭的双目在此时缓缓睁开，他感应着体内那道白色火苗上的青色愈发浓郁……

“还差一点。”

周元深深地吐了一口气，消耗数道百年份的炎髓后，他这口天阳火终于开始接近大成的境界。

“此番出来也算是收获不小。”周元自语道。留在宗内，他是没办法得到这些炎髓的，所修炼的天阳火也只能停步在小成的境界。

“吱吱！”

就在周元感叹间，忽然耳中有细微的吱吱声传出。他怔了怔，旋即想起自己的耳中有一颗传音石，只是之前并没有任何声音传来，他都快忘了这一茬。

“李卿婵师姐、赵烛师兄……我这里有人闯入，是圣宫的人！”传音石中，一道急促的声音响起，应该是一位剑来峰的弟子。

传音石中沉默了一会儿，随后李卿婵的声音响起：“许斌，你那里有几位圣宫弟子闯入？”

“一人。”名为徐斌的弟子迅速回道。

“你只需固守即可。”听到是一人，李卿婵微微松了一口气。圣宫那支队伍中，除了王离、曹金柱二人，其他人的实力与他们这边相差不大，如果只是一人，不见得就能够对付徐斌。

接下来，传音石内再度陷入寂静。

这种寂静持续不到一刻钟便被打破，一道有些震惊与虚弱的声音响起：“李师姐，我这里失守了。对方很强，远比我强！我在撤向吕师兄镇守的区域，但对方紧追着我……”

其他人闻言顿时齐出声，传音石内有些混乱。

“怎么可能？圣宫的人实力与我们相差不大，你怎么可能这么快就败了？”是秦海的声音。

“难道是王离和曹金柱出手了？”白璃立即问道。

赵烛低沉的声音响起：“徐斌，是谁出手？”

“不是王离和曹金柱……”徐斌的声音相当虚弱，显然已被重创，“是杨玄！”

“杨玄？”李卿婵与赵烛的声音微显疑惑。他们关注的都是圣宫的圣子，杨玄并不在这个层次。

“徐斌，你退守至吕梁那里，联手守住。”李卿婵迅速命令道。

“是。”徐斌应道。

之后传音石内安静下来。

周元眉头微皱，这个杨玄果然不简单，不知道徐斌和吕梁联手能否守住……

他静等了半晌，耳中的传音石终于有声音响起。

“李师姐、赵师兄，我与徐斌联手，同样败在了那个杨玄手中。”那道紧张的声音应该就是吕梁，只不过他说出来的话让传音石内一片寂静。这下子所有人都知道不对劲了。

李卿婵的声音变得凝重起来，道：“所有人立即撤退，在白璃处汇聚。这杨玄应该就是圣宫此次隐藏的手段。你们先行汇聚，再寻找反击之机，我和赵烛会伺机出手。”

这个时候光守着地盘已经没用，必须和圣宫正面斗一场了。

“是！”

传音石内传来诸多声音，然后再度归于寂静。

周元的目光微微闪烁，面色有些凝重，看这样子，圣宫的手段终于开始显露了……

第四百一十六章
圣宫杨玄

炎髓脉，核心圈内。

一片赤红大地上，七道人影汇聚于此，领头者便是白璃与秦海，此时他们面色极为凝重地盯着远处。他们的身后，还有数道身影。

众人的后面有两道人影盘坐在地，面色苍白，显然身受重创，正是吕梁与徐斌，先前他们在守卫各自地盘时被杨玄击溃。

“徐斌、吕梁二人都是太初境七重天，就算我与白璃任何一人想要击败他们都需费一番周折，没想到那个杨玄竟然如此之强！”秦海看了一眼后方的两人，面色凝重道。

“看来他隐藏了实力。”白璃点点头。她的长发束着马尾，看上去英姿飒爽，只是柳眉紧蹙。

“如果真是如此，这个杨玄的实力恐怕已经达到了七重天后期，比你我二人都要稍强一线。”

两人对视一眼，都看出了对方眼中的忌惮。如果杨玄真的如此之强，那他们此次的压力还真是不小。

“来了！”忽然，白璃望着远处的眸子一闪，沉声道。

其他弟子闻言神色一紧，周身源气涌动起来。

所有视线望着远处，只见那里的地平线上传来破风声，数道人影脚踏源气破空而至，最后落在白璃他们前方。

赫然是圣宫的弟子。

在众人之首，一名气度不凡的白衣青年负手而立，面带笑容，眼眸中却没有任何波动。

正是杨玄！

……

与此同时，炎髓脉火山口之外，一座山头上，乌长老盘坐着。在他的面前，源气形成光镜，投影出的景象正是白璃等人与杨玄他们对峙的一幕。

乌长老苍老的面庞惊怒地望着源气光镜，然后抬起头，眼神冰寒地望着不远处圣宫的长老，寒声道："你们圣宫行事未免太过霸道！"

"资源之争，本就是胜者为王。"圣宫的长老讥讽一笑，道，"说到底，还是你苍玄宗胃口太大。如果你们老实一点，跟百花仙宫与北溟镇龙殿一样只分一杯羹也就罢了，偏偏要来和我圣宫争夺最肥的一块，你真当苍玄宗还是以前吗？"

此次百花仙宫与北溟镇龙殿都只派了一位圣子前来，并不打算抢占大头。而圣宫与苍玄宗则各不相让，大有互争一番的架势，自然会有冲突。

乌长老面色阴沉道："谁输谁赢还不一定呢！"

"那就拭目以待吧。"圣宫长老大笑一声，脸庞上有一抹不屑之色浮现出来。

……

"呵呵，各位都齐聚这里，还真是不错，省得我一个个去找。"杨玄十指交叉，笑眯眯地望着眼前的白璃、秦海等人。他一脸和气，仿佛不是上门挑衅，而是来串门一般。

"其实我过来只是想和你们商量一下……此次炎髓脉之争，你们除了两位圣子所占的地盘外，还可再占百里……也就是你们现在脚下的这片区域。当然了……有这三片区域后，其他地方就希望你们不要再去染指了。"杨玄含笑道，"因为其他地方，都是我们圣宫的了。"

说是商量，但他的语气里却没有半点商量的意思，反而有一种最后通牒的味道。

白璃、秦海的面色变得难看起来。他们苍玄宗本来打算最少抢得六块核心圈的区域，就是六百里的富矿，眼下杨玄一开口就剥夺了一半。如果只有三百里，他们此次的任务就算是表现不佳。

"真是好大的口气，吃我们一半的地盘，你也配？"秦海怒笑道。

杨玄闻言摇了摇头，叹了一口气："看来你们是不同意啊……"

他的笑容渐渐变得有些森然："敬酒不吃吃罚酒，那就怪不得我今日不给你们苍玄宗留颜面了。

“把他们打断腿从这里丢出去。”他伸出手掌轻轻一挥，“白璃和秦海，交给我。”

其身后数位圣宫的弟子不怀好意地盯着白璃、秦海后面的数位苍玄宗弟子。

杨玄脚下的源气涌动，驮负着他缓缓升空，目光直接锁定白璃、秦海二人，道：“你二人最好还是一起上，不然就没多少机会了。”

白璃与秦海对视一眼，看向身后的人，道：“你们拦住其他人。”然后两人脚踏源气升空，与杨玄对峙。

从先前的打斗来看，杨玄的实力的确极强，换作他们任何一人，单打独斗都不一定能够胜过。既然对方要托大，那就抓住这次机会。

半空中，杨玄望着眼神微微闪烁的白璃、秦海二人，忽然笑道：“虽说你们两人联手会多一丝机会，不过，你们的胜算几乎可以忽略不计。”

“那我们倒要试试了！”白璃冷笑道。

秦海一声冷哼，雄浑的源气自其体内缓缓散发出来，锋锐无匹，源气中仿佛有剑意涌动。

白璃肌肤上玉光浮现，小手紧握，看似娇小的身躯却有一股可怕的力量汇聚着。她出自洪崖峰，走的是外炼一道，专以源气蕴养肉身，浑身战力都源自肉身。

杨玄望着严阵以待的两人，偏了偏头，微笑道：“我入圣宫四年，初进时是圣宫有名的天才，往后的日子却没人能够记起我……在他们眼中，数年时间，我不过从太初境一重天到了五重天，这种修炼速度实在有些不堪。你们知道原因吗？”

白璃与秦海眉头皱了皱，眼下的杨玄可不像只是五重天，而应该是七重天后期。

“因为我将自身的源气封印了。”杨玄冲着两人露出诡异的笑容。他缓缓抬起手臂，衣袖滑落，只见手臂上一道红得刺眼的图纹正缓缓碎裂。

“轰！”

就在此时，白璃与秦海震惊地察觉到，杨玄体内的源气再度猛然暴涨，赫然达到了七重天圆满的地步，距离八重天仅半步之遥！

狂暴的源气宛如风暴一般自杨玄体内肆虐开来，带来了强横的压迫。

杨玄望着面前脸色剧变的二人，嘴角的笑容渐渐变得狰狞。

“现在，我们来好好玩一玩。”

（未完待续）

番外·剑瞎子

自武王篡周，开创大武王朝后，大武国力渐渐鼎盛。武王雄心勃勃，四面开疆拓土，战果累累。原本大武国周边一些王朝皆与其有过战争，最后纷纷落败，只得割地。一时间，大武之锋芒无人可撼。

直到大武王朝的兵峰抵至大陆西北的一座古老王朝——剑王朝。

剑王朝矗立于苍茫大陆已有千载，乃是老牌霸主，威名显赫。只是千年岁月，让这曾经锋锐无比的王朝锋刃暗藏，隐于鞘中。

不过巨虎老矣，依有凶威。当大武这个新兴王朝来势汹汹时，剑王朝将隐匿的锋芒展露，毫不犹豫斩向大武王朝。

双方在漫长边境线上展开了激烈的攻伐，一年内各有胜负，都在战争泥潭中投入了巨大的人力以及资源，试图将对方彻底击垮。

为此，双方费尽心机使出了种种手段。

……

直到某一日，大武王朝在战场上设立了一座擂台，大武太子武煌亲自登台，发帖挑战剑王朝。

此举立时激怒了剑王朝，接下来的数日，军中实力高强者纷纷请缨出战。据说大武太子武煌已踏入天关境，故而请战者大多也是这个层次。

至于太初境，已是双方王朝中极为顶尖的人物，自然不可能拉下颜面与一个少年擂台相战，那样就算是赢了也不光彩。

军中强者踊跃参战，剑王朝颇为满意，只不过接下来几天他们便品尝到了轻视那位大武少年太子的苦果。

四天八场擂台战！

剑王朝派出的八位军中天关境高手尽数惨败，被大武王朝的少年太子一个不剩地斩杀于擂台上。鲜血染红擂台，大武的少年太子此刻宛如一尊杀神。

……

“咻！”

战场上，破风声响起，一道影子呼啸而过，最终在无数剑王朝军士的注视下，重重地钉在了营门之前的柱子上。

只见一具尸体被一柄长枪洞穿，被死死地钉在柱子上，鲜血顺着柱子流淌。

对于那具尸体，剑王朝的士兵都不陌生，乃是他们军中一部的将领，一炷香前，正是他冲出军阵，登上了那座巨大的擂台。

但显然……他不是那位大武王朝少年太子的对手。

这种结果让诸多士兵惊惧，要知道这位将领可是天关境后期，而那少年太子不过天关境中期而已。

这大武的少年太子竟然强到这种地步？

难道，真要逼得他们剑王朝出动太初境强者吗？！

“大武无敌！”

“太子无敌！”

……

在大武接连不断的军阵之中，震耳欲聋的欢呼声爆发而起，整个战场仿佛都在微微抖动。而剑王朝军阵则一片寂静，士气也在这种寂静中渐渐低落。

任谁看见对方一位少年太子将己方的大将如同杀鸡般一个个斩落，都无法保持斗志。

“砰！”

剑王朝军阵中的一座哨塔上，一名披着战甲的老人面色铁青地望着这一幕，铁拳重重砸在木栏上，虎目中有火焰在涌动。

老人名为韩光，乃是剑王朝大军最高统帅，身具皇族血脉，地位显赫。

“该死，这小儿当真猖狂！”老人声音含怒，但又有一些无可奈何。那大武的少年太子年龄不大，天赋却极为可怕。

老人身后，一干军中将领也面色忿忿。

“要不直接派出太初境强者斩杀这黄口小儿！”有一将领杀意浓烈地道。

老人面沉如水道：“那大武岂会没有防备，若是我们太初境强者出动，他们必然也会派出太初境高手拦截，最后将再度演变成两军鏖战。”

“难道任由这小儿在战场上摆下擂台吗？这样继续下去，对我大军士气影响不小。”另一名将领说道。

老人沉默下来。这几天他们军中派出的天关境高手被大武的少年太子尽数斩杀，损失可谓不小，如今再派天关境强者出去，恐怕也没有效果。

“传闻武王当年篡周，夺了大周那位太子的圣龙气运，灌注于他那一儿一女。如今看来，眼前就是得了大周太子一半圣龙气运的那位了……”

“果真是妖孽般的人物。”

老人叹了一口气，最终挥了挥手。

“传令下去，挂免战牌，闭营，不再理会对方的挑衅。”

听到老人此话，在场诸多将领感到极为憋屈。偌大剑王朝竟然被一个少年逼得闭营不出，真是让人颜面扫尽。

但他们也知道，除此之外，还能如何？

大武的少年太子年龄虽小，那般锐气以及实力却强得让人心悸，真不知晓，大武究竟是如何培养出这般人物的。

……

剑王朝营门紧闭时，军中的一片区域与军阵其他地方的森严不同，显得要松缓一些，因为来往其中的大多数是戎装的少男少女，充满青春活力。

他们来自剑王朝的剑堂。

剑堂，有点类似大周王朝的大周府，王朝内优秀的少男少女都会进入剑堂修行。

剑王朝与大武王朝开战，他们赶赴边境，一是保家卫国，二是借助战场磨炼自身。

少年心性，即便身处军营，也没有害怕的心思，反而显得嘈杂沸腾。军中的将领没有多管，只要不惊扰到其他军阵，就由得他们。

此时这片区域的中央位置，数百名少男少女汇聚在一起，看他们的面色皆是义愤填膺，显得颇为愤怒。

“那大武的太子真的是太张狂了！”

“难道我们剑王朝内就找不出人制服那武煌吗？”

“军中这么多天关境的高手都被其斩杀，除了太初境出手，谁能奈何得了他？”

“该死！那就这样看着他每日耀武扬威，打击我们的士气吗？！”

……

争吵声不断响起，都是因为大武太子武煌所设下的擂台。

“玲珑姐，韩帅有什么打算吗？”人群居中的位置，有人问道。

众人的视线汇向一名紫衣少女。少女容颜俏美，青丝束成马尾，腰肢如柳，极为明慧动人。

少女名为韩玲珑，乃是剑王朝统帅韩光的孙女，也是皇族之人，地位尊贵，在剑堂，她是万众瞩目的焦点，所有人眼中的公主。

虽说地位尊崇，韩玲珑的性子却并不冷傲，反而颇为亲和，能够和众人打成一片，所以在剑堂中她的人气与威信都极高。

此时少女听得众人问话，纤细的柳眉轻蹙，微微摇了摇头，道：“武煌实力极强，年龄与我们相差不多，却堪称太初境下第一人。如果太初境不出，恐怕无人是他的对手。”

众人闻言，神色黯淡下来，情绪一时有些低落。

韩玲珑见状轻叹一口气，旋即美眸忽地望向不远处，那里有一道人影出现，当即俏脸上表情微显复杂。

那人身穿黑衣，身躯修长，只是其双眼处缠绕着黑带，遮掩了双目——竟是一对瞎眼。他抱着一堆木材，步伐缓慢，没有走向他们这里，而是走向柴房。

那般样子，与他们这边的气氛格格不入。

“李纯钧……”

韩玲珑贝齿轻咬红唇。对于眼前的人，她何止记忆深刻。

当初李纯钧能够进入剑堂，便是由她亲自举荐。在进入剑堂后，李纯钧展露出惊人的天赋，短短不到两年，他便打通八脉，踏入养气境。他成为了剑堂中最为出名的平民天才，不知引得多少少女倾慕崇拜。

那时候李纯钧的气势何等飞扬，甚至连韩玲珑都会在修炼场中为他驻步，少女眸子流转深处，藏着丝丝情愫。

然而，一切都在两年前改变了。

当李纯钧一次历练归来时，双目尽瞎。自那之后，曾经飞扬的少年开始沉默，锋芒散去，犹如一柄锋利的长剑布满了斑斑锈迹。

双目尽瞎后的李纯钧犹如换了一个人，面对任何挑战都选择退避。渐渐地，曾经的平民天才光环退散，取而代之的是一些非议之声。

曾经的天才，当双目陷入黑暗时，勇气似乎也随之而散，再不敢接受任何人的挑战。

于是，当初的荣耀成了剑堂中的笑话。

韩玲珑为此找了李纯钧很多次，她想要他振作起来，就算没有了双目，只要勇气不灭，手中的剑依旧锋锐。但每一次，瞎眼的少年都沉默以对，犹如一块石头，一言不发。

她不明白，为什么李纯钧会变得如此软弱。

最终少女渐渐失望，双方关系开始冷却。

陷入往事回忆中的少女微微沉默，只是那眸子还停留在远处的黑衣少年身上。

此时周围的少男少女发现了，一些心仪韩玲珑的少男心中醋意涌动，忍不住道："这李纯钧真是可惜，如果他能够保持当年那种势头，说不定如今就能和大武太子抗衡。"

"呵呵，现在的他早已没了那种与人交锋的勇气，怪不得会被分配到柴房去。"

"唉，可惜哟。"

"现在的李纯钧，哪有资格跟武煌比？"

……

众多少年纷纷出言，都在贬低李纯钧。

听到他们这些话，韩玲珑的俏脸有些冰冷，于是那些声音又渐渐变低了。

韩玲珑站起身来，直接转身离去。

瞧见韩玲珑离去，众多少年看向远处黑衣少年的目光中，不由得多了一些不满。

……

夜色笼罩，连绵的军阵中篝火升腾，驱散着黑暗。

无人的篝火前，黑衣少年沉默地坐着。忽然，他的耳朵动了动，感觉到一阵熟悉的香风涌来，然后一道柔软的身影坐在了身旁。

韩玲珑的玉手托着香腮，怔怔望着眼前的篝火，也不说话。

“咕咕。”

沉默持续了半晌，有奇怪的声音响起，黑衣少年的身体僵了僵——那是从他肚子里面发出来的。

他在柴房总是少不了克扣，每日的食物仅仅只能勉强维持温饱。

韩玲珑歪着头看着李纯钧，嘴角似乎弯了弯，然后从怀中掏出了几块干饼，塞在李纯钧的手中。

李纯钧声音有些干涩地道：“不用了。”

“吃！”韩玲珑声音平静，却有着不容置疑的味道。

李纯钧知晓她的脾气，当即只能慢慢将干饼塞进嘴中。

篝火旁，唯有李纯钧吞咽的声音，气氛依旧有些沉闷。

韩玲珑静静等待着李纯钧吃完，两人再度沉默下来。许久后，少女终于站了起来，转身就走。

李纯钧的嘴唇动了动，终究没有声音传出。

韩玲珑的脚步最终还是停了下来，她咬着银牙道：“李纯钧，你就没有什么要和我说的吗？这两年来，你就不打算给我一个解释吗？”

李纯钧沉默着。

韩玲珑玉手紧握，猛地转身，来到他的身旁，怒声道：“你的眼睛究竟是怎么瞎的?！”

韩玲珑死死地盯着他，脸颊上浮现出失望之色。她转身而去，这一次带着决然。

李纯钧似是感受到了她的情绪，嘴唇再度蠕动，最终低沉的声音轻轻响起：“知道‘天剑镜’吗？”

韩玲珑的脚步猛然顿住，俏脸上有难以置信之色浮现出来。

李纯钧的声音没有波澜，只是缓缓道："当年出去历练，我被人以天剑镜困住十天，最终我自毁双目，方才能破镜而出……"

韩玲珑的娇躯微微颤抖着，声音有些艰难干涩地道："天剑镜？怎么可能？！"

她对这天剑镜如何不熟悉……这是他们剑王朝皇家之宝，寻常人根本不可能拥有。也就是说，李纯钧的眼睛是被皇家之人以天剑镜所害？！

"是……是因为我吗？"

韩玲珑是聪慧的人，稍稍一想便明白了，声音颤抖地问道。

当初的她对李纯钧的情愫虽然有所隐藏，但还是被人所察觉。她是公主，皇室中恐怕有人不满于此，便暗地出手，毁了这个曾经显赫于剑堂的平民天才。

而且，能够为了她做到这一步的人，恐怕与她的关系不一般。

她转身，一步步走向篝火旁那道孤寂的身影，眼眶红了起来，喃喃道："为什么不早点告诉我？"

李纯钧沉默下来。这种事情如何说？说出来后又能怎样？

眼瞎之后他倒觉得并非是坏事，如今的他比以往更加心静，未来的他只想极于剑，其他一切或许都只能放下了。

"我会把事情查清楚的！我会给你一个交代！"韩玲珑咬着银牙，声音变得冰冷。她无法忍受这种事情。

李纯钧没有说话。

韩玲珑坐在篝火旁，望着眼前少年不起波澜的面庞，眼眶红起来，最终低泣出声，哽咽道："对不起，都是我害了你。"

如果她当初能够收敛对李纯钧的情愫，或许他就不会遭受到这些。

李纯钧轻轻摇头，道："不用对不起，玲珑。从始至终，我都感激你带我进入剑堂。"

篝火旁，少女轻泣，少年沉默，气氛压抑。

许久后，韩玲珑站了起来，她看着眼前的少年，道："不管如何，我都会给你一个交代！"

"还有……"她的眸子中流露出难过，"我听皇族中有消息说，如果大武还不退兵，我们剑王朝打算与西面的天山王朝联盟，共抗大武……

“而我……则会以公主的身份与天山王朝联姻。

“李纯钧……对不起！或许，从一开始，我就不该带你进入剑堂。”

泪水从少女脸颊上滑落，在篝火的照耀下反射出光泽。少女看着黑衣少年，忽地低头，重重地吻住了少年的嘴唇，然后转身跑走。

少女的背影显得无比的凄美。

李纯钧坐在篝火旁，沉默许久，直到篝火渐渐熄灭。

他轻轻抚摸着嘴唇，最后伸出手，摩挲着身旁躺着的一柄黑色重剑。重剑无锋，光芒晦暗，但在即将熄灭的火花下，隐隐倒映着一抹令人心悸的锋芒。

“黑魔……

“这么久了，你应该也寂寞了吧？

“听说剑王朝之外有很多高手，等我们将这里的事了结后，就去更远的地方看一看吧。”

……

“咚！咚！”

第二日清晨，剑王朝的军营中忽有擂鼓之声响起。

一夜未睡的韩玲珑俏目中还有着红丝。她从营帐中走出，见到诸多少男少女蜂拥而出，整个军营仿佛都在传出骚动。

“怎么回事？”韩玲珑抓住一人，急忙问道。

“有人出阵迎战武煌了！”那人回道。

“是谁？！”韩玲珑惊愕地问道。

那人却吞吞吐吐说不出话。

韩玲珑似是意识到了什么，猛地跑出去，登上一座哨塔，然后她便脸色苍白地看到，营寨之外一骑黑马闯关而出。

黑马之上，有一黑衣少年，身负黑色重剑。

像是察觉到了一道目光，黑衣少年转过身来，缠绕着黑布的双目似乎能看到韩玲珑，脸庞上浮现出一抹笑容。

“嗡！”

无匹锋利的剑气自黑衣少年的体内冲天而起，一瞬间，清澈剑鸣之声响彻。

这一刻，在诸多剑堂弟子眼中已变成软弱废柴的黑衣少年，仿佛一柄尘封许久的剑，再度展露出惊人的锋芒。

这一刻，曾经显赫于剑堂的平民天才，再一次出现在所有剑堂弟子的眼前……

（番外·剑瞎子 完）

YUAN ZUN

元尊 6 · 逆流而上

作者
天蚕土豆

选题策划
知音动漫图书 · 时代坊

封面插图
Dr. 大吉

封面 & 内文设计
方 茜

策划编辑
陈 婧

执行编辑
杨 鸿

责任发行
周冬梅

出版社
长江出版社

总出品
湖北知音动漫有限公司

制作出品
知音动漫图书 · 时代坊

平台支持
知音漫客 漫客小说绘

图书在版编目（CIP）数据

元尊.6，逆流而上 / 天蚕土豆著.

—武汉：长江出版社，2018.6

ISBN 978-7-5492-5806-2

Ⅰ.①元… Ⅱ.①天… Ⅲ.①长篇小说－中国－当代 Ⅳ.①I247.5

中国版本图书馆 CIP 数据核字（2018）第 118228 号

元尊 6 · 逆流而上 / 天蚕土豆 著

出　　版	长江出版社 （武汉市解放大道 1863 号）
发　　行	湖北知音动漫有限公司
作品企划	知音动漫图书 · 时代坊
责任编辑	李海振
特约编辑	陈　婧　杨　鸿
装帧设计	方　茜
印　　刷	浙江新华数码印务有限公司
版　　次	2018 年 6 月第 1 版
印　　次	2019 年 6 月第 3 次印刷
开　　本	700mm × 1000mm　1 / 16
印　　张	17
字　　数	300 千字
书　　号	ISBN 978-7-5492-5806-2
定　　价	32.80 元